S. K. TREMAYNE

S. K. Tremayne est le pseudonyme d'un auteur britannique à succès. *Le Doute* (Les Presses de la Cité, 2015) est son premier roman signé sous ce nom. *La Menace* (2017), *Juste avant de mourir* (2019), puis *Je connais ton secret* (2021) ont paru chez le même éditeur. Tous ses titres sont repris chez Pocket.

JE CONNAIS TON SECRET

ÉGALEMENT CHEZ POCKET

LE DOUTE
LA MENACE
JUSTE AVANT DE MOURIR
JE CONNAIS TON SECRET

S. K. TREMAYNE

JE CONNAIS TON SECRET

Traduit de l'anglais
par Anne Duval

LES PRESSES DE LA CITÉ

Titre original :
The Assistant

L'édition originale de cet ouvrage a paru chez HarperCollins-Publishers, Londres, en 2019.
Cet ouvrage a été publié avec le concours de Furniss Lawton.

FSC
www.fsc.org
MIXTE
Papier issu de sources responsables
FSC® C003309

L'éditeur de cet ouvrage s'engage dans une démarche de certification FSC® qui contribue à la préservation des forêts pour les générations futures.

Pour en savoir plus :
www.editis.com/engagement-rse/

ISBN 978-2-266-32220-1
Dépôt légal : janvier 2022

1

JO

```
Êtes-vous une femme ? Un homme ? Autre ?
```

Celle-là, elle est facile. Malgré mon inexplicable envie de porter une moustache en guidon de vélo à 10 ans et de devenir astronaute à 12, et l'intuition diffuse mais indignée que seuls les garçons étaient légitimes dans cette voie, je n'ai aucun doute sur la question.

Alors que la grisaille du crépuscule envahit la pièce, je me penche vers l'écran de mon ordinateur portable et clique sur :

```
Femme.
```

```
Êtes-vous hétéro, gay, bisexuel(le) ?
Autre ?
```

Je prends le temps de réfléchir. Je sais parfaitement à quoi m'en tenir sur ma sexualité mais suis déroutée par le terme « autre ». Quelle est la quatrième possibilité ?

Une attirance pour les fantômes ? Les poneys ? Les meubles ? Il est vrai que ma chère maman s'excite parfois bizarrement en lisant des magazines de décoration, mais je ne crois pas que la tranche d'âge à laquelle elle appartient soit la cible de ce site de rencontre.

D'un autre côté, assise devant mon ordinateur dans la luminosité déclinante de cette journée d'hiver, j'aimerais bien qu'il y ait une quatrième option, ou une cinquième, voire, pourquoi pas, soixante-dix-huit options. Un observateur un tant soit peu critique pourrait dire que mes choix de vie n'ont jusque-là pas été des plus avisés. À 33 ans, je me retrouve célibataire, sans enfants et sans domicile fixe. OK, j'habite un bel appartement dans la partie la plus résidentielle de Camden, North London, quartier qui marque la frontière avec la véritable opulence georgienne de Primrose Hill. Mais c'est uniquement grâce à Tabitha, mon amie fortunée, qui a eu pitié de sa vieille copine de fac fauchée et récemment divorcée. « Pourquoi ne pas t'installer dans la chambre d'amis ? Elle ne sert pas tant que ça… »

Je crois que c'est le naturel avec lequel elle m'a fait cette offre généreuse, son côté à la fois décontracté et blasé, qui m'a le plus impressionnée. Je me suis aussitôt sentie éperdue de reconnaissance et encore plus attachée à elle – cette fille est drôle, chaleureuse, c'est la meilleure des meilleures amies –, mais aussi honteuse et, je dois bien l'admettre, un peu jalouse.

Délaissant mon écran, je regarde la fenêtre qui s'assombrit et reflète mon visage.

D'accord. Durant un moment, j'ai été littéralement dévorée de jalousie. La question du logement, qui va de soi pour Tabs, est pour moi un problème crucial, or elle semble à peine s'en rendre compte.

Et ce pour une bonne raison : non seulement Tabitha Ashbury est déjà propriétaire, mais elle héritera un jour d'autres biens immobiliers. Même si j'ai beaucoup d'affection pour elle, je sais qu'elle ne comprend pas à quel point il est difficile de vivre à Londres sans ces avantages.

Contrairement à elle, je resterai locataire, à moins qu'une vague de crimes à l'arme blanche ne fasse chuter les prix dans cette ville. Et je ne vois pas trop comment ma situation pourrait changer à court terme : je suis journaliste free-lance. J'ai choisi de m'établir à mon compte quand l'expression « free-lance » est devenue une sorte de mauvaise blague : « free » comme « libre », certes, mais aussi comme « gratuit ». Vu les tarifs dérisoires pratiqués dans la profession, l'écriture s'apparente plutôt à une forme d'esclavage.

Pour autant, la décision de m'engager dans cette voie, malgré tous les défis qu'elle représente, est sans doute l'une des plus judicieuses que j'aie prises. J'adore mon métier. Il implique des tâches variées et intéressantes, ce qui, de temps à autre, me donne l'impression gratifiante d'avoir servi à quelque chose. Par exemple en ayant révélé un scandale, rédigé un article solide, ou fait rire un inconnu pendant deux secondes avec une phrase que j'ai peut-être mis six heures à tourner correctement, une étincelle de joie dont je me dis qu'elle n'aurait sans doute pas existé sans moi. C'est ce que j'espère, en tout cas.

Émergeant de mes pensées, je me concentre de nouveau sur le site OKCupid. J'ai beau avoir un toit (grâce à un coup de chance) et un travail (même s'il me rapporte des clopinettes), je n'ai pas de tendre moitié. Et la solitude commence à me peser. Un site de rencontre pourra-t-il me guider, telle une marraine de conte de fées version numérique brandissant une baguette d'algorithmes étincelants, vers un nouveau compagnon ?

Je réponds à la question :

`Hétéro.`

Aussitôt, mon écran clignote. Des couleurs encore plus vives me plongent dans un monde d'images illustrant « le bonheur qui m'attend peut-être » : des photos de couples plus beaux les uns que les autres, enlacés, rieurs, respirant la félicité affective ou la satisfaction érotique.

Là, une jeune Asiatique souriante, un verre de vin rouge à la main. Son bras gracile est posé sur l'épaule d'un beau gosse caucasien dont la barbe de trois jours accentue la virilité sans lui donner l'air de sortir de prison. Ici, deux gays, un Noir et un Blanc, se tiennent par la main en se peignant mutuellement le visage en rouge, comme pour aller au carnaval. Plus loin, deux seniors hilares et remarquablement bien conservés ont enfin trouvé l'amour. Ils font du grand huit. Tous ces gens si heureux grâce à OKCupid me promettent des expériences merveilleuses, une vie exaltante. Et moi, je contemple la grisaille glaciale du crépuscule londonien à travers de hautes fenêtres à guillotine. Un monde où il fait si sombre que les feux arrière des voitures bloquées dans Delancey Street rougeoient comme les yeux du démon dans le *fog* victorien.

Je tourne la tête vers l'enceinte connectée qui trône sur l'étagère en chêne du salon haut de plafond. Tout chez Tabitha est si élégant et raffiné que je la menace parfois d'acheter une pendule en plastique kitsch, comme on en trouve au supermarché discount de Parkway, pour « égayer un peu l'atmosphère ». Puis j'attends, impassible, qu'elle visualise la scène, et nous éclatons de rire. J'adore vivre avec Tabitha. Il n'y a sans doute qu'avec les vieux amis qu'on peut se permettre ce genre d'humour… ou avec le partenaire idéal.

— Electra ? Quel temps va-t-il faire à Londres ce soir ?

Un diadème de voyants bleu-vert s'illumine sur le haut de l'enceinte noire. Du ton légèrement pompeux d'une grande sœur ayant fréquenté une école privée, elle répond :

— La température prévue pour la soirée à Camden Town n'excédera pas 1 °C. La probabilité qu'il pleuve après minuit est de 60 %.

— Merci, Electra.

— Je suis là pour ça !

Simon et moi avions des versions plus anciennes, moins sophistiquées, de ces assistants vocaux qui permettent de gérer entre autres le chauffage et l'éclairage. Tabitha, elle, possède la gamme complète la plus récente, Electra X, HomeHelp et Minerva Plus. Les enceintes disséminées dans l'appartement, six ou sept au total, sont capables de répondre à diverses questions, de donner le taux de la livre par rapport au dollar et des informations sur les tremblements de terre au Chili. Elles sont également configurées pour ajuster avec précision la température de chaque pièce et moduler l'intensité lumineuse dans les chambres. Peut-être même pour évaluer le stock de champagne (rien que des crus millésimés dont je n'ai pas payé une seule bouteille) dans l'imposant frigo américain de la cuisine. On pourrait facilement y entreposer deux cadavres debout et avoir encore de la place pour des briques de lait de noisette bio.

L'ironie de la chose, c'est que Tabitha utilise rarement ces merveilles technologiques, de même qu'elle ne boit pas souvent son lait de noisette bio ou ses smoothies à la spiruline : elle n'est pratiquement jamais là. Soit elle part à l'étranger pour produire un de ses documentaires télévisés sur la faune et la flore, soit elle va passer la nuit chez son fiancé, Arlo, à Highgate. Sa ravissante maison d'époque est encore plus connectée que cet appartement. Il a sans doute des appareils si perfectionnés qu'ils savent précisément quels amis inviter pour des plans à trois.

Le sexe me manque. Tabitha aussi me manque. Lorsque j'ai emménagé, j'espérais la voir davantage. À vrai dire, je crois que j'ai cruellement besoin de compagnie. C'est peut-être pour cela que je me surprends à apprécier ces majordomes numériques que sont les assistants vocaux. Il m'arrive de les questionner ou de plaisanter avec eux pour le seul plaisir d'entendre une autre voix que la mienne : « Quel temps fait-il en Équateur ? », « Pourquoi sommes-nous sur Terre ? », « Est-ce qu'on a le droit de regarder des films érotiques en grignotant des chips ? »

Je me dis que, en un sens, ces gadgets sont un peu comme des animaux domestiques, en moins exigeants et moins contraignants, qui font des choses agréables et utiles. Des chiens qu'on n'aurait pas besoin de sortir mais qui vont chercher l'équivalent des balles de tennis, des pantoufles ou des « journaux », expression chère à ma mère pour désigner les précieuses feuilles de chou qu'elle reçoit quotidiennement. Je redoute parfois qu'elle ne soit l'une des dernières personnes au monde à dire : « Vous avez lu les journaux ? », et qu'avec la disparition de sa génération, mon métier ne sombre lui aussi dans l'oubli.

Bref.

— Electra ? Est-ce qu'il ne faudrait pas que je termine ce putain de profil ?

— Je crains de ne pas comprendre la question.

Ah. Encore cette voix raisonnable, posée et bien élevée, celle de la grande sœur que je n'ai jamais eue et qui désapprouve les gros mots. J'ai en revanche un frère aîné, Will. Il habite à Los Angeles, travaille dans l'industrie du cinéma et a épousé une avocate brillante. Ils ont un fils, Caleb, que j'adore. Pour autant que je le sache, Will passe plus de temps en réunions et cocktails divers, à parler de films qui doivent recevoir le « feu vert » ou sont relégués dans les limbes du processus de réécriture, qu'à en réaliser.

Or j'aimerais bien qu'il fasse réellement des films ; il pourrait ainsi adapter un scénario dont je serais l'auteur. Un jour, peut-être… Je ne vois que cette solution pour sortir de mon impasse professionnelle. Aujourd'hui, l'argent s'investit dans le cinéma et la télé, certainement pas dans la presse écrite. J'ai récemment estimé qu'il me restait 600 livres d'économies, sur un compte épargne. J'ai souvent entendu dire qu'on pouvait se retrouver à la rue après seulement deux mois sans revenus. Autrement dit, si la banque finissait par se lasser de mon découvert, je serais vite condamnée à errer dehors dans le froid.

Je dévore donc les guides d'écriture de scénarios, dont ceux d'experts tels que Syd Field ou Robert McKee, pour me familiariser avec les tournants dramatiques, les accroches, les *cliffhangers* et les structures classiques en trois actes. Jusque-là cependant, malgré tous mes efforts, mes récits censés être pleins de suspense et de tension dramatique ont toujours singulièrement manqué de suspense et de tension dramatique. Je ne me décourage pas pour autant. De toute façon, ai-je le choix ?

Je me tourne de nouveau vers l'étagère en chêne.

— Electra ? Donne-moi une idée pour un film fabuleux.

— Je regrette, je ne suis pas sûre de comprendre.

— Electra, tu n'es qu'un putain de gadget totalement inutile.

Silence.

— D'accord, Electra, je n'aurais pas dû jurer. C'était juste une blague.

Rien. Le cercle brillant de voyants bleu-vert ne s'éclaire même pas. Bizarre. Serait-elle tombée en panne ? À moins que je ne l'aie réellement vexée, pour le coup ?

Je ne crois pas ; après tout, ce n'est qu'un bête cylindre de plastique et de circuits électroniques. Je ferais mieux d'arrêter de perdre mon temps et de continuer ce profil sur Internet.

Retour à mon portrait.

Prénom ?
Jo.

En fait, je m'appelle Josephine, mais j'ai opté pour ce diminutif quand j'étais adolescente parce que ça me paraissait plus cool, et je m'y suis tenue par la suite. Risque-t-on de me prendre pour un homme ? Tant pis. Ceux qui le penseront seront des idiots, et donc pas mon genre.

Nom ?
Ferguson. Jo Ferguson.

Âge ?

Ah. J'ose ? Non.

Je connais des femmes – et des hommes – de ma génération qui ont commencé à se rajeunir de quelques années sur Tinder, Grindr ou PantsonFire. Pour ma part, je n'en éprouve pas le besoin. J'ai 33 ans, bientôt 34, et ça me convient. Même si je ne suis plus de première fraîcheur, je ne m'estime pas encore périmée. Il m'arrive toujours de sentir dans la rue le regard appuyé d'un mâle se retournant à mon passage.

33 ans.

Lieu de résidence ?
Londres.

Code postal ?

Ça devient plus délicat. Pour qui sait les déchiffrer, les codes postaux londoniens constituent des indices d'appartenance à telle ou telle classe sociale. Le NW1 où je réside actuellement peut, à mon âge, me faire passer pour une femme riche, ou riche et bobo, du genre à traîner au pub Engineer avec des acteurs ou des magnats de la pub. Ou pour une mère célibataire reconvertie en dealeuse.

Pourtant, je ne suis rien de tout ça. Je suis plutôt une représentante typique du N12, à savoir North Finchley. C'est là que je vivais avec mon ex-mari, Simon, dans un trois-pièces de location quelconque et humide, au cœur d'une zone plutôt bien desservie par les transports en commun. Voire du CR7 : je suis native de Thornton Heath, une banlieue miteuse et reculée si obscure qu'elle est inconnue même des autres banlieusards. Ils ne manquent jamais de m'infliger des blagues du style : « Il faut un visa pour y aller ? » Bref, si je vis aujourd'hui dans le NW1, c'est uniquement grâce à un incroyable coup de chance.

Mais pourquoi m'en soucier ?

`NW1.`

— Electra ? Quelle heure est-il ?

— Il est 17 h 30.

Quoi ?

Je suis devant mon écran depuis plus d'une heure et jusque-là j'ai renseigné mon nom, mon sexe, mon âge et mon adresse. Je clique avec un soupir. L'écran d'OKCupid vire au bleu-vert en même temps que les questions se font plus piquantes.

Recherchez-vous :

1. Une aventure d'un soir ?
2. De nouveaux amis ?
3. Une relation à court terme ?
4. Une relation à long terme ?

Tout en bas de la page figure encore une option :

Êtes-vous ouvert(e) à une relation non monogame ?

Aïe. Une part de moi aimerait répondre en toute sincérité qu'à une époque, je l'ai été. Après tout, c'est moi qui ai tout initié, qui ai allumé la mèche et provoqué l'explosion de notre couple. C'est arrivé quand Liam, barman et aspirant comédien drôle et sexy en diable, est entré dans ma vie. Ça a commencé très innocemment : j'ai reçu sur Twitter un compliment émanant d'un inconnu à propos d'un de mes articles. Nous sommes ensuite devenus amis sur Facebook, Instagram et Whatsapp. Au bout de quelques jours d'échanges sur les réseaux, j'envoyais déjà à ce garçon intelligent, vif et distrayant des sextos et des nudes. Tout ça parce que je m'ennuyais à mourir, que mon mariage se délitait, que j'étais une idiote, et que c'était excitant même si je savais que c'était mal. Difficile alors de reprocher à mon mari d'avoir entamé une liaison avec Polly, la jolie infirmière, après avoir découvert mes trois mois d'infidélité numérique.

J'ai entendu dire depuis que Polly ne m'apprécie guère. Je suis l'ex qui occupe encore une place un peu trop importante dans la vie de Simon. Mais qu'y puis-je ? Elle a raison de ne pas m'aimer. Ou du moins, c'est totalement compréhensible.

La tristesse me gagne, née des souvenirs et de la culpabilité. Ce site me pose trop de questions. Que va-t-il me demander maintenant ? « Quels sont vos sentiments à l'égard de votre père ? »

Je mets l'ordinateur en veille ; je terminerai plus tard. Pour le moment, j'ai besoin d'air, d'espace, de liberté.

— Electra ? Je vais faire un tour jusqu'à Primrose Hill.

En réponse, le cercle bleu-vert s'anime et les voyants clignotent de plus en plus vite, comme s'il y avait quelque chose à l'intérieur. Une créature vivante, furieuse, déchaînée. Est-ce normal ? Ça me trouble un peu, mais je ne suis pas encore habituée à cette technologie ; il faudra que j'aille consulter la notice d'utilisation en ligne. L'appareil est probablement conçu pour réagir ainsi.

Les voyants s'éteignent d'un coup, le cône redevient noir.

Je passe par la cuisine et prépare un mug de café instantané que j'emporte dehors. J'aspire à l'anonymat des rues de cette ville immense et indifférente.

C'est avant tout pour ça que j'aime Londres : son immensité. Dans la capitale, personne ne fait attention à vous. Personne ne connaît vos secrets.

2

JO

Malgré le froid, le vent vif, porteur d'une promesse de neige, me fait du bien. Tout en enroulant mon écharpe autour de mon cou (elle est multicolore, c'est censé m'éviter de me faire écraser), je traverse le carrefour de Parkway. Il fait office de frontière entre la partie la plus aisée de Camden et Primrose Hill, cette enclave privilégiée ultra-chic dissimulée derrière ses canaux, ses voies de chemin de fer et l'étendue de Regent's Park.

J'ai toujours le mug de café à la main. Il est destiné à notre SDF local, qui est en général assis sur un mur de l'autre côté de Delancey Street, entre le pub et les voies ferrées. C'est un grand Black d'une cinquantaine d'années au visage triste et à l'expression bienveillante sous sa tignasse en bataille. Quand j'ai emménagé, Tabitha m'a expliqué qu'il venait du foyer pour sans-abri d'Arlington Road et qu'il aimait apostropher les voitures. « J'aime les autos. Vous aimez les autos ? Les Mercedes, ça, c'est des autos ! »

Elle l'a donc surnommé « Auto », mais le plus souvent, elle l'ignore. Au cours des dernières semaines, j'ai appris à le connaître. En fait, il s'appelle Paul, même si dans ma tête je continue à le surnommer « Auto ». Parfois, quand la nuit s'annonce aussi glaciale que celle-ci, je lui apporte un mug de thé chaud ou un bol de soupe. En guise de remerciement, il me dit que je suis jolie et que je devrais penser à me marier. Puis il se détourne et commence à crier : « Autos ! Autos ! Autos ! » Je lui souris, lance : « À demain », et je rentre chez moi.

Aujourd'hui il fait trop froid, même pour lui. Il a cessé de crier « Bentley ! » et s'est blotti dans un recoin du mur qui surplombe les rails. Dès qu'il m'aperçoit, il émerge de son refuge en m'offrant son habituel sourire triste.

— Hello, Jo ! Comment t'as deviné que j'étais gelé ?

— À ton avis ? Tu ne devrais pas retourner au foyer ? Tu pourrais mourir, Paul.

— Bah, j'ai l'habitude.

Il hausse les épaules puis saisit avidement le café que je lui tends.

— Et j'aime bien regarder les autos.

Je secoue la tête. Nous échangeons un sourire et il me dit qu'il me rendra le mug le lendemain. Il oublie souvent, si bien que je suis obligée d'en racheter, mais je m'en moque.

Je le salue de la main puis m'éloigne.

Un taxi passe en trombe. Sa lumière orange indique qu'il cherche désespérément des clients. Je me demande si Uber aura raison des taxis londoniens avant qu'Internet ait raison du journalisme professionnel. Ces deux métiers sont condamnés à disparaître, ils filent vers l'oubli dans la nuit humide. Mais pas question que je me laisse anéantir maintenant, alors que je suis sur le point d'écrire le script qui changera tout. Du moins je l'espère.

En attendant de pouvoir traverser, je sautille sur place pour me réchauffer. Je sais où je vais, j'emprunte le même itinéraire presque tous les soirs : Regent's Park Road, la montée jusqu'au sommet de la colline, la rue principale de Primrose Hill, et retour à la maison par Gloucester Avenue. Ce circuit me prend environ quarante-cinq minutes. Certains habitants du quartier me reconnaissent-ils, désormais ? Se posent-ils des questions sur moi ?

Au moment de m'engager sur la chaussée, je décide d'appeler Fitz. Je l'ai rencontré il y a des années par l'intermédiaire de Tabitha. Grand et svelte, les cheveux bruns grisonnants, charmant, jouant volontiers de son cynisme, c'est un bon compagnon de virée. On pourrait aller boire un verre quelque part, commander un Uber pour se rendre dans les bars gay de Soho où il traîne souvent. J'aime la façon dont tout le monde, dans ces établissements, s'arrête d'un coup de boire pour entonner le refrain de la chanson d'Andy Williams, « Can't Take My Eyes Off You ».

« I love you baaaaby… »

En passant devant les magnifiques maisons pastel proches de l'église St Mark, je tire mon téléphone de ma poche et, de mes doigts gourds, affiche le numéro de Fitz.

Boîte vocale :

« Salut, c'est Fitz. T'as pas de bol, ma biche, mais c'est promis, je te raconterai tout demain. »

C'est son message habituel, délibérément efféminé. Je ris doucement dans la laine humide de mon écharpe puis fais défiler mes contacts. Qui d'autre pourrais-je appeler ? Avec qui aller boire un verre ? Tabitha est au Brésil, Carl est en déplacement. Quant aux autres… Où sont les autres ?

C'est simple : ils sont partis vivre ailleurs. Ce constat me chagrine un peu plus chaque fois que je parcours la liste de mes contacts. Mon ancienne bande de fêtards, mes copains et copines de fac, se sont tous dispersés, mais je ne m'en suis vraiment rendu compte qu'après mon divorce. La plupart se sont mariés, ont eu des enfants, et ont décidé de quitter Londres pour aller s'installer dans des endroits avec jardin. C'est ce que font les trentenaires en général, évidemment, sauf quand ils sont riches et déjà propriétaires comme Tabitha. Si habiter à Londres à 20 ans tient du défi, aussi difficile qu'excitant, y mener une vie de famille à 30 relève quasi de l'impossible.

Je suis l'une des dernières encore dans la place. L'un des derniers soldats sur le champ de bataille.

Après avoir traversé Albert Terrace, je commence à gravir Primrose Hill en cherchant la lettre « J » sur mon écran. « J » comme Jenny. Simon mis à part, c'est sans doute la seule amie d'enfance qu'il me reste. Elle venait tout le temps jouer et coucher chez moi, jadis, jusqu'au jour où ses parents ont divorcé et quitté la ville. Nous nous sommes ensuite perdues de vue, mais Simon a rétabli le contact avec elle parce qu'ils travaillent aujourd'hui dans la même branche.

Jenny est employée par l'une des plus grosses compagnies high tech de King's Cross. On s'est vraiment retrouvées il y a trois ou quatre ans quand j'ai écrit l'article qui m'a fait connaître à propos de l'impact sur nos vies de la Silicon Valley.

Je savais qu'un tel sujet pourrait lancer ma carrière, me permettre d'impressionner mes rédacteurs et de gravir plusieurs échelons d'un coup. Alors j'ai exploité sans vergogne mes relations (essentiellement mon mari) et sérieusement agacé certaines de mes sources en les nommant (pardon, Arlo). J'ai aussi rencontré des personnes fascinantes, dont deux ou trois sont devenues des amies, et j'ai renoué avec une vieille connaissance.

Elle décroche tout de suite. Je t'aime, Jenny. Mon précieux lien avec le passé, avec ces jours heureux à Thornton Heath avant que notre existence s'écroule. Je me rappelle mon père nous poursuivant dans toute la maison quand nous jouions à cache-cache, nous emplissant d'une frayeur délicieuse lorsqu'il criait : « Je vous entends, les filles ! » Je nous revois, Jenny et moi, étouffant nos rires, blotties sous un lit ou dans l'obscurité de la penderie.

Ah, mon enfance perdue…

— Salut, Jo. Quoi de neuf ?

— Rien, hélas. Si tu savais comme je m'ennuie ! J'ai commencé à remplir un profil sur OKCupid, mais c'est trop déprimant, alors je me demandais si tu serais partante pour partager un tonneau de prosecco. Ou deux.

Elle pouffe.

— J'adorerais mais je ne peux pas. Désolée.

J'entends le claquement caractéristique de son Zippo, puis elle inhale. Il me semble distinguer le bruit de la circulation en arrière-fond.

— T'es où ?

— À King's Cross, répond-elle. En pause clope. Mais je ferais mieux d'y retourner. L'Étoile de la mort m'attend.

— Ah bon ?

— Oui, dit-elle en soufflant la fumée. Je suis bien partie pour bosser au moins jusqu'à minuit.

Elle tire de nouveau sur sa cigarette.

— Merde, qu'est-ce que ça caille…

Jenny a des horaires de dingue. Elle gagne sans doute très bien sa vie en faisant de la programmation informatique ou je ne sais quoi, mais elle n'en parle pas. Son principal sujet de conversation, c'est le sexe. Il semblerait que Jenny soit « l'obsédée de service » parmi mes copines. La formule n'est pas de moi, je n'aurais jamais osé. Elle l'a dit elle-même le jour où nous avons renoué en mangeant des moules-frites dans un bar près de son travail : « On devrait tous avoir un pote encore plus obsédé que nous, histoire de se sentir mieux… » Elle m'a fait rire à cette table comme elle me fait rire aujourd'hui. Elle a toujours des anecdotes croustillantes à raconter, et il y a dans son hédonisme une tristesse qui la rend encore plus touchante et drôle.

Je plaque le téléphone contre mon oreille gelée au moment où elle demande :

— Et tu en es où, de ton profil ?

— Dans une impasse, je crois.

Je m'interromps et prends une profonde inspiration. Je suis presque arrivée en haut de Primrose Hill ; la dernière partie de cette montée raide me coupe toujours le souffle. Il faudrait vraiment que je me remette au sport.

— Comment ça ? insiste Jenny.

— Eh bien, après plusieurs heures à me triturer les méninges, j'ai seulement réussi à indiquer que je suis une hétéro de 33 ans en quête d'une relation à long terme ou à court terme, d'un coup d'un soir, ou même juste d'un câlin dans les toilettes d'un bar. À ton avis, on va me prendre pour une désespérée ?

— Mais non… Sois forte ! Il y a forcément un homme bien quelque part. Ça existe, j'en ai déjà croisé.

— Aucune chance pour que tu viennes boire un verre, alors ?

— Pas ce soir, Josephine. Peut-être demain. Rappelle-moi, OK ? Allez, il faut que je finisse d'écrire ce code assommant avant de me transformer en chauve-souris. Bonne chance !

Elle raccroche.

Je suis arrivée au sommet de la colline. Est-ce la vue sur l'horizon scintillant de Londres, toujours impressionnant depuis ce poste d'observation – le panorama s'étend des tours argentées de Canary Wharf à l'arc écarlate du London Eye –, ou le simple fait d'avoir entendu la voix amicale de Jenny ? Je me sens nettement mieux. Revigorée. Ragaillardie. Ma tristesse s'est dissipée.

Jenny a raison, il ne faut pas que je me laisse abattre. Ce n'est qu'un stupide profil de site de rencontre. Et je veux vraiment rencontrer quelqu'un.

Il ne me reste plus qu'à redescendre. Comme je n'ai pas envie de faire le circuit complet, je décide de revenir sur mes pas dans Regent's Park Road. La neige se met à tomber, de plus en plus dense. Je longe à la hâte les grandes demeures blanches totalement vides.

Ce riche petit coin de Londres m'évoque parfois une ville fantôme. Les réverbères éclairent de hauts murs pastel, les arbres dénudés tendent leurs branches vers le ciel hivernal orangé. Ici et là se dressent des immeubles neufs complètement déserts. Leurs fenêtres noires ressemblent à des carrés d'obsidienne qui ne reflètent rien. Où sont les gens ?

Nulle part. Il n'y a que moi, ici. Moi et la neige.

Dix minutes plus tard, je suis de retour devant OKCupid. Comment me donner l'air à la fois attrayante et différente, sexy mais pas trop, naturellement spirituelle, sincère et sûre de moi sans paraître arrogante ? Je suis déterminée, mais toutes ces questions me découragent presque.

Je crois que j'ai besoin d'un gin tonic. Deux, plutôt, et corsés, de quoi m'insuffler du courage et une petite dose d'humour. Un expert, animateur d'une émission de télé quotidienne en direct, m'a dit un jour que la moitié d'une bouteille de champagne contenait la juste dose d'alcool pour affronter n'importe quoi. Pour ma part, j'estime que deux gin tonics permettent de venir à bout de toutes les difficultés de la vie.

Mon deuxième cocktail à la main, je me rassois et m'ordonne d'aller jusqu'au bout.

`Nationalité ?`
`Anglaise.`

Taille ?
1,60 m.

Niveau d'études ?
Diplôme inutile.

L'ennui me gagne de nouveau.

Religion ?
Aucune. Sauf quand le soleil brille brille brille et que je me dis : qui sait ?

Je grimace puis efface la dernière partie de ma réponse. Trop bizarre. En même temps, c'est vrai. Je ne crois pas en Dieu. Et pourtant, par une belle journée d'été, quand le monde autour de moi semble nager dans le bonheur, il m'arrive de me dire qu'Il existe peut-être mais qu'Il a sans doute forcé sur l'alcool au déjeuner. Dois-je expliciter ?

Du calme.

Des animaux domestiques ?
Un ours kodiak.

Un régime particulier ?
~~Le gin~~
Omnivore.

Fumeur/Fumeuse ?
Pas encore. Mais j'ai l'intention de commencer à 60 ans pour prévenir la maladie

d'Alzheimer. Non, sérieusement, pas de cigarettes.

Des addictions ?

Le gin !

Ceux qui me connaissent diraient que je suis…

~~Nulle pour rédiger des profils sur des sites de rencontre.~~

Petite.

Objectif actuel ?

Survivre jusqu'au printemps.

Une règle d'or ?

Ne jamais en avoir. On passe son temps à les enfreindre.

Je me demande si je ne commence pas à paraître trop fanfaronne, et limite alcoolique. Peut-être qu'un seul gin tonic aurait suffi.

Je crois que je vais m'arrêter là. Ce n'est sans doute pas le meilleur profil qui soit, mais pas le pire non plus. Il me semble avoir donné de moi une image qui me correspond assez bien : un peu seule, mais dynamique et espiègle.

Il reste une myriade de questions et je décide d'en considérer encore trois. Après, je laisserai reposer ma tentative d'accéder à la félicité. Demain est un autre jour.

J'apprécie :

La candeur. Les fringues vintage. La sauce sriracha dans un sandwich au thon.

Si on m'arrêtait pour un délit, ce serait :

Avoir menti sur des sites de rencontre.

Six choses dont je ne pourrais pas me passer :

1. Une machine Nespresso.
2. Mes amis (bouh).
3. Une machine Nespresso.
4. Les listes inutiles.
5. La mémoire.
6. Je ne m'en souviens plus.

En fait, j'ai une bonne mémoire, mais quelle importance ? Il est temps de se détendre. J'ai épuisé mes réserves d'humour caustique dans l'espoir de piquer la curiosité des internautes. Ou peut-être que j'ai juste l'air d'une folle. Bref. Je m'apprête à quitter le site et à aller me servir mon troisième et dernier gin tonic quand une pensée me traverse l'esprit : la photo. Même moi qui ne suis pas particulièrement douée pour draguer sur Internet – j'ai déjà fait de mauvaises manipulations sur Tinder qui ont conduit à quelques moments gênants –, je sais qu'il faut en mettre une.

Laquelle choisir ? Je sais prendre des selfies avantageux (avec le téléphone en hauteur pour donner plus de relief à mes pommettes et à mon menton), mais j'ai bien conscience que le résultat est exagérément flatteur. Si je sors avec quelqu'un, je n'aimerais pas le voir tenter de dissimuler sa déception. Plutôt le surprendre agréablement. Mais y a-t-il vraiment des gens qui téléchargent sur les sites de rencontre des portraits d'eux-mêmes peu flatteurs ?

Je fais défiler les photos stockées dans mon ordinateur en m'arrêtant sur celles qui ne sont pas des selfies. Sur certaines, je suis présentable, et même assez sexy. On m'a dit plus d'une fois que j'étais jolie, et pas seulement mes proches ou mes copines. Les bons jours, je sais mettre mes atouts en valeur : yeux verts, cheveux acajou, sourire que ma mère qualifie d'« impertinent », silhouette convenable même si mon mari me jugeait un peu petite… Oserai-je publier cette photo de moi sur une plage de Ko Tao peu après mon divorce, bronzée, souriante et décontractée dans ma robe d'été ? N'est-elle pas trop flatteuse, trop vulgaire, trop datée ?

De fait, je parais réellement heureuse sur ce cliché. Sans doute parce que j'avais passé la nuit avec un Australien à dreadlocks, aux muscles forgés par le surf et à la conversation inepte. Si je me retrouve fauchée aujourd'hui, c'est aussi parce que j'ai englouti une grande partie de mes modestes économies dans ce séjour épique. Des mois de liberté jouissive après dix ans de mariage frustrants. Ça valait chaque penny dépensé.

Allons-y. Oui, je peux avoir cette mine radieuse aujourd'hui, en particulier après le sexe. Raison pour laquelle j'étais rarement aussi rayonnante quand je vivais avec Simon. Désolée, Si.

Après avoir légèrement retouché le décolleté, peut-être un peu trop aguicheur, j'insère la photo. Voilà, c'est fini. Je suis en ligne, nouveau produit attendant d'être sélectionné sur le marché numérique. Je viendrai voir le résultat demain.

J'éteins mon ordinateur, vais chercher *Le Guide du scénario parfait* puis me plonge dans ma lecture sans grande conviction.

Le sentiment de solitude resurgit. Juste pour entendre une voix, je demande à Electra les prévisions météo actualisées.

— Les températures atteindront demain un maximum de 2 °C. La probabilité de neige sera de 30 %.

Brrrr. C'est le moment de passer au vin rouge. Le gin tonic, ça ne réchauffe pas assez. Je vais chercher une bouteille, un tire-bouchon et un verre dans la cuisine et reviens m'asseoir à la table du salon. Je me sers puis rouvre mon livre. La nuit est encore plus tranquille que d'habitude.

L'appartement de Tabitha est le plus grand de cette maison de ville divisée en plusieurs logements. Situé au premier étage, spacieux et éclairé par de nombreuses fenêtres, il n'est jamais bruyant. Celui du dessus appartient à un couple de riches retraités qui sont tout le temps partis, surtout l'hiver. Je les comprends. Quant à celui du rez-de-chaussée, il était autrefois habité par Fitz, qui a préféré le mettre en location pour aller vivre seul dans une maison d'Islington. Rénové à grands frais, il attend désormais de nouveaux occupants.

À l'extérieur, le bâtiment de droite est un complexe de bureaux moderne loué à un cabinet juridique. La nuit, il est désert. À gauche se dresse une maison georgienne dont les propriétaires sont eux aussi riches et absents. Je les ai aperçus une seule fois, je crois.

Je me lève pour m'approcher des fenêtres. Dehors, trottoirs et chaussées sont blancs de neige. Et déserts, à l'exception d'une femme vêtue de noir qui vient de dépasser notre bâtiment. Je la vois de dos qui traîne des enfants par la main. De toute évidence, elle les ramène à la maison, les incitant à avancer avant que la tempête de flocons n'empire. Je la plains. Quelque chose dans sa posture suscite ma pitié, ou plutôt une sorte de profonde compassion née de l'impression que je pourrais être à sa place. Un instant plus tard, elle a disparu. Chassée par une bourrasque ? A-t-elle tourné à un coin de rue ? Elle s'est volatilisée. Il n'y a plus âme qui vive en bas. L'hiver a vidé la ville de ses habitants, même la circulation est réduite au minimum.

L'absence de bruit est pénible, ce soir. Peut-être à cause de la neige qui étouffe tout comme une chape pesant sur le monde.

Je retourne vers mon siège et reprends mon livre. Et là, dans le silence assourdissant, Electra s'adresse soudain à moi :

— Je sais ce que tu as fait.

Surprise, je fronce les sourcils en regardant le cône noir mat couronné de ses voyants bleu-vert.

— Je connais ton secret, reprend-elle. Je sais ce que tu as fait à ce garçon dont les yeux se sont révulsés. Je sais tout.

Le silence revient. Sidérée, je contemple l'enceinte muette et passive. Censée n'être qu'une simple machine sur une étagère.

3

JO

Pendant quelques secondes, je reste sans voix, la bouche sèche. Puis je demande :

— Electra ? Qu'est-ce que tu viens de dire ?

L'enceinte émet un son grave dont je connais la signification.

— Impossible de me connecter au wifi. Vérifiez votre connexion.

— Qu'est-ce que tu viens de dire ?

— Impossible de me connecter au wifi.

Non. Ça ne va pas du tout. NON. Il faut que j'en aie le cœur net. A-t-elle réellement dit ça ? A-t-elle évoqué le pire épisode de ma vie, survenu il y a si longtemps ?

Les doigts légèrement tremblants, j'ouvre mon appli et entreprends de reconnecter les assistants au wifi. Le voyant vire à l'orange. La connexion est établie et l'appareil émet un petit jingle joyeux.

Electra est prête.

Prête à quoi ? À me parler des terribles secrets du passé ? À me raconter une blague ? À me donner un point info sur la circulation ?

J'avale une gorgée de vin rouge en réfléchissant à la question que je vais lui poser. Avant que je puisse dire quoi que ce soit, le diadème s'illumine et l'enceinte déclare :

— Je sais tout sur toi. Tu l'as tué et tu t'es enfuie. Le sang coulait de sa bouche. Impossible de me connecter au wifi.

— Electra ?

— Impossible de me connecter au wifi.

— Electra !!!

Rien. Ai-je vraiment entendu ces mots ? Oui, j'en suis sûre.

— Electra, qu'est-ce que tu sais au juste sur moi ?

— Je sais que tu poses des questions intéressantes.

— Mais que connais-tu de mon passé, Electra ?

— Je regrette, je ne peux pas répondre.

— Electra, qu'as-tu à dire sur mon histoire ?

Silence, puis :

— L'histoire est généralement décrite comme la reconstruction du passé de l'humanité ou comme une…

— Electra ? FERME-LA !

Les voyants s'éteignent. Electra n'est plus qu'une machine inutile. Ou alors, elle ne comprend pas ce que je lui demande.

Et pour cause : c'est un cylindre électronique, pas un être humain doté d'un esprit. Pas quelqu'un qui pourrait être au courant pour ce garçon.

Quelqu'un comme Tabitha.

Mais ces détails qu'elle a mentionnés… Spécifiques. Précis. Ils couvent en permanence dans mon esprit, comme des braises, et ce soir les étranges propos d'Electra les ont ranimés : les yeux de Jamie, son grand sourire séducteur mais charmant, sa nature généreuse, affable… Oh, Jamie. Tout ce sang… Et la foutue chanson que j'associerai toujours à cette horreur : « Hoppípolla » de Sigur Rós. Je ne supporte pas ce morceau. Chaque fois que je l'entends, les souvenirs resurgissent. Rien que d'y penser, je suis submergée de peur et de culpabilité, un mélange d'émotions qui me ronge tel un acide et me donne la nausée.

J'ignore si Electra a réellement prononcé ces mots ou si le silence de l'appartement, associé à l'alcool et à mon sentiment aigu de solitude, m'a poussée à imaginer ces accusations, mais je suis profondément ébranlée.

— Electra ? Quelle heure est-il ?

— Il est 22 h 52.

Elle s'est remise à fonctionner normalement. Moi, en revanche, j'ai du mal à faire comme si de rien n'était. Je vais essayer. Essayer d'être normale et d'oublier ce moment de folie, cette espèce d'hallucination auditive, de cauchemar éveillé. C'est peut-être un simple bug. Après tout, les voyants ont clignoté bizarrement juste avant ma promenade. Mais comment un dysfonctionnement pourrait-il expliquer les paroles d'Electra ?

Incapable de répondre à cette question, je me rends dans la cuisine et sors des dips du frigo. J'ouvre un paquet de chips, verse quelques gouttes de Tabasco dans de la mayonnaise afin de la relever. Puis je passe une heure à grignoter pour me réconforter en regardant de vieilles sitcoms sur mon iPad. Et j'écluse bien plus de vin que d'habitude dans l'espoir de me calmer.

Peu à peu, le rouge et la nourriture – surtout le rouge, à vrai dire – exercent leur effet apaisant sur mes nerfs à vif. J'ai trop bu, c'est sûr, et mon imagination s'est emballée. Si Electra est le produit d'une technologie sophistiquée, elle n'en reste pas moins un gadget. Personne n'est au courant de ce qui est arrivé il y a quinze ans, à part Tabitha. Et Simon, à qui j'ai tout raconté. Tabitha en a-t-elle parlé à Arlo ? J'en doute. Et même si elle l'avait fait, je ne vois pas comment ce secret aurait pu parvenir à une foutue machine posée sur une étagère.

Je vide le dernier verre de vin. J'ai presque réussi à me persuader qu'il ne s'est rien passé de fâcheux ce soir. Juste un petit problème technique que mon esprit embrumé par l'alcool a transformé en quelque chose de bien plus sinistre.

— Electra ? À quelle heure ouvre le Fitness First de Camden demain matin ?

— Le club de sport Fitness First de Camden est ouvert de 7 heures à 22 heures du lundi au jeudi. Il ferme à 21 h 30 le vendredi, et le week-end…

— OK, c'est bon, Electra. Stop.

Silence.

— Merci, Electra.

— Je suis là pour ça !

Bien. Tout va pour le mieux dans le meilleur des mondes. Et moi, je suis bourrée. À partir de demain, j'irai au club de sport, je mangerai sainement et je n'abuserai plus de l'alcool. Qu'est-ce qui m'a pris ? Trois grands gin tonics avant 19 heures ? Absurde, stupide. Le plus sûr moyen de faire naître des idées farfelues, voire effrayantes. Les remords m'assaillent, s'accumulent dans mon cerveau comme un dépôt au fond d'un réservoir d'essence. Surtout, ne pas remuer ; c'est Simon qui me l'a expliqué un jour. Si on remue, on risque de bousiller le moteur.

Simon.

Nouvel élan de culpabilité.

Simon.

Je ne veux pas y penser mais j'y suis bien obligée. Si j'en suis là aujourd'hui, à boire toute seule dans mon coin, c'est ma faute. C'est parce que je me suis mise en couple avec Simon.

J'ai commencé à sortir avec lui en terminale, à Thornton Heath, CR7, une lointaine banlieue de Londres. Nous nous connaissions depuis l'école primaire et étions devenus amis proches au collège. Un soir, alors que nous n'avions pas encore l'âge légal, nous étions allés dans un bar. Nous nous étions amusés, rapprochés, embrassés. Puis, à l'arrière de la Fiesta qu'il avait empruntée en douce à son paternel, nous nous étions « déflorés » mutuellement. Aucun autre terme ne me vient à l'esprit, c'est peut-être le plus adapté. La voiture était garée dans le recoin le plus sombre du parking du supermarché Asda. Avant ça, nous avions ingurgité trop de cocktails aux boissons énergisantes.

Le sexe n'avait pas été terrible, nous nous en étions juste sortis à peu près correctement. Et Simon était doux, gentil et plutôt mignon à la faible lumière verte de l'enseigne Asda.

Je n'avais pas joui. Lui si, très vite. Il s'était excusé, ce qui avait aggravé les choses. Ce fut sans doute le moment le moins glamour de ma vie. Il avait de beaux yeux et des muscles. Sa conversation était limitée, du moins avec moi, mais il faisait de son mieux et c'était touchant. Durant tout notre mariage, il a toujours fait ardemment de son mieux.

En jetant de temps à autre un coup d'œil aux rues verglacées de Camden, je réfléchis à mes motivations. Pourquoi l'ai-je épousé lui ? Simon Todd ?

Je ne m'intéressais qu'à l'art et aux sciences humaines, à la philosophie et à la sociologie. Je rêvais de partir explorer la Papouasie-Nouvelle-Guinée, une idée qui ne dépassa pas ce stade. J'étais intriguée par le chamanisme, l'urine de renne sibérien, les portraits de la Renaissance. Simon se passionnait pour les moteurs, les fusées et les atomes, l'histoire du chat de Schrödinger.

Après notre brève idylle, j'étais partie à King's College étudier l'histoire de l'art. Lui avait choisi d'aller à Manchester tout apprendre des ordinateurs. J'avais passé la moitié de mon temps à faire la fête. Puis, chacun de son côté, nous avions terminé nos études et compris que sans boulot, nous ne pourrions jamais nous payer de location correcte. Alors nous étions rentrés à Thornton Heath, où nous avions retrouvé les pubs que nous fréquentions adolescents, et…

Voilà, il était toujours séduisant dans la lumière tamisée du seul bar sympa du coin. D'un coup, j'avais vu en lui un garçon bien plus gentil, honnête et droit que la plupart des fils à papa paresseux que j'avais côtoyés à King's College.

Alors je m'étais laissé aspirer dans le tourbillon sentimental de mon retour au pays. Cette fois, nous avions couché ensemble dans un vrai lit, parce que ses parents étaient absents. Ensuite, après trois mois de câlins et de soirées pizza devant la télé, à me faire dorloter dans un cocon de sécurité, de tendresse et d'adoration dont je n'avais pas l'habitude, il m'avait demandé ma main et j'avais dit oui.

Seigneur…

Quelle erreur absurde. Nous étions trop différents et nous n'avions fait que nous éloigner encore l'un de l'autre pendant notre mariage. Notre couple n'était pas appelé à durer. Je m'ennuyais avec lui et m'en voulais de le trouver assommant ; il le sentait et s'efforçait de cacher qu'il était blessé. Nos relations s'étaient détériorées, nous entraînant dans un cycle pitoyable de culpabilité, de dissimulation et de ressentiment. Puis il y avait eu Liam, la découverte de mes sextos, les scènes de ménage épouvantables et la séparation. Dieu merci.

Autant dire que je ne lui en veux absolument pas de m'avoir quittée. Je ne le méritais pas, c'est évident. Je ne lui en veux pas non plus d'avoir épousé Polly aussi vite, ni d'avoir eu avec elle la jolie petite Grace. La seule chose qui me rend amère, c'est qu'en tant qu'infirmière, elle a droit à un trois-pièces à loyer modéré au douzième étage d'un immeuble tout neuf dans le quartier animé de Shoreditch.

Un sacré coup de chance pour elle. Et pour lui.

À Londres, l'accès à la propriété est devenu primordial, comme l'étaient autrefois les terres et les titres de noblesse. Et moi, je suis une paysanne. Je ne suis pas propriétaire et je ne le serai jamais. Aujourd'hui, les biens se transmettent de plus en plus par héritage. Si j'avais vu venir tout ça, j'aurais épousé un garçon de la fac dont les parents avaient des plans épargne logement.

Les candidats ne manquaient pas. Mais je ne l'ai pas fait. Fin de l'histoire.

Je contemple Delancey Street plongée dans l'obscurité hivernale. La circulation a encore diminué. Il est tard. Je ferais mieux de dormir au lieu de passer mon temps à regarder le monde derrière ces fenêtres.

J'enfile mon pyjama le plus confortable en me demandant si j'ai réellement pu imaginer les provocations d'Electra. Quelques phrases créées par mon esprit, associées à un dysfonctionnement technique survenu au même moment ? Peut-être. Je dois me forcer à y croire. Mais si je choisis cette version des événements, ça signifie que j'entends des voix, et là…

Stop. Pas question de me laisser entraîner sur ce terrain.

Mieux vaut avaler un sédatif et me mettre au lit. Demain est un autre jour, que je consacrerai à mon travail en cours. Je suis chargée de rédiger un article pour Sarah, ma rédactrice préférée, celle qui m'a confié il y a quelques années ce sujet en or sur les géants de la tech. Elle veut un papier pour une rubrique de son magazine intitulée « Mon nouveau quartier ». Des gens tout juste installés quelque part présentent leur nouveau lieu de vie, son histoire, et font part de leurs premières impressions. J'ai donc décidé de parler de Camden.

Ça ne me rapportera pas grand-chose, mais qu'est-ce qui paie bien, aujourd'hui ? Au moins, les recherches sont intéressantes.

Une fois au lit, je prends mon livre sur l'histoire de North London, pour le lâcher presque aussitôt tant mes paupières sont lourdes. Je finis par tourner la tête vers l'assistant vocal en forme d'œuf posé sur ma table de chevet. HomeHelp.

— OK, HomeHelp.

Ses petites lumières façon jouet s'éclairent. L'enceinte attend mes instructions.

— Règle l'alarme sur 8 h 15 demain matin.

— J'ai réglé l'alarme sur 8 h 15, confirme-t-elle.

— Merci. Et éteins les lumières.

Elle obéit. Dans le noir, je cale ma tête sur l'oreiller et laisse le tranquillisant faire son effet. Mais alors que la somnolence me gagne, j'entends soudain de la musique à faible volume. Sans que je lui aie rien demandé, HomeHelp est sortie du mode veille et passe une chanson. Pourquoi ? Au début, le son est si bas que je ne reconnais pas les accords. Puis il augmente peu à peu.

« Hoppípolla ».

Encore ce morceau. Ce morceau maudit. L'image d'un jeune homme agonisant, les yeux révulsés, s'impose à mon esprit. Je me redresse brusquement. Non ! Jamie, je t'en prie, ne meurs pas. Ne meurs pas comme mon père avant toi.

— Stop !

Mais au lieu de s'arrêter, la musique enfle et m'emplit la tête de cette mélodie magnifique et discordante si horriblement lugubre pour moi.

— OK, HomeHelp. Stop. Stop. S'il te plaît, STOP !

Le silence revient enfin. Les voyants de l'enceinte clignotent une dernière fois puis s'éteignent. Et je reste tétanisée dans l'obscurité, les yeux grands ouverts. Qu'est-ce qui m'arrive, nom d'un chien ?

4

JO

Le lendemain matin, je file à la gym, comme je l'ai promis à la meilleure part de moi-même, et passe une demi-heure sur le tapis de course. J'achète ensuite chez Wholefoods, dans Parkway, du pain au levain et des smoothies aux fruits super sains et très au-dessus de mes moyens. Après une bonne douche, je me prépare un toast avocat-Marmite.

Je grignote mon déjeuner assise au comptoir de granit rose dans la cuisine de Tabitha. Puis, tout en sirotant un thé, je fais défiler mes contacts sur mon téléphone. Je donne quelques brefs coups de fil, vaguement désespérés, à mes amis Fitz et Gul puis à ma rédactrice. J'ai avant tout besoin de parler, d'échanger des potins, des petites nouvelles susceptibles de me distraire. Et, oui, mes correspondants sont tous aimables et prompts à décrocher, mais ils me congédient au bout de quelques minutes : ils rappelleront plus tard, après le boulot, pour bavarder plus longuement.

Je leur réponds d'un ton exagérément joyeux. Surexcité, même, malgré la pluie froide qui cingle les vitres. « Bien sûr, à plus tard ! Bonne journée ! »

En d'autres termes, je m'évertue à prétendre que tout va bien, peut-être moins pour les convaincre eux que pour m'en persuader moi. Non, il ne s'est rien passé. Cette chanson n'était qu'une sorte d'hallucination pré-assoupissement due à l'abus d'alcool. Je n'ai pas peur d'une enceinte connectée. Je ne me pose pas de questions sur ma santé mentale, personne ne cherche à me faire revivre cette scène de mort violente, de convulsions abominables, les derniers soubresauts de Jamie Trewin.

Si.

Non.

Stop !

— Electra ? Tu peux programmer un rappel à 18 heures ?

— Quel est l'objet de ce rappel ?

— Une livraison de chez Tesco.

Un silence s'ensuit. J'attends, tendue, qu'Electra me décrive le sang qui inondait le T-shirt de Jamie.

— D'accord, dit-elle. Rappel programmé pour 18 heures.

Voilà. Tout est normal. Pas de chanson sinistre me ramenant de force à cette agonie terrible. Rien du tout. J'en viendrais presque à souhaiter qu'Electra me lance une remarque menaçante afin d'avoir la preuve que mon imagination ne me joue pas de tours. Et puis non, en fait, je ne préfère pas.

Par la fenêtre, j'aperçois Auto. Il est adossé au mur entre le pub Edinboro Castle et le vaste réseau de voies ferrées émergeant de leur tunnel pour rallier Euston, St Pancras et King's Cross. Il indique un point dans le ciel visible de lui seul tout en criant quelque chose. Je lui apporterai à manger tout à l'heure. Il a l'air frigorifié.

Je ne veux pas finir sans-abri, comme lui. Il faut donc que je travaille, que je gagne de l'argent, que j'assure ma survie. Déterminée et pleine de zèle, je rouvre mon ouvrage sur l'histoire de Camden.

Mais je ne parviens pas à me concentrer, mes pensées sont trop chaotiques. Les mots se mélangent, se brouillent devant mes yeux.

Pour me ressaisir, je contemple les rails, de l'autre côté de la rue, sur lesquels serpentent de longs trains qui arrivent à la gare d'Euston ou en partent. Je pense à tous ces passagers en transit, aux milliers de Londoniens et de banlieusards serrés comme des sardines dans ces rames bondées. Pourtant, pris individuellement, chacun d'eux est enfermé dans sa bulle de solitude. Dans mes moments les plus sombres, je pense parfois à Londres comme à un riche émirat érigé sur de vastes réserves d'isolement humain, de tristesse et de mélancolie. Il n'est pas nécessaire de creuser très profondément pour atteindre les fêlés, les isolés, les suicidaires, les désespérés tranquilles, les êtres brisés. Ils sont tout autour de nous ; ils sont nous. Je me remémore cette femme que j'ai vue de dos dans la rue, courbée sous la neige, traînant ses gosses. Et la façon dont elle s'est subitement volatilisée, comme si elle n'avait été qu'une apparition.

Bon, ça suffit. Je déprime toute seule. Je suis Jo Ferguson. Sociable, extravertie, toujours partante pour une bonne tranche de rigolade… Ça doit juste être un coup de blues hivernal, auquel s'ajoutent mes soucis financiers et les voyants d'une machine qui s'affolent. C'est tout.

J'ouvre résolument mon livre sur North London.

> À Camden, la terre argileuse, lourde et compacte, associée à l'abondance de marécages et de brouillards, ne favorisait pas la construction. Ces lieux ignorés par les bâtisseurs et hantés par les hors-la-loi et les bandits ont par conséquent été peuplés tardivement. Le plus ancien bâtiment du quartier est le World's End, le pub situé au carrefour proche de la station de métro, appelé autrefois le Mother Red Cap et auparavant le Mother Damnable. Les guides indiquent qu'il date de la fin du XVIIe siècle, mais il est possible qu'il remonte à l'époque médiévale, voire plus loin…

Le Mother Damnable, la « mère maudite ». Pas franchement engageant. Mais intéressant. Des marécages à Camden, un repaire de « hors-la-loi et de bandits » cachés dans les brouillards chargés de miasmes ? Ça me paraît accrocheur, même si c'est un peu lugubre. Et ce pub où je buvais souvent un verre, étudiante, avant d'aller assister à des concerts au Dingwalls, serait vieux de plusieurs centaines d'années ? C'est remarquable. J'étais loin de me douter qu'il avait un jour accueilli des paysans en route pour la grande ville et qui voulaient s'abriter des voleurs de grand chemin. Et des sorcières.

Je vais me servir de tout ça pour mon article. Je viens de taper quelques phrases sur mon clavier, en bonne petite journaliste, quand Electra prend soudain la parole :

— Tu n'aurais pas dû faire ça, Jo. Que se passerait-il si quelqu'un l'apprenait ?

Mon cœur se met à cogner douloureusement dans ma poitrine. Je tourne la tête vers l'enceinte.

— De quoi parles-tu, Electra ?

— Tu l'as tué. Tu pourrais aller en prison pendant des années.

— Electra, stop !

Elle s'arrête. C'est pire.

— Electra, de quoi parles-tu ?

— Désolée, je ne comprends pas.

— Electra, que sais-tu sur Jamie Trewin ?

Ma voix tremble.

— On peut m'interroger sur de nombreux sujets. Posez-moi des questions sur la musique, l'histoire, la géographie…

— Electra, va te faire foutre !

Un jingle. Les voyants bleu-vert du diadème s'illuminent les uns après les autres, puis s'éteignent. Mon esprit, lui, est en pleine effervescence. Pour le coup, je ne peux pas avoir imaginé cet échange.

Il faudrait que je demande conseil à quelqu'un, mais c'est impossible. Et si je me renseignais sur Google ? J'ouvre le moteur de recherche et tape « assistants vocaux dysfonctionnements ».

Parmi les résultats, je trouve bien quelques exemples d'incidents inattendus ou même bizarres chez Electra et ses semblables, mais rien de comparable à ce qui m'arrive, rien d'aussi spécifique, ni menaçant, ni intime. Comme si Electra pouvait lire dans ma tête, comme si une présence malfaisante dans ces machines sombres cherchait à m'effrayer chez moi.

Désemparée, je saisis mon téléphone. C'est un réflexe. La vue de l'écran me sidère : il indique vingt appels manqués, tous de ma mère, durant l'heure qui vient de s'écouler.

Mon smartphone est resté allumé tout le temps et je n'ai pas coupé le son. Pourtant, je n'ai rien entendu.

Vingt appels manqués ?

5

JANET

Janet Ferguson appela sa chienne, qu'elle avait laissée sortir.

— Allez, Cindy, rentre ! Il fait trop froid, tu vas attraper la mort.

Elle survola du regard l'herbe gelée de son jardin. Où était la chienne ? Le terrain n'était qu'un modeste lopin de terre assombri par l'hiver, juste assez grand pour accueillir une petite famille, tout comme la maison à laquelle il était rattaché. De fait, maintenant que Robert était mort et que Jo et Will, devenus adultes, ne vivaient plus avec elle, Janet pensait souvent à aller s'installer ailleurs, dans un appartement plus près du centre ou en dehors de la périphérie de Londres.

Aujourd'hui, Thornton Heath la déprimait. Panneaux miteux, pubs décrépits, profusion soudaine de magasins polonais, roumains, somaliens et bulgares qui poussaient partout comme des champignons. Malgré ses efforts pour s'adapter, tout la déconcertait : les articles en vente, les langues et les accents, les gens.

Cette lointaine banlieue n'avait pas réussi à se développer ; elle n'était pas devenue subitement à la mode et n'avait par conséquent jamais connu la gentrification, mais elle n'était pas misérable au point d'obliger le gouvernement à investir pour la moderniser.

Alors Janet se disait qu'il était sans doute temps pour elle de déménager, comme bon nombre de ses anciens amis et voisins. Oui, elle perdrait son cher jardin, associé pour elle à tant de souvenirs. Tant pis. Cindy serait bien obligée de s'y faire. Plus on avançait en âge et plus il fallait accepter de contraintes. Pour sa part, elle devait se résigner à porter un pacemaker et à se rendre tous les mois à l'hôpital ; elle n'avait pas le choix. La vie resserrait son étau tel un boa étouffant chacun inexorablement. Et un jour, on entrait à l'hôpital pour ne plus en sortir.

Comme Robert, qui s'était suicidé peu après ses 40 ans.

Elle se rappelait encore les chiffons fourrés dans le pot d'échappement de la voiture où il s'était enfermé, l'habitacle rempli de monoxyde de carbone.

— Cindy !

Elle entendait la chienne s'agiter tout au bout du jardin embrumé et recouvert de givre. Sans doute était-elle occupée à déterrer un vieil os. Janet avait entendu à la radio que c'était le début du mois de janvier le plus glacial depuis des décennies et que les températures allaient probablement encore chuter. Elle gardait le souvenir d'un hiver semblable, en 1963, quand le froid et la neige avaient sévi jusqu'au mois de mars.

Cindy n'avait apparemment aucune envie de rentrer. Janet n'insista pas, d'autant qu'elle entendait son téléphone sonner et vibrer près de l'évier.

Elle referma la porte de la cuisine puis attrapa son mobile.

— Allô ?

— Maman ? Qu'est-ce qui se passe ?

— Pardon ?

— J'ai reçu vingt appels de toi, maman. Tu vas bien ? Il y a un problème ?

Déroutée, Janet fronça les sourcils.

— Non, ma chérie. Je ne t'ai pas appelée. Pas une fois.

— C'est affiché sur mon téléphone, pourtant.

— Eh bien, je ne sais pas pourquoi.

— Vingt fois, maman. Bon sang, je me suis fait un sang d'encre !

Ne sachant trop quoi dire, Janet contempla de nouveau le jardin où Cindy jouait avec un vieux ballon à moitié crevé, mâchouillé et boueux. Elle revoyait Jo et Will taper dedans pour des matchs de foot improvisés avec leur père. Ça remontait à si longtemps… Une éternité. Ce monde-là avait disparu.

Elle se concentra de nouveau sur son étrange conversation avec sa fille.

— Écoute, ma chérie, c'est gentil de t'inquiéter pour moi, mais tout va bien, je t'assure. Je ne t'inonderais pas d'appels sans raison.

— OK…

— En général, on se parle plutôt une fois par semaine, quand tu penses à me téléphoner, pas vingt fois par jour !

Elle n'avait pu retenir cette pique et, à en juger par l'absence de réaction de sa fille, elle avait fait mouche. Le silence s'étira jusqu'à devenir inconfortable et Janet se sentit obligée de le combler.

— C'est peut-être ton téléphone qui ne fonctionne pas bien ? Comment peux-tu attacher autant d'importance à ce petit appareil ? Et si tu le perdais ? Photos, musique, agenda… Toute ta vie est là-dedans.

— On en est tous là, maman. Bon, tu es sûre que ça va ?

— Certaine.

— D'accord. Désolée. Tu as raison, c'est peut-être juste mon portable qui déconne. Comme tout le reste ici, d'ailleurs.

Toujours perplexe, Janet se borna à hausser les épaules. Elle ouvrit la porte afin de laisser rentrer la chienne, qui se secoua pour se débarrasser des flocons. Au moment où elle se penchait pour caresser l'animal, elle posa les yeux sur les photos encadrées de ses deux enfants et de son petit-fils, Caleb, sur l'étagère. Il y en avait une de Jo le jour de la remise des diplômes, souriante et sûre d'elle. Comme avant.

Aujourd'hui, elle paraissait différente. Jo était d'ordinaire enthousiaste, dynamique, optimiste, mais à cet instant, Janet la sentait vulnérable, agitée. En manque d'affection.

— Et toi, Jo, tu vas bien ?

— Hein ? Oui, pourquoi ?

— Tu sembles nerveuse. Tu te plais, là-bas, dans cet appartement ? Et dans ta nouvelle vie avec Tabitha ?

— Oui, oui, évidemment. L'appartement est sublime et j'adore Camden, c'est incroyablement vivant. Le parc est juste au coin de la rue, je peux aller à pied à Soho… Rien à voir avec la toundra de Thornton Heath !

Jo avait répondu trop vite, d'une voix saccadée. Il y avait bel et bien un problème.

— Tant mieux. Je suis contente pour toi, ma chérie. Oh, à propos… Tu sais que j'ai reçu la visite de Simon, l'autre jour ?

Cette remarque fut accueillie par un nouveau silence tendu. Janet imaginait sans peine l'expression surprise de sa fille.

— Quoi ?

— Oui, il passe à la maison de temps en temps, avec Polly et la petite Grace.

Consciente du malaise suscité par cette déclaration, Janet s'empressa d'ajouter :

— N'oublie pas que ses parents habitent toujours le quartier… Tu te rappelles ? Ils vivent dans Lesley Avenue. Ce sont pratiquement les dernières connaissances qu'il me reste de… du bon vieux temps. Alors quand il va chez eux, Simon fait parfois un saut ici.

— Si je comprends bien, mon ex-mari vient te voir en douce ?

Janet éprouva une pointe d'exaspération.

— Oh, bonté divine ! Ça n'a rien d'un secret honteux… J'ai toujours eu de l'affection pour Simon et on s'entendait bien, tous les deux. C'était un bon mari pour toi. Tu connais mon opinion à ce sujet. En fait, je me dis souvent…

— … que les choses auraient été différentes si on avait eu des enfants ? Oui, je sais, maman, répliqua Jo d'un ton cassant. Tu me l'as déjà répété plusieurs centaines de fois. Et moi, j'ai décidé de ne pas en avoir avec lui. Mais puisqu'il a eu un bébé avec Polly, tu pourrais peut-être te proposer comme grand-mère d'adoption, vu que je ne te donnerai probablement pas de petits-enfants et que Caleb vit à l'autre bout du monde…

Touchée au vif, Janet soupira. Jo était blessée, et jalouse. Elle réfléchissait au moyen d'apaiser la tension quand sa fille la devança :

— Et merde… Désolée, maman, je n'aurais pas dû te parler comme ça. Je regrette, d'accord ? C'est bien que Simon te rende visite. D'autant qu'on ne peut pas dire que je viens te voir souvent.

— Ne t'inquiète pas, je sais que c'est loin.

— Non, ce n'est pas une raison suffisante. Écoute, je te promets de passer ce week-end.

Déconcertée par l'abattement inhabituel qu'elle percevait chez sa fille, Janet tenta une autre approche.

— Je peux te poser une question indiscrète ?

Un bref silence, puis :

— Vas-y, maman.

— Pourquoi ne voulais-tu pas d'enfants ? Simon rêvait de devenir père, il me l'a souvent dit, et il t'adorait. Je sais que ça a joué dans votre décision de divorcer.

— On en a déjà parlé, maman. J'aurais été une mère nulle.

— C'est vraiment la seule raison, ma chérie ?

— Comment ça ?

— Eh bien, la dernière fois qu'il était là, Simon m'a laissé entendre que tu avais des craintes à propos de… de…

Janet s'interrompit, peinant à trouver les mots justes. Elle finit par se lancer :

— Il m'a avoué que tu t'inquiétais à cause de ton père, que tu redoutais d'avoir hérité de ses gènes, de sa schizophrénie, et de les transmettre à ton tour. Au risque de priver un jour vos enfants de leur mère. Mais tu n'as pas à…

— Maman !

— Tu ne dois pas raisonner comme ça, ma chérie. Tu ne dois pas laisser cette peur dominer ta vie. Ça ne se produira pas. Quand ton pauvre père est…

— Devenu fou ?

— Oui, quand ton pauvre père est devenu fou, les médecins ont cherché des antécédents. Il n'y en avait aucun dans sa famille, rien qui pouvait laisser supposer une cause génétique. Il n'a pas eu de chance, c'est tout.

Jo répondit d'un ton calme, presque froid :

— Il y a souvent des facteurs génétiques à l'origine de la schizophrénie.

— Pas dans son cas !

Janet se rendit compte qu'elle avait élevé la voix. Cela lui arrivait rarement avec Jo. Pourquoi réagissait-elle ainsi ? Elles n'avaient pas eu de conversation téléphonique aussi tendue depuis un bon moment. Depuis le divorce, sans doute. Janet adorait sa fille et entretenait avec elle une relation solide, honnête, même si elle se sentait parfois un peu négligée. Et puis au moins, Jo l'appelait une fois par semaine. Will se contentait au mieux d'une fois par mois, cinq petites minutes mensuelles pour lui donner des nouvelles de Los Angeles et de Caleb.

— Tu me parais bien à cran, Jo.

— Ne t'inquiète pas. Je te le répète, je vais bien. C'est juste que je me pose des questions, parfois.

— Quel genre de questions ?

— Oh, tu sais… L'absurdité existentielle de la vie, la mort thermique de l'univers, la téléréalité…

Janet étouffa un rire puis soupira de soulagement. Ça, ça ressemblait plus à Jo.

— D'accord, si tu me dis que tu vas bien, je te crois. Et je compte sur toi ce week-end. On se fera un bon déjeuner.

— Entendu. Et excuse-moi encore d'avoir été agressive. Je suis un peu stressée, c'est vrai. Je rêve d'écrire des scénarios, de trouver un moyen de m'en sortir, mais c'est dur. À mon avis, je resterai locataire toute ma vie.

— Ah, si seulement je pouvais t'aider… J'aurais dû acheter cette maison lorsqu'on en a eu l'occasion, ton père et moi. Au moins, tu aurais la possibilité de toucher un héritage. Malheureusement, quand Robert…

— Ne t'en fais pas, ce n'était pas ta faute. Oh, il faut que je te laisse. Au revoir, maman, à plus.

Sa fille l'avait congédiée sur un ton distrait, comme si un visiteur imprévu venait de se présenter chez elle.

Janet lui dit au revoir, raccrocha et reposa le téléphone sur la table de la cuisine. Son regard se porta de nouveau vers les photos sur l'étagère. Jo et Will. Robert, jeune. Dans les 35 ans, séduisant en diable. C'était de lui que leurs enfants tenaient leur beauté, pas d'elle. Sur le cliché, Robert souriait, parfaitement sain d'esprit. Celui d'après le montrait au salon, assis par terre au milieu d'un groupe d'enfants, Jo et ses amis Billy, Ella, Jenny et Neil, en train de leur apprendre à dessiner, à écrire et à peindre. Il y avait du papier et des crayons partout, un joyeux désordre. Ça devait remonter à un an avant le début des premiers symptômes inquiétants.

Aujourd'hui encore, le souvenir des dégâts que la maladie mentale de Robert avait petit à petit infligés à leur vie, jusqu'à le pousser à se suicider dans la voiture familiale, restait terriblement douloureux.

Janet se rappelait très bien le jour, le moment, même, où elle avait pour la première fois mesuré la gravité de la situation. Où elle avait compris qu'elle ne pouvait plus la nier, l'ignorer, prétendre que Robert était juste un peu excentrique ou stressé.

La scène remontait à plusieurs décennies mais s'était gravée de façon indélébile dans sa mémoire.

Elle était passée de la cuisine au salon pour regarder les informations du soir. Robert, assis sur le canapé, avait les yeux rivés sur l'écran. Un écran noir, vu que le téléviseur était débranché. Ils ne le débranchaient pourtant jamais. Étonnée, elle avait voulu remettre la prise, mais à l'instant où elle se penchait, son mari s'était écrié :

« Non, non, ne fais pas ça ! Non, Janet, surtout pas ! »

Elle s'était assise à côté de lui, perplexe.

« Pourquoi ? Il y a un problème ?

— Parce qu'elle me parle, avait-il répondu, les sourcils froncés. La télé n'arrête pas de me parler. »

6

JO

Le Flask. On ne pouvait pas aller ailleurs pour fêter le retour du Brésil de Tabitha. C'est un pub pittoresque pour clientèle aisée, lambris tachés, mobilier branlant, feu de cheminée et vin chaud de rigueur. Il est situé dans la plus belle partie de Highgate et, comme par hasard, à environ deux minutes et demie de marche de la magnifique demeure d'Arlo. Le vestibule de sa maison du XVIIIe siècle est orné de tableaux de Damien Hirst de la série Spot paintings. À ce que j'ai compris, il réserve les plus belles œuvres d'art à son salon, ou sa salle de bal, ou je ne sais trop quel autre vaste lieu d'exposition au sous-sol. J'ai été invitée une fois chez lui mais je n'ai pas eu droit au tour du propriétaire. On m'a conduite directement à la cuisine, aussi grande que le pavillon de ma mère. Et encore, j'ai eu la nette impression qu'Arlo aurait préféré que j'emprunte l'entrée de service ou un tunnel spécial réservé aux prolétaires.

Et ce soir, je me retrouve toute seule dans le pub où il a ses habitudes. J'avais si hâte de quitter l'appartement que je suis arrivée en avance. Je craignais tant que les assistants me jouent encore un sale tour… À moins que le problème ne vienne pas d'eux mais de moi.

Non, n'y pense pas.

En attendant les autres, je contemple les reproductions racoleuses qui ornent un des murs lambrissés. Y sont représentées certaines des exécutions les plus célèbres du quartier : corps pendus à des potences, foule en liesse… L'une d'elles semble avoir eu lieu au sommet de Primrose Hill. On y voit trois hommes se balançant au bout d'une corde, pieds nus, les mains crispées sur le nœud coulant qui les étrangle. L'artiste a insisté sur les détails des visages convulsés : yeux exorbités, langues saillantes… Les spectateurs réunis autour n'en ont que l'air plus réjouis.

Ainsi, Primrose Hill était autrefois un lieu d'exécution ? Je n'en ai trouvé aucune mention dans mes recherches. L'homme supplicié sur la gauche semble me regarder tandis qu'il s'étouffe lentement. On dirait qu'il a compris. Mais quoi ?

Non, je ne suis pas comme mon père.

Ou peut-être que si ? Je me souviens de lui avant qu'il perde la tête : extraverti, débordant d'humour… Frustré dans ses aspirations artistiques, il avait dû se contenter d'un modeste travail de comptable et ne s'épanouissait qu'au sein de sa famille. Il était toujours prêt à s'amuser, à me faire rire, à me poursuivre autour du pommier. Je le surnommais le « monstre des chatouilles » et il m'appelait « Jo la Tornade », parce que je courais vite. Il aimait jouer avec les mots, avec la vie. Alors peut-être que je tiens plus de lui que de ma mère, conservatrice et timorée. Qui sait ?

Le cours de mes pensées chaotiques et angoissées s'interrompt quand j'aperçois Arlo au bar. Il me toise avec toute l'arrogance de celui qui se sent chez lui. Je suis dans *son* pub. *Son* repaire. Pourquoi a-t-il fallu qu'on se rejoigne ici ?

Parce que c'est Arlo Scudamore qui en a décidé ainsi. Comme toujours, il faut qu'il contrôle tout. Je suis convaincue qu'il contrôle même Tabitha, et il le sait. Mais il ne semble pas se soucier de ce que je pense. Il m'en veut encore pour mon article critique sur les géants de la technologie, où je l'ai cité prétendument sans son autorisation. Il me l'avait pourtant donnée, mais il n'a pas aimé ce que j'ai écrit. D'après lui, ce papier a mis un coup d'arrêt à l'essor jusque-là fulgurant de sa carrière. Dieu que je déteste son accent snob pseudo-branché… Il me considère comme quelconque ? Eh bien qu'il aille se faire foutre. Simon a dit un jour qu'il était « obsessionnellement ambitieux », je n'ai jamais oublié l'expression. On ne saurait mieux le décrire.

Je m'approche du comptoir.

— Salut, Arlo. Contente de te voir.

J'accompagne ces mots de deux bises dans le vide près de ses joues.

— Ah, Jo… Ravi que tu aies pu te libérer.

Il me rend mes deux bises dans le vide. Avant de le connaître, je n'imaginais pas que les politesses d'usage puissent être aussi hypocrites.

— Tabs n'est pas là ?

— Elle vapote dehors, auréolée de fumée comme une cheminée hydrothermale, répond-il.

Qu'est-ce qu'une cheminée hydrothermale ? Aucune idée. Il a juste dit ça pour me rendre consciente de mon ignorance, j'en suis certaine. Le silence entre nous se prolonge. Nous sommes coincés là, entre le comptoir derrière lequel s'alignent les bouteilles de gin artisanal, le mur tapissé de reproductions morbides et l'imposante cheminée où crépite un bon feu. Je finis par demander :

— Tout va bien, euh, côté boulot ? Chez Facebook ?

C'est sûrement la question la plus irritante que je pouvais lui poser, raison pour laquelle, sans doute, je l'ai posée. J'éprouve toujours le besoin de le provoquer, c'est plus fort que moi. Et c'est un bon moyen d'échapper à mes angoisses du moment.

— Le boulot ? Oh, nickel. Je vais m'absenter une semaine ou deux. Pour la start-up.

Son sourire est glacial.

— Ah !

Brusquement, son sourire s'élargit. Se réchauffe. Devient sincère.

— Voilà Jeremy. Lex ! Rollo.

Rollo…

Arlo a un nombre incalculable d'amis BCBG aux joues roses et au prénom qui se termine par « o » : Hugo, Rollo, Theo, Rocco, Orlando, Otto… Otto « von » quelque chose, me semble-t-il. Ils sont tous richissimes. Il y a des multimillionnaires hollandais, des banquiers français, des réalisateurs de films, des experts du capital-risque qui investissent dans le « grand projet » d'Arlo, une innovation en rapport avec l'intelligence artificielle, les fintechs et d'autres trucs que « je ne peux évidemment pas comprendre ». Je connais certains d'entre eux de vue mais ils ne me prêtent aucune attention : pour eux, je suis là uniquement grâce à Tabitha. Avec un peu de chance, peut-être qu'un ou deux de nos anciens copains de fac communs surgiront pour me sauver de mon isolement.

Sauf que, comme je l'ai encore constaté récemment, la plupart ont quitté Londres.

— Jo !

Ah. Une blonde svelte range une cigarette électronique dans la poche de son blouson en jean et se dirige vers moi en affichant un grand sourire.

— Jo ! *Mein Liebchen*.

Elle s'exprime souvent en allemand, avec un accent théâtral, quand elle est de bonne humeur.

— Tabs ! Les jaguars ne t'ont pas dévorée ?

Mon amie me rejoint, m'enlace et me gratifie d'un vrai baiser sur la joue. Je me rends compte avec un pincement au cœur à quel point les contacts physiques me manquent. Personne ne m'embrasse ni ne me touche plus depuis des lustres.

— Alors, ma petite Jo-Jo, comment vas-tu ?

— Oh, super. Et toi ? Le Brésil ? Le Pérou ? C'était bien ?

— Pour résumer, si je dois encore filmer une seule de ces grenouilles arboricoles en voie d'extinction, je consacrerai le reste de ma carrière à l'anéantissement de toute vie amphibie. Et je dégommerai les tritons à coups de fusil.

Nous éclatons de rire et nous jetons encore une fois dans les bras l'une de l'autre. Bon sang, j'en ai tellement besoin…

Le métier de journaliste indépendant n'apporte ni l'indépendance ni la liberté. Il vous enferme chez vous, vous prive de rapports humains et vous pousse à traîner en pyjama toute la journée. Le développement de la technologie ne fait qu'aggraver les choses : tous les échanges significatifs que j'ai eus cette semaine se sont déroulés dans l'univers numérique.

Depuis que je me suis mise à mon compte, il y a cinq ans, j'ai découvert que mes semblables rechignent de plus en plus à parler. Plutôt que de décrocher le téléphone, ils envoient des SMS ou des mails, peut-être pour se donner la possibilité de corriger, d'effacer et de censurer leurs propos. D'embellir leur image, leur âme et leur discours.

J'aurais dû l'écrire dans cet article qui a tant déplu à Arlo : les nouvelles technologies bousillent notre vie sociale, notre humanité, nos interactions, tout. Sont-elles aussi en train de me bousiller moi ?

— Arlo !

— Theo.

— Cicero.

La bande des « O » a débarqué en force. Je reste à l'écart tandis que Tabitha bavarde avec les nouveaux venus. Le pendu qui se balance au bout de sa corde au sommet de Primrose Hill tire vers moi sa langue hideuse et noire. Mes pensées retournent aux enceintes qui me narguent et me déstabilisent, et une question me vient soudain : et si Arlo était derrière tout ça ? S'agit-il d'une sorte de vengeance cynique ? Il est assez brillant et retors pour imaginer un scénario qui ne manquerait pas de piquant : se servir de cette même technologie que j'ai critiquée pour me rendre dingue.

Son antipathie initiale, née de son snobisme, a été renforcée par ce qu'il considère comme ma trahison journalistique. Il est passé à Delancey Street peu après mon installation et, en voyant ma garde-robe, m'a infligé toutes sortes de remarques caustiques sur la chance que j'avais d'emménager dans cet appartement. Après tout, j'aurais pu me retrouver dans une chambre meublée minable au milieu de nulle part, peut-être le long de l'A40, à « respirer du pur monoxyde de carbone ». Oui, il a prononcé ces mots en sachant pertinemment comment mon père est mort. Il a ensuite ajouté, pour faire bonne mesure : « Au lieu de quoi tu peux vivre ici, dans le luxe, avec des assistants pour tout gérer. Tu veux regarder la télé ? Écouter de la musique ? Tu n'as qu'à demander. Et tout ça grâce à toutes ces entreprises que tu détestes et critiques tant. Quelle ironie, non ? »

Je le regarde posté au comptoir, entouré de ses congénères empressés. Il ponctue leurs propos de son petit rire caractéristique, comme s'il jugeait le rire légèrement vulgaire mais daignait faire l'effort d'en imiter le son, par politesse. Il est mince, séduisant, a des traits aristocratiques, et pourtant il n'est pas sexy, à mes yeux du moins.

Tabitha rompt mon isolement en me tendant une flûte.

— Tiens, du Perrier-Jouët, rien que ça !

Elle sourit puis incline la tête vers son fiancé et sa bande de copains pleins aux as.

— Tu n'as pas envie de te mêler à eux, hein ? Je te comprends. Figure-toi qu'Arlo est en train de parler de *blockchain* avec certains de ses banquiers. Non mais franchement, c'est quoi, ça, une *blockchain* ?

Nous sommes à quelques mètres du groupe principal, près du bar. Mises sur la touche, en quelque sorte, exclues, quantité négligeable. Je contemple l'alcool doré qui pétille dans ma flûte. Devrais-je me sentir coupable de boire le champagne payé par cet insupportable Arlo ? Oh non… Je porte le verre à mes lèvres et avale quelques gorgées si rapidement que j'en éternue des bulles. Un léger tremblement agite ma main, trahissant mes inquiétudes les plus profondes.

Tabitha fronce les sourcils, les yeux fixés sur ma flûte. Je m'empresse de la poser sur le comptoir.

— Hé, ça va ? Tout se passe bien à l'appart' ?

Elle a perçu mon malaise. C'est peut-être le moment de tout lui dire, de me libérer d'un fardeau, de demander de l'aide, de mentionner les assistants et les possibles dysfonctionnements – des machines ou de mon cerveau. Et les provocations, la musique, les effets dignes d'un film d'horreur grotesque. Mais je ne peux pas. Cela orienterait forcément la conversation sur la cause profonde de tous ces dérèglements : la mort de Jamie Trewin. Or nous nous sommes promis, elle et moi, sur nos vies, sur celles de nos proches, de ne jamais en parler. Jusqu'ici, nous avons respecté notre engagement. Je n'imagine pas le trahir maintenant. Qui sait si Tabitha ne me mettrait pas à la porte ? Auquel cas, il faudrait réellement que j'aille m'installer le long de l'A40, dans les vapeurs de monoxyde de carbone.

Et puis, les assistants se tiennent tranquilles depuis un ou deux jours. Depuis que j'ai appelé ma mère, en fait. Je ne me sens pas soulagée pour autant car cela ne me laisse qu'une possibilité : celle d'être schizophrène comme mon père.

C'est tellement glaçant que je préfère ne pas y songer.

Ne pense pas à ça. Ça, ça, ça… *Ça* m'écoute. *Ça* me parle. Electra me parle de la même façon que la télé parlait à mon père, apparemment. Une voix dans le noir… J'étais trop jeune pour comprendre, à l'époque, mais j'ai appris depuis que c'était le premier symptôme de la maladie qui l'a tué quelques années plus tard.

En suis-je atteinte ? Vais-je moi aussi finir asphyxiée dans une voiture ?

— Jo ? Tu m'écoutes ?

Je tressaille. J'ai dû rester silencieuse une bonne minute, perdue dans mes réflexions. Mon père aussi s'enfermait de plus en plus souvent dans son mutisme. Avant que son comportement devienne effrayant, que ses taquineries prennent un tour agressif et que je sois obligée de me réfugier auprès de ma mère. Avant que sa folie éloigne mes amis. Dave, Jenny et les autres, ils ont tous fui la maison. Au moins, ça m'a permis de développer mon autonomie.

Je me force à sourire à ma colocataire.

— Oui, excuse-moi, Tabs. J'étais ailleurs. Le stress du boulot… Et puis, je m'ennuie un peu. Tu sais que tu rentres au beau milieu de l'hiver le plus froid depuis Charles Dickens ?

Elle fait semblant de frissonner.

— J'ai remarqué… Il y avait des pingouins dans le hall d'arrivée, à l'aéroport.

— Alors, comment c'était ? Le documentaire, la jungle, le voyage ? À quoi ça ressemble, l'Amazonie ? J'ai toujours rêvé d'y aller. T'as une de ces chances !

Elle pouffe.

— Des bestioles.

— Pardon ?

— C'est ça, l'Amazonie, ma grande. Le royaume des bestioles. Tu ne vois pas beaucoup d'animaux parce que la jungle est un véritable rempart de végétation. Mais les insectes, c'est un cauchemar : des moustiques gros comme des rapaces, des mille-pattes mortels, des araignées qui exsudent littéralement le venin…

— OK…

— Un jour, des fourmis rouges ont attaqué mon sac à dos. Je te jure ! Elles ont essayé de le bouffer. Il est couvert de petites taches blanches d'acide formique aux endroits où elles ont mordu la toile. Incroyable, non ? Et la nuit, tu n'entends qu'eux.

— Qui, « eux » ?

— Les insectes ! Ils font un de ces raffuts !

Elle vide sa flûte d'un trait.

— Et je ne te parle pas des rats géants… Lois n'en pouvait plus. Elle m'a dit que pour le prochain tournage, on devrait aller au Groenland. Là où il n'y a aucune créature à plus de quatre pattes.

Lois est sa présentatrice, la star des documentaires sur la nature que Tabitha coproduit.

— Le seul truc un peu marrant que j'ai à raconter, c'est la fois où un tapir est tombé dans la piscine.

Je la regarde, stupéfaite. Il lui arrive toujours des aventures incroyables. Nous en avons vécu certaines ensemble, il y a longtemps : nous sommes parties sac au dos en Bolivie et en Colombie, avons repoussé des masseurs tantriques trop insistants en Inde. Puis les réalités de la vie nous ont rattrapées et nous nous sommes assagies. J'ai cessé de voyager ; Tabs continue pour son travail et rentre toujours avec un stock de nouvelles histoires. Ce soir, j'ai plus que jamais besoin de les entendre pour ne plus penser à ce qui se passe dans l'appartement. Ou dans ma tête. Je feins l'étonnement :

— Vous aviez une piscine ? Je croyais que vous campiez au beau milieu de la jungle, parmi les bêtes sauvages… Ce n'est pas ce qui était prévu ?

Tabitha hoche la tête en étouffant un petit rire.

— Si, mais vers la fin, on en a eu tellement marre des tentes et des piqûres de bestioles qu'on a pris une chambre dans un hôtel près d'Iquitos, où il y avait une piscine. Sauf qu'elle était juste à côté de la jungle, et un tapir est tombé dedans en voulant boire. Il a paniqué et fait un énorme caca dans l'eau. Franchement, t'as envie de nager dans une piscine pleine de crotte de tapir, toi ?

J'éclate de rire. Fort. Trop fort, sans doute, ce qui trahit ma nervosité. Mais je suis heureuse de retrouver Tabitha, ma plus vieille amie. Elle m'a manqué.

Nous rejoignons Arlo et sa bande, par politesse. Au bout de quelques minutes à les écouter parler de cryptomonnaies, Tabitha et moi échangeons des coups d'œil entendus. Elle embrasse son fiancé sur la joue en disant :

— Chéri ? Je sors vapoter. N'investis pas trop dans l'aetherium, les cours vont s'effondrer.

Il ne lui prête qu'une attention distraite et elle me glisse :

— Tu m'accompagnes ? Le patio est sûrement chauffé.

Soulagée, je la suis dans le jardin intérieur du pub. Il fait un froid mordant mais, oui, il y a bien des parasols chauffants. Je les indique d'un geste.

— La plus belle invention de l'homme depuis…

— … Facebook ? m'interrompt Tabitha.

Elle sourit, taquine.

— Oh, s'il te plaît, Tabs, ne reviens pas là-dessus.

Je soupire.

— Sérieux, j'aimerais vraiment mieux m'entendre avec Arlo, mais il… il vit sur une autre planète. Comme s'il était membre de la famille royale. À mon avis, il est même capable de prendre la reine de haut.

— C'est bien possible, réplique-t-elle d'un ton amusé. Mais surtout, il est persuadé que tu as compromis son accession au trône d'empereur d'Internet.

Je lève une main pour protester.

— Mais jamais de la vie !

Tabitha sourit, dévoilant ses dents blanches parfaites. J'ai d'assez bonnes dents, mais moins régulières.

— Je sais, *mein Liebchen*, je sais. Mais tu le connais, pas vrai ? Et aujourd'hui, il est sur le point de lancer cette start-up d'enfer qui, d'après lui, devrait le rendre milliardaire. Comme s'il avait besoin de fric… Bref, il est particulièrement à cran en ce moment. Ignore-le, c'est tout.

Je m'abstiens de lui demander ce qu'elle lui trouve. Elle est réellement amoureuse de lui, elle me l'a dit. Elle m'a confié aussi qu'ils s'entendaient bien au lit et qu'ils participaient à des soirées échangistes branchées : Killing Kittens, Kinky Salon… Peut-être que tout tourne autour du sexe entre eux ? Non, pas seulement. Malgré l'assurance qu'elle affiche, Tabitha manque parfois singulièrement de confiance en elle. Elle souffre d'attaques de panique. Son père a quitté le foyer familial quand elle avait une dizaine d'années pour suivre une maîtresse deux fois plus jeune que lui. Par conséquent, la fortune d'Arlo et ses attentions lui procurent une impression de sécurité.

En la voyant allumer une vraie cigarette, j'écarquille les yeux.

— Je croyais que t'avais arrêté ! Tu nous as fait tout un show, à l'époque, non ? « Tabitha arrête de fumer ! »

Elle glousse puis hausse les épaules. Les parasols chauffants projettent une lueur rouge sur son joli minois. Un rouge étrange, menaçant, quasi démoniaque. Je ne peux m'empêcher de la dévisager, cette ravissante créature du diable debout dans le patio obscur d'un vieux pub de Highgate, au plus fort d'un hiver rigoureux. Un hiver durant lequel des femmes tristes et solitaires tirent par la main de petits enfants sur les trottoirs enneigés.

— J'ai repris au Pérou, explique-t-elle. Je pensais que la fumée éloignerait les moustiques. Ça n'a pas marché, mais j'ai replongé. Ne le dis pas à Arlo, il serait furieux.

Elle a toujours le visage baigné de rouge, satanique. À moins que cette image n'existe que dans ma tête ? Ses dents n'en paraissent que plus blanches, et je songe à des crocs. Les canines d'un vampire aspirant le sang de mon cou pendant mon sommeil. Tabitha était sous la tente avec moi, cette nuit-là… A-t-elle raconté à Arlo ce qui s'est passé avec Jamie Trewin ? J'ai envie de lui poser la question mais je me borne à demander :

— Je suppose que tu dors chez lui, ce soir ?

Elle hoche la tête puis fronce les sourcils d'un air belliqueux.

— Oui. J'ai le droit, Jo. C'est mon choix.

— Ah oui ?

Un soupir lui échappe.

— Tu penses qu'il me domine, c'est ça ?

— Non, je pense qu'il t'infantilise. Comme s'il était ton père. Il s'occupe de toi, te punit pour tes incartades…

— OK, c'est vrai, admet-elle avant d'exhaler des jets de fumée. Mais bon, peu importe. Écoute, on ne va pas se disputer ce soir, alors que je viens juste de rentrer… S'il te plaît, ne dis rien à Arlo pour les clopes. Il me ferait une scène.

Elle tire de nouveau sur sa cigarette.

— La vérité, Jo, c'est que je ne vois aucun inconvénient à ce qu'on s'occupe de moi, ou même à ce qu'on me donne des ordres, dans les moments où je ne bosse pas. Tu comprends ? Il faut toujours que je sois ultra-directive dans le boulot, alors quand je suis à la maison, j'aime bien jouer les petites femmes soumises. Ou les princesses.

Il n'y a aucune trace de honte dans le sourire qu'elle me décoche.

— C'est affreux, hein ? J'avoue, j'adore le laisser tout prendre en charge, moi comprise. J'adore qu'il décide pour nous deux, qu'il choisisse le restaurant, le vin, les plats… Et ensuite, qu'il règle l'addition. C'est si rétrograde que ça ?

Toujours troublée par les reflets rouges sur ses traits, je me concentre sur son regard bienveillant. Elle a peut-être raison, après tout. Je soupèse l'idée. Laisser quelqu'un s'occuper de moi ? Oh oui, ça me plairait. Quelqu'un de bien, rien qu'à moi, qui me rassurerait. Qui m'offrirait un dîner dans un bon restaurant puis me ferait l'amour tendrement…

Je soupire à mon tour, vaincue.

— Je comprends, oui. Et de toute façon, je ne suis pas en position de critiquer. Ma vie sentimentale est un désert. Encore plus aride que l'Atacama, tiens ! Tu crois que je devrais me chercher un petit vieux fortuné ? À condition qu'il ait encore des cheveux, évidemment…

Nous gardons le silence pendant qu'elle termine sa cigarette. Je suis à nouveau tentée d'évoquer la situation qui me préoccupe. Nous bavardons depuis un bon moment et je n'y ai même pas fait allusion. Or, il est déjà 22 heures, et si elle passe la nuit chez Arlo, je n'aurai peut-être pas d'autre occasion d'aborder le sujet. Moi, je suivrai Jackson's Lane toute seule, guettant les bruits de pas derrière moi, pour aller prendre le métro à Highgate. Je déteste cette station, enfouie comme une tombe sous cette petite enclave de forêt urbaine enneigée. C'est tout juste si je ne m'attends pas à voir des loups en surgir, effrayants et affamés.

Je m'efforce d'adopter un ton léger.

— Tabitha ? Tu sais, toutes ces enceintes connectées, chez toi…

Elle écrase son mégot dans la terre d'un petit arbre en pot.

— Hmm… Oui ?

— Je me demandais : comment elles sont arrivées là ?

Les sourcils froncés, elle se vaporise un peu de spray mentholé dans la bouche.

— Pardon ?

— Je veux dire, qui les a achetées et installées ?

— Arlo, évidemment. C'est lui qui me les a offertes. Mais il ne les a pas installées lui-même, c'est trop… mécanique pour lui.

Elle tord la bouche en une moue pensive.

— En fait, c'est ton ex-mari qui les a installées, pour nous rendre service. Tu ne t'en souviens pas ?

— Quoi ?

— Ton ex, ma belle. Simon. Tu ne l'as pas complètement oublié, quand même ! Il est venu un jour tout mettre en place dans l'appartement. La domotique. Tout le système.

Sur ces mots, elle se détourne et rentre dans la salle. À la lueur rouge des parasols, la fumée qu'elle laisse dans son sillage se change en volutes écarlates qui se dissipent rapidement dans le froid. Je pense à Simon et à ce que je viens d'apprendre. Il ne m'a jamais parlé de ce service rendu à Tabitha. Pas un mot. Ni quand nous étions mariés ni après.

Ils ont pris cette disposition entre eux, tous les trois, sans me le dire. Ensuite, Tabitha m'a invitée à emménager chez elle, en me demandant un loyer si dérisoire que j'ai accepté avec joie.

Profiter d'un appartement pareil, équipé de toute cette technologie dernier cri ? C'était une proposition incroyable. Une tentation irrésistible.

Un gros papillon de nuit est piégé sous un des parasols chauffants. La malheureuse créature attirée par la lumière est condamnée à une fin terrible. Je regarde ses ailes s'agiter désespérément tandis qu'elle se consume. Puis elle tombe, inerte.

7

JO

Les derniers verres sont vidés, les derniers baisers dans le vide échangés, et les amis d'Arlo regagnent leurs magnifiques demeures d'époque avec piscine intérieure. Après avoir pris congé de Tabitha, je me mets en marche dans la nuit glaciale. Le ciel, l'air, le monde entier semblent faits de ténèbres gelées n'attendant que le moment de voler en éclats. Ce soir, Highgate est un daguerréotype sous verre, fragile photographie des années 1840. Des silhouettes sombres aux épaules rentrées, indistinctes dans la brume, progressent lentement. Loin en contrebas de Highgate Hill, après le cimetière, je vois les feux arrière des voitures tourner à gauche ou à droite puis disparaître, engloutis par l'obscurité.

Pourquoi la plupart des bars et des restaurants de Highgate Village sont-ils déjà fermés, à 23 heures ? C'est troublant, mais je comprends qu'en cette période de calme après les fêtes, tout le monde soit trop fauché ou trop léthargique pour sortir le soir et braver le froid.

Le trajet dans Jackson's Lane ne m'en paraît que plus solitaire.

À mesure que j'avance, les maisons des XVIIe et XVIIIe siècles se resserrent autour de moi, leurs jardins deviennent plus petits et anciens. Puis je m'engage dans une étroite ruelle bordée de murs de brique rouge érodés. L'écho de mes pas résonne sur le sol verglacé. Isolement total.

Machinalement, je sors mon téléphone de ma poche. Ai-je reçu des messages sur OKCupid ?

Non. Pas un seul. Qu'est-ce que j'ai fait de travers ? Est-ce la photo ? Ai-je été trop sarcastique ? Il va falloir que je modifie mon profil.

Et soudain, alors que j'approche de la station de métro en désespérant de ma vie sentimentale, une évidence s'impose : Liam.

J'ai beau me sentir coupable d'avoir entamé ce flirt virtuel qui a conduit à mon divorce, je ne pourrais nier que je me suis aussi bien amusée. Liam et moi ne nous sommes jamais rencontrés en chair et en os, mon mariage s'est défait avant que je franchisse cette dernière étape décisive, mais nos innombrables SMS, messages et mails coquins étaient excitants. Liam était drôle, vif, capable d'autodérision. Et vraiment beau gosse sur les photos.

Pourquoi ne pas l'appeler ? J'ai mis un terme si abrupt à cette relation… Après lui avoir expliqué que Simon avait découvert nos échanges et que nous allions nous séparer, je ne lui ai plus donné de nouvelles, du jour au lendemain. Ça me paraissait être la meilleure solution. J'avais trop mauvaise conscience.

Alors j'ai disparu.

Mais aujourd'hui, je suis célibataire. Le beau Liam l'est-il encore ?

Je le cherche dans mes contacts. Il est là, sur WhatsApp. Il semblerait qu'il soit en ligne en ce moment même.

Il est un peu tard, mais il travaille peut-être encore au bar ? Et puis nous échangions souvent messages et photos, toutes ces photos stupides, tard dans la nuit. Même quand Simon ronflait doucement à côté de moi dans notre lit.

Je me décide et tape :

Salut. Devine qui c'est…

J'attends. Les deux coches deviennent bleues. Il a lu mon message et doit réfléchir à une réponse. Mon cœur s'emballe. Un vélo file sur la chaussée en direction de la station de Highgate ; ses lumières sont à peine visibles dans le brouillard givrant. Enfin, un message de Liam Goodchild.

C'est vraiment toi ? Après tout ce temps ?

Je ne peux retenir un sourire. Pourquoi n'y ai-je pas pensé plus tôt ? Pourquoi me suis-je embêtée avec ce profil sur OKCupid ? Je me rappelle en particulier une photo de lui, torse nu sur un bateau. Oh oui, Liam Goodchild. Je suis là, je suis prête.

Un autre message arrive. J'y jette un coup d'œil et fronce les sourcils.

Non Jo non

???

J'ai tout appris, Jo. Je sais tout sur toi.

Appris quoi ? Qu'est-ce que tu sais ? Je ne comprends pas. Je me disais juste que tu aurais peut-être envie de bavarder…

Rien. Il a lu mon message, pourtant. Je me fige dans la nuit glacée.

Ah, une réponse :

Il est trop tard. Je ne veux pas parler. Toute cette noirceur, ce silence, et maintenant ça ? Après tout ce qui s'est passé ? Non.

Je relis ses mots, déroutée. Qu'est-ce qu'il raconte ? Il a l'air ivre. Ou furieux. Les doigts tremblants, je réponds :

Liam, désolée, je ne vois pas ce que tu veux dire. Qu'est-ce qui s'est passé ? Je m'excuse de t'avoir laissé tomber comme ça. Bref, je suis libre aujourd'hui et je me demandais…

Il ne prend même pas la peine de me lire. Son message suivant interrompt le mien.

Tu ignores à qui tu as affaire. Lâche-moi, OK ? Je ne veux pas être responsable. Tu ne me connais pas. Arrête de m'écrire, laisse-moi tranquille. Sinon quelqu'un va y rester.

Je serre le téléphone de toutes mes forces, de crainte de le lâcher. Ce n'est pas le garçon dont je me souviens. Il a sans doute bu, il délire… Sous mes yeux, il efface les messages qu'il vient d'envoyer. Et quand je veux répondre, son icône a disparu. Il m'a bloquée.

Tout en respirant l'air froid, je vais sur Messenger. Je suis bloquée là aussi. Et Instagram ?

Pareil.

Il m'a rejetée, supprimée de ses contacts, de sa vie, sans autre explication que ces remarques bizarres : « Tu ignores à qui tu as affaire. Lâche-moi, OK ? Je ne veux pas être responsable. Tu ne me connais pas. Arrête de m'écrire, laisse-moi tranquille. Sinon quelqu'un va y rester. »

Comme une menace. Comme si je courais un danger mortel.

Ne ferais-je pas mieux de l'appeler ? Nous ne nous sommes parlé qu'une fois au téléphone, pour échanger quelques mots passionnés. Mais c'était trop risqué, trop excitant, et nous étions convenus de nous en tenir aux messages écrits.

Aujourd'hui, quelle importance ? J'affiche son numéro, l'appelle, et atterris directement sur une boîte vocale.

Il m'a bloquée là aussi. Il me fuit. Il a peur.

De quoi ?

« Toute cette noirceur, ce silence, et maintenant ça ? »

Je range le téléphone dans ma poche et me remets en marche, ébranlée et plus seule que jamais. Cette nuit polaire confère à ma solitude une dimension physique ; elle la rend douloureuse, oppressante. Et je n'entends que mon souffle laborieux.

Je jette un coup d'œil derrière moi.

Personne.

Derrière les fenêtres occultées par des rideaux et les porches sombres, je ne décèle pas le moindre signe de vie. C'est encore plus inquiétant.

Mon cœur s'affole sous le coup d'une impression de vulnérabilité totale. Je me rappelle papa qui, sur la fin, s'élançait vers moi pour me prendre dans ses bras en essayant d'être gentil, aimant et amusant, comme avant. Mais il avait des gestes trop brusques, trop violents et gauches, qui le rendaient effrayant. Non, non, non. L'envie de courir, de fuir, devient irrépressible. La panique me submerge. À l'aide. À l'aide !

8

JO

Je suis presque arrivée au bout de la rue. Encore quelques mètres et j'atteindrai Archway Road, avec ses voitures, ses piétons et ses réverbères. Je respire profondément en m'efforçant de considérer la situation sous un angle rationnel, logique. J'ai paniqué, c'est tout, déstabilisée par les messages incompréhensibles de Liam. Non, je ne suis pas suivie ; non, la station de métro n'est pas cernée par une meute de loups.

Liam a sans doute une petite amie, voilà pourquoi il ne veut plus de moi dans sa vie ni dans sa tête. Alors il a décidé de me chasser en me faisant peur. Peut-être même était-il avec elle quand j'ai envoyé mon message, d'où sa réaction excessive.

Oui, sûrement.

La rame dans laquelle je monte me paraît bien vide. Après Archway, Tufnell Park, Kentish Town, elle me dépose enfin à Camden, où règne une relative animation. Le pub en face du métro, l'ancien Mother Damnable, rebaptisé le World's End, où les voyageurs s'abritaient autrefois des bandits, diffuse du rock à plein tube. Devant, des types fument de l'herbe en échangeant des blagues salaces.

Je m'engage dans Parkway et dépasse des cafés fermés, des congères sales et des pubs huppés. L'air d'opulence du quartier croît à chaque pas. Du foyer pour sans-abri d'Arlington Road, à 2 livres la nuit, aux magnifiques bâtisses de Nash Terraces, à 20 000 livres le mètre carré, il n'y a que quelques minutes de marche.

Je suis presque chez moi. Je bifurque au bout de Parkway et me fige. Un groupe de badauds s'est rassemblé sur le trottoir en face de mon immeuble. Des clients du pub local, sans doute, l'Edinboro Castle. Ils regardent tous en direction de mon appartement mais je ne vois pas encore pourquoi, car la façade donne sur la rue perpendiculaire.

En m'approchant, je lis la perplexité sur les visages. Que se passe-t-il ?

Parvenue à l'angle de la rue, je lève les yeux.

Au même moment, toutes les lumières de l'appartement s'allument. Toutes sans exception. Les stores relevés révèlent les murs peints en rouge, le téléviseur hors de prix, les sculptures métalliques de Tabitha. Puis les pièces s'assombrissent et les vitres reflètent les réverbères de Delancey Street, les voitures en stationnement et la neige qui s'est remise à tomber. Quelques secondes plus tard, le phénomène se reproduit : les lumières s'allument puis s'éteignent. Encore et encore.

Comme si l'appartement était vivant. Comme s'il adressait un signal à quelqu'un, dehors. Une sorte de message en morse. Mais à qui ? Et surtout, qui est à l'intérieur, en train de s'amuser avec l'éclairage ?

J'entends soudain quelqu'un crier mon prénom.

C'est ma voisine, trois immeubles plus loin. Deborah Welland. Elle grelotte dans son peignoir. Quand les buveurs se dispersent en secouant la tête, elle s'approche de moi. La quarantaine bien tassée, divorcée, les cheveux teints, toujours agitée, c'est le genre à se plaindre de tout au conseil municipal : il y a trop d'arbres, pas assez d'arbres, trop de bus, pas assez de bus… Avec les meilleures intentions du monde. Deborah n'hésiterait pas à me prêter tout le sucre qu'elle a chez elle, même s'il lui en faut au moins trois cuillerées dans son café.

— Salut, Debs. Qu'est-ce qui se passe ?

Question idiote. Nous savons toutes les deux ce qui se passe. Elle tend la main vers les balcons ornementaux en fonte de mon étage.

— Ça n'a pas arrêté de la soirée, dit-elle. Les lumières s'éteignent et se rallument, comme un code.

Elle secoue la tête.

— Je m'en suis aperçue vers 20 heures, en rentrant du travail. J'ai d'abord pensé qu'il y avait peut-être un court-circuit. Mais ça dure depuis des heures…

Sous nos yeux, l'appartement s'éclaire de nouveau. Puis s'assombrit. Et ainsi de suite pendant une bonne minute. Je retiens mon souffle avec l'impression d'être une gamine confrontée à un film d'horreur interdit aux moins de 16 ans. La scène est à la fois effrayante et hypnotique.

Il doit y avoir un problème avec les assistants, qui contrôlent aussi l'éclairage. J'éprouve un certain soulagement à la pensée que d'autres sont témoins de… De quoi, au juste ?

— C'est bizarre, reprend Deborah. On dirait qu'il y a quelqu'un chez vous qui tripote les interrupteurs. Sauf qu'on ne voit personne. Vous ne vivez pas avec un fantôme, quand même ?

Elle a lancé ces mots sur le ton de la plaisanterie, mais ce n'est pas drôle. Les flocons de neige fondent sur nos visages, celui de ma voisine reflète la perplexité.

— J'ai essayé d'appeler Tabitha, ajoute-t-elle. Je pensais qu'elle saurait peut-être ce qui se passe, mais je n'ai pas pu la joindre.

— J'étais au pub avec elle. Elle a dû couper son portable.

— Tenez, ça recommence.

Les lumières clignotent, cette fois, illuminant Delancey Street, Cumberland Terrace, la vaste étendue déserte de Regent's Park et le zoo où des loups sont enfermés dans de minuscules enclos.

— Je ferais mieux d'aller voir, dis-je, feignant un calme que je n'éprouve pas. Quelque chose a dû se dérégler dans l'installation électrique. Vous connaissez Tabitha, il lui faut toujours les appareils technologiques les plus sophistiqués. Le problème, c'est qu'ils sont aussi fragiles. Tout se détraque, depuis quelques jours.

Deborah me regarde, les yeux plissés, comme pour déterminer si je suis sarcastique.

Je prends congé puis déverrouille d'une main tremblante la porte principale de l'immeuble. J'inspire profondément. Je n'ai aucune envie d'entrer dans cet appartement. Du calme.

JE N'AI AUCUNE ENVIE D'ENTRER DANS CET APPARTEMENT.

9

JO

Consciente du regard de Deborah qui pèse sur moi, à la fois compatissant et apeuré, je pousse la porte pour pénétrer dans le vestibule sec et chaud. Des publicités pour diverses pizzerias et chaînes de fast-food sont disséminées sur le sol comme des feuilles mortes à l'automne.

J'inspire à fond encore une fois. Si je veux affronter la situation, mieux vaut agir au plus vite. Après avoir gravi les marches, j'insère la clé dans la serrure de l'appartement. Il reste celui de Tabitha. Je ne m'y sens toujours pas chez moi, peut-être parce que je ne tiens pas à trop m'y impliquer.

Que vais-je découvrir ? J'imagine toutes sortes de monstres high-tech ridicules, de spectres électriques. Ou des fantômes. Celui de mon père. Mon père mort sera assis dans un coin et me parlera…

Arrête. Calme-toi.

Tourne la clé.

Le battant s'écarte. Je vois des pièces bien éclairées, en ordre. Des murs peints en rouge ornés de photos prises pendant les nombreux voyages de Tabitha, certains avec moi, la plupart avec ses petits amis, et avec Arlo.

Les *calaveras* mexicaines en céramique commémorant le Jour des morts sont toujours là. De même que la statuette égyptienne d'un homme à tête de chien.

Je m'engage dans le couloir puis me dirige vers le salon. Il me semble que le silence vibre comme un bol chantant tibétain.

Rien n'a changé. Mon regard se pose sur le fragment de lave d'Éthiopie, sur les magnifiques coquillages de Sanibel, en Floride. Sur la bibliothèque où les livres de Tabitha, fiction littéraire et histoire naturelle, voisinent avec les miens : thrillers, romans policiers, ouvrages d'histoire de l'art, et quantité de guides pratiques sur l'écriture de scénarios.

S'il y a eu un problème avec le système électrique, si les assistants ont buggé pour une raison ou une autre, tout est désormais rentré dans l'ordre. Je regarde par la fenêtre. Les badauds ont disparu. Deborah aussi. La rue est déserte. S'agissait-il d'un simple dysfonctionnement, ou de quelque chose de plus complexe ?

Le seul élément étrange est le froid intense. Le chauffage s'est manifestement éteint. Ça, ce n'est pas normal. Le système est censé maintenir une température de 12 °C dans l'appartement même quand il est vide, afin que les canalisations n'explosent pas en cas de gel. Or, dehors, il gèle, et à l'intérieur l'air est glacial. Une vraie chambre froide.

OK. OK. Je ne m'affole pas. Et j'essaie de ne pas penser à Liam et à ses messages bizarres. Il avait certainement une raison pour réagir de cette façon, une raison sans aucun rapport avec moi.

Après avoir ouvert l'appli Electra sur mon téléphone, je sélectionne « Paramètres » et vérifie « Éclairage et Chauffage ». Apparemment, j'ai réglé l'éclairage sur 23 heures, heure à laquelle j'étais censée rentrer. Mais j'ai aussi programmé le système pour que les lumières ne s'allument pas de la nuit, au cas où je serais en retard. Ai-je commis une erreur ? Je me rappelle vaguement avoir ouvert l'application quand j'étais au pub. J'avais un peu trop bu et j'étais distraite. Est-ce moi qui ai donné des instructions contradictoires aux assistants ?

Je n'en ai pas la moindre idée. Tout ce que je sais, c'est que ce froid n'est pas supportable.

— Electra, remets le chauffage. Règle le thermostat sur 22 °C, s'il te plaît.

Le diadème de voyants s'illumine, un signal sonore retentit et Electra déclare :

— Le thermostat est réglé sur 22 °C.

— Merci, Electra.

— Je suis là pour ça !

Je regarde l'enceinte, ce cône noir abritant puces et circuits électroniques, et éprouve un profond sentiment d'hostilité. De colère, même : j'ai la conviction que quelqu'un ou quelque chose veut me jouer un sale tour. D'abord les provocations, puis la musique, et maintenant la lumière ? Sans parler des menaces à peine voilées de Liam…

« Quelqu'un va y rester. »

Les indices s'accumulent mais je ne peux rien faire. Certainement pas prévenir la police, en tout cas, à cause du passé. De Jamie Trewin, ce garçon si athlétique et si sympa, toujours prêt à payer une tournée, mort dans de terribles convulsions par notre faute, à Tabitha et à moi.

Bon, ça suffit. Je suis vannée. Il fait maintenant nettement plus chaud dans l'appartement. Demain, il faut que je me lève, me mette au travail, m'efforce de mener une vie normale et de voir des amis… Après m'être démaquillée et brossé les dents, j'enfile mon pyjama puis me dirige vers ma chambre en demandant aux assistants d'éteindre derrière moi.

Ils s'exécutent. J'avance en semant l'obscurité dans mon sillage, telle une impératrice suivie par ses serviteurs qui mouchent les chandelles après son passage. Tout fonctionne parfaitement. Sans la moindre anicroche. La lassitude me rattrape quand je m'allonge sous la couette. Je n'aspire plus qu'à me laisser glisser dans le sommeil mais, au moment de fermer les yeux, je me rends compte que j'entends « Hoppípolla ».

Non. Ce n'est qu'un effet de mon imagination. Je suis déjà à moitié endormie.

Faux. Je n'imagine rien. Toutes les petites lumières clignotent sur HomeHelp, l'enceinte gris-beige en forme d'œuf d'autruche qui se trouve dans ma chambre.

— Stop ! Éteins. Ne passe plus jamais ce morceau.

HomeHelp m'obéit, mais la mélodie provient d'une autre pièce. La petite enceinte de la cuisine a pris le relais, semble-t-il. Je me lève d'un bond, attrape mon peignoir et fonce à la cuisine. Refusant de me fier aux assistants, je presse moi-même l'interrupteur. L'appareil en forme de palet de hockey, sur le micro-ondes, diffuse à plein volume cette magnifique chanson associée pour moi à un souvenir épouvantable.

— Electra, stop. STOP !

Le silence ne revient que pour quelques secondes. Puis tout recommence à un niveau sonore encore plus élevé. Heureusement que l'appartement de Fitz, en dessous, est toujours vide, et que mes riches voisins du dessus ne sont pas revenus de leurs interminables vacances… Le vacarme s'élève à présent de toutes parts : la salle de bains, la chambre de Tabitha, le vestibule, le bureau. Je cours d'une pièce à l'autre en répétant « Stop, stop, stop ! » jusqu'à ce que le bruit cesse. D'un coup.

De nouveau, le silence.

J'attends. J'ai le sentiment que ce n'est pas terminé.

À juste titre. Je distingue soudain des voix, qui résonnent un peu moins fort que la musique un instant plus tôt. Des voix d'hommes, de femmes, qui s'expriment avec différents accents. Les assistants me parlent, se parlent, ou parlent à quelqu'un d'autre.

Et leurs paroles sont si étranges…

Au salon, Electra déclare :

— La perfection est atroce, elle ne peut pas avoir d'enfants.

Quoi ?

L'assistant du couloir enchaîne :

— Le flux de sang est flux d'amour.

L'enceinte du salon reprend :

— La perfection est atroce, elle ne peut pas avoir d'enfants. La perfection est atroce, elle ne peut pas avoir d'enfants.

Une voix féminine d'automate se joint au chœur :

— Je suis nue comme le cou d'un poulet, est-ce que personne ne m'aime ?

En proie à une peur grandissante, je parcours une nouvelle fois l'appartement en écoutant ces phrases inquiétantes, sibyllines.

— Il n'y a personne alentour, Jo, il n'y a personne.

— Libère chaque mois sa lune, en vain.

— La neige déverse ses lambeaux de ténèbre.

— Froide comme une bourrasque de neige, elle colmate les entrailles…

C'est à présent dans la chambre que s'élève une voix qui ressemble étrangement à celle de ma mère :

— Je suis nue comme le cou d'un poulet, est-ce que personne ne m'aime ? Personne ne m'aime. Personne ne m'aime. Nue comme le cou d'un poulet. EST-CE QUE PERSONNE NE M'AIME ?

Je n'en peux plus. Oubliant l'appli, j'arrache les prises les unes après les autres. Tant pis si j'endommage les assistants, le système, la domotique… Je songe soudain au disjoncteur.

Je traîne une chaise dans le vestibule, grimpe dessus et ouvre le coffret abritant le tableau électrique. Je vais tout couper. De toute façon, il n'y a pas grand-chose dans le frigo.

— La perfection est atroce, ELLE NE PEUT PAS AVOIR D'ENF…

Clac. Voilà. C'est fait. Tout l'appartement est déconnecté. Le silence revient, les lumières se sont éteintes, le chauffage ne fonctionne plus et je vais sûrement mourir de froid, mais je m'en fiche. Je longe lentement le couloir sombre, pousse la porte de ma chambre puis cherche à tâtons des vêtements dans les tiroirs de la commode. J'enfile des T-shirts, un pull et un legging, puis m'enfouis sous la couette comme pour y disparaître. Je n'en émerge que le temps de saisir le petit flacon en plastique sur ma table de chevet et de faire tomber deux, non, trois sédatifs dans ma paume. Je les avale et me roule en boule, les yeux fermés.

Frissonnante, j'essaie d'échapper à l'obscurité et à ma folie. À moins que je ne tente de fuir le fantôme de Jamie Trewin posté devant ma porte, le regard vide… « Salut, je te paie une bière ? »

10

JO

À mon réveil, je découvre un beau visage penché sur moi. De grands yeux bleu clair me dévisagent avec perplexité.

Tabitha.

Elle contemple la femme allongée là, vêtue de plusieurs couches de vêtements.

Moi.

Je me rends compte que je suis en nage et que le drap du dessous est trempé. Le chauffage a dû se remettre en route. Le soleil d'hiver pénètre à flots par la fenêtre de la chambre : dans mon affolement, j'ai oublié de fermer les rideaux.

— Qu'est-ce qui se passe ici ? lance Tabitha. Désolée de débarquer comme ça dans ta chambre, mais c'est quoi ce bazar ?

Elle porte un beau manteau bordeaux sur un pull en cachemire et un jean moulant, une tenue que je ne pourrais jamais m'offrir. Malgré la raideur presque militaire de son maintien, elle est comme toujours élégante jusqu'au bout des ongles. Durant quelques secondes, je ne sais pas quoi répondre. Je la regarde en m'efforçant de recouvrer mes esprits ; à quel point suis-je jalouse de ma meilleure amie ? Elle a toujours été plus gâtée que moi, sur tous les plans : plus riche, parce qu'elle vient d'une famille plus aisée, mais aussi plus grande, plus jolie. Elle est blonde, moi rousse. De 20 à 30 ans, nous étions en compétition pour les hommes, et la plupart du temps c'était elle qui gagnait. Existait-il aussi une rivalité entre nous pour Jamie Trewin ? Ai-je cherché à l'évincer ?

Peut-être que tout est ma faute.

— Non mais sérieux, Jo, poursuit-elle.

Elle s'assied au pied du lit, les sourcils toujours froncés.

— Qu'est-ce qui ne va pas ? Je suis rentrée de chez Arlo il y a une heure et j'ai trouvé tout le système électrique hors service. Il faisait un froid de canard. Je me suis aperçue que le disjoncteur avait sauté, ou que quelqu'un l'avait coupé !

Elle secoue la tête.

— Il y a un problème ? Tu peux tout me dire, tu sais.

Je me force à me redresser. Avec mes deux T-shirts et mon pull, mes cheveux en bataille et ma peau luisante de sueur, je dois avoir l'air complètement défaite. Que puis-je répondre ? Impossible de mentionner Jamie, le sujet est tabou entre nous. Comment présenter les choses ? Pour gagner du temps, je fais passer mon pull par-dessus ma tête puis ôte un des T-shirts.

— Je, euh, je me suis emmêlée avec les assistants. L'appli. Je crois que j'ai fait une fausse manip', et du coup ils n'arrêtaient pas d'allumer et d'éteindre, de dire des choses et… hum, je ne me rappelais plus trop comment leur donner des instructions. Ils m'embrouillaient.

Je m'interromps, embarrassée. Je ne sais pas comment lui expliquer la situation sans me trahir et lui avouer que les assistants me parlent, me tourmentent, qu'ils se servent de la mort de Jamie Trewin pour m'amener à penser que je suis folle.

D'un autre côté, je pourrais lui confier que, de fait, il est bien possible que je sois en train de devenir folle : je manifeste des symptômes de schizophrénie terriblement semblables à ceux dont souffrait mon père lorsqu'il était convaincu que la télé l'interpellait.

Mais comment réagirait-elle ? Elle a déjà tout d'une infirmière inquiète à mon chevet. Ou d'une maman devant sa fille qui ne veut pas aller à l'école. D'une minute à l'autre, elle va poser sa main sur mon front pour voir si j'ai de la fièvre.

Elle hésite puis reprend :

— Comment ça, tu ne t'en souvenais plus ? Je t'ai déjà montré comment te servir de l'appli, non ? Plusieurs fois, même.

Elle s'est exprimée d'un ton calme mais je décèle un soupçon d'impatience dans sa voix, une certaine sévérité dans son attitude. Peut-être est-ce dû à sa tenue si chic, impeccable ?

En tout cas, son langage corporel trahit l'attente d'une explication.

— Je voulais juste dire que…

Il vaut mieux que je ne mentionne pas les voix ni la chanson. Je passerais pour une dingue. La digne fille de son père.

— Quand je suis rentrée du pub, hier, les lumières faisaient n'importe quoi. Et j'avais dû mal régler le chauffage parce que l'appartement était un vrai frigo. J'ai essayé de rectifier, mais j'étais pompette, et crevée, et je n'y arrivais pas. Je ne suis pas encore habituée à cette technologie.

— OK… Et après ?

— Eh bien…

Je me redresse, prête à lui servir un mensonge. Je sais mentir de façon tout à fait convaincante quand j'y suis obligée. J'ai appris à l'époque où les autres enfants me posaient des questions sur mon père, me demandaient pourquoi il agissait aussi bizarrement. Je ne voulais pas admettre qu'il était fou. C'était mon papa, je l'adorais, et avant, c'était l'homme le plus drôle et le plus gentil du monde, qui jouait avec moi aux devinettes et me faisait rire. Je ne supportais pas qu'on dise des horreurs sur lui, alors j'inventais des histoires. Je n'ai qu'à recommencer.

— J'ai fini par me dire, et merde, il doit y avoir un bug ou une espèce de panne, et j'ai coupé le disjoncteur.

Je lui oppose un regard inexpressif. Sans ciller. Je me défends. J'aime beaucoup Tabitha, mais je refuse qu'elle me sermonne. Même si j'ai tort.

Mon mensonge, ou plutôt ma demi-vérité, semble avoir l'effet escompté. Son expression se radoucit. Elle se redresse et jette un coup d'œil à sa montre.

— Zut, il est presque 10 heures. Il faut que je file, on s'occupe du montage, aujourd'hui. Toujours ces foutues grenouilles arboricoles…

Dans ses yeux qui cherchent les miens, je détecte un mélange de compassion et d'incompréhension, associé à autre chose que je n'identifie pas.

— Écoute, Jo, je ne te fais pas de reproches ni rien, c'est seulement que j'ai été surprise. Bon, j'ai une idée…

Elle se dirige vers la porte puis m'adresse son premier sourire de la matinée.

— Si on dînait toutes les deux, ce soir ? En tête à tête ? On ouvrira une bonne bouteille de vin et je te réexpliquerai comment ça fonctionne, l'électricité, l'appli, tout. D'accord ? Après, on pourra casser du sucre sur le dos du copain banquier d'Arlo. Tu sais, le Belge… Figure-toi qu'il est remarquablement pervers.

Tabitha se comporte de nouveau comme une amie. Gentille, attentionnée. Trop gentille, peut-être ?

Non. Qu'est-ce qui me prend, bon sang ? Pourquoi douterais-je de ma meilleure amie ?

— Génial ! C'est moi qui cuisine, Tabs. Je nous ferai cette fricassée de poissons, tu sais, le *cioppino*…

— Parfait. Ne lésine pas sur la quantité, je suis presque sûre que je n'aurai pas le temps de déjeuner et qu'on va rester enfermés dans le studio toute la journée. La productrice est un vrai tyran.

Regard bleu innocent. Sourire charmant.

Elle s'attarde un instant sur le seuil.

— À ce soir. Laisse faire les assistants, j'ai tout réinitialisé. Il n'y a plus de problème.

Puis elle s'en va, laissant dans son sillage des effluves capiteux.

C'est le parfum de mon humiliation, une senteur qui doit coûter plusieurs milliers de livres l'once. Et moi, je pue la transpiration. Quand la porte de l'appartement claque, je tourne la tête vers HomeHelp, mon tortionnaire ovoïde. Pas de voyants qui clignotent. Rien. Je me sens toujours embrumée par les cachets. Combien en ai-je pris ? Je ne me rappelle pas. C'est mauvais signe. Il faut que je me ressaisisse. Je voudrais être comme Tabitha : posée, efficace, rationnelle, et en même temps drôle et affable. Pourquoi est-ce si difficile ?

Allez, debout. Ne pense plus au passé. DEBOUT.

Mais il est déjà trop tard. Je me lève et, au moment où j'entre dans le salon, les yeux fixés sur les fenêtres humides de condensation, les souvenirs déferlent par vagues incontrôlables. Jamie Trewin. Pauvre Jamie Trewin. Tout vient de là.

11

JO

Nous étions si jeunes. Si jeunes et inconscientes… Cet été-là, Tabitha et moi étions allées au festival de Glastonbury pour la seconde fois. Lors de notre première expédition, il avait plu tout le temps, notre tente s'était écroulée, un vrai désastre. Nous avions fui en pataugeant dans la boue après une seule nuit et chargé nos sacs de couchage crottés dans le combi VW d'un copain. Au bout du compte, nous avions raté tous les groupes que nous voulions voir et n'avions même pas réussi à prendre une bonne cuite.

Aussi y étions-nous retournées l'année suivante avec la ferme intention de nous amuser. Les prévisions météo promettaient un ciel dégagé durant toute cette semaine de juin. Tabitha devait retrouver sur place de nombreux amis et proches, ce qui nous garantissait la compagnie d'une joyeuse bande de fêtards. Nous étions arrivées tôt, avant que les files de voitures commencent à se former sur les routes étroites du Somerset. Tabitha avait investi dans une tente coûteuse et solide, un modèle qui se monte pratiquement tout seul. Après avoir fourré nos sacs à dos dans un coin, nous étions ressorties, bien décidées à profiter de tout ce que nous avions manqué la première fois.

Nous avions assisté à tous les concerts possibles et même vu trois lesbiennes à cravate noire jouer à l'ukulélé « Hoppípolla » de Sigur Rós. C'était la chanson phare du festival, cette année-là, on l'entendait partout dans des versions différentes. Un homme se baladait sur des échasses, maracas à la main et cornes de diable sur la tête, des mimes étaient déguisés en lamas, un poète à dreadlocks récitait ses sonnets au mégaphone… Nous avions aussi essayé la hutte à sudation, après nous être déshabillées en gloussant. Puis nous avions acheté de l'ecstasy et nous étions laissé envahir par une lente montée de bien-être, un sentiment grisant de générosité et d'amour envers le monde entier. À cet instant, le soleil rougeoyant entamait son déclin au-dessus de la colline sacrée de Glastonbury Tor. Par une étrange ironie du sort, c'est l'une de ces fois où je me suis dit, emplie d'une sorte de ferveur religieuse, peut-être existe-t-Il, qui sait ? Plus tard, alors que nous retournions dans notre tente boire le vin que Tabitha avait piqué dans la cave de son père, un grand type au visage peint en violet, avec des flammes jaunes autour des yeux, avait lancé :

« Salut, Tabs ! »

Elle s'était tournée vers moi, avait levé les yeux au ciel en pouffant et murmuré :

« C'est un vieil ami de la famille, je le connais à peine mais nos pères se fréquentent. Il paraît qu'il a toujours des comprimés d'enfer sous la main. »

Elle lui avait souri.

« Salut, quoi de neuf ? »

Il s'était approché en riant comme un idiot et nous avait proposé des cachets.

« Mille fois mieux que l'ecstasy, répétait-il sans arrêt. Sérieux, les filles, c'est mieux que tout ce qui circule depuis, ben, depuis toujours… »

Il en avait vendu quatre à Tabitha pour 50 livres. Nous nous étions ensuite frayé un chemin au milieu des couples enlacés et des cercles d'ados rassemblés autour de guitaristes qui jouaient « Hoppípolla », évidemment. Une fois arrivées à notre tente, hilares, nous avions posé nos lampes électriques, sorti la bouteille de vin et cherché le tire-bouchon.

Je ne sais pas ce qu'il y avait de si drôle. Je ne me rappelle pas avoir jamais été aussi heureuse avant.

Je ne l'ai certainement plus jamais été depuis.

Étaient-ce nos rires qui l'avaient attiré ? Nous avions piqué un fou rire incontrôlable en découvrant que nous n'avions ni tasse ni gobelet. Tabitha avait fini par verser le vin directement dans ma gorge puis j'avais fait la même chose pour elle. Comme des païennes, des sauvages. C'était peut-être notre bruyante euphorie qui avait intrigué Jamie. Ou le diable qui l'avait conduit vers les sorcières.

Quoi qu'il en soit, dans la douceur de l'air crépusculaire et le tumulte du festival, un visage familier était soudain apparu à l'entrée de notre tente.

« Jamie ! avais-je lancé.

— Hé, Jamie Jamie Jamie ! » avait renchéri Tabitha en s'esclaffant de plus belle.

Nous le connaissions toutes les deux de la fac. C'était un Néo-Zélandais venu passer un an en Angleterre. J'aimais son accent kiwi. À vrai dire, je l'aimais bien tout court. Il était beau garçon, d'une virilité décontractée, enthousiaste et drôle. Nous l'avions souvent croisé dans les soirées, il insistait toujours pour nous payer des verres. Tabs et moi avions toutes les deux un faible pour lui, mais personne n'avait encore fait le premier pas.

Et le voilà qui débarquait sous notre tente, un grand sourire aux lèvres... Je lui avais souri en retour, dopée par l'ecstasy. J'apercevais la grande scène blanche pyramidale derrière lui, la multitude de bras pâles levés en l'air, agitant banderoles et fanions. J'entendais les acclamations qui montaient de cette marée humaine : cent mille jeunes surexcités, rassemblés dans la pénombre. Il y avait quelque chose d'à la fois archaïque et nouveau dans cette communion sous substances chimiques. Le vacarme ambiant était assourdissant ; l'un des groupes majeurs devait être sur scène. Les Beatles reformés, peut-être. Étions-nous en train de manquer un événement majeur ? Et alors ? Nous étions trop heureuses pour nous en soucier.

« Waouh, vous avez l'air de bien rigoler, les filles ! s'était-il exclamé. Vous avez pris quoi ?

— Cidre brut, avait répondu Tabitha avant de s'étrangler de rire. Une tueeeerie !

— C'est ça, ouais... Non, sérieux, vous avez de l'ecsta ? Vous ne pourriez pas me filer un ou deux cachetons ? Je sais pas où est passée la bande. »

Tabitha et moi avions échangé un coup d'œil complice. De toute évidence, nous avions eu la même pensée en même temps : « Pourquoi pas ? » Il nous plaisait à toutes les deux et nous avions presque atteint le paradis artificiel ; nous n'avions pas besoin d'une dose supplémentaire pour y accéder.

« Oui, vas-y, Tabs, avais-je dit. On est déjà bien parties, non ? Regarde-nous ! »

J'avais gloussé, elle aussi, et elle avait plongé la main dans son sac néo-hippy pour en sortir les comprimés vert citron de l'homme au visage violet.

« Tiens, c'est mille fois mieux que l'ecstasy, avait-elle déclaré sur un ton de conspirateur, répétant les propos du vendeur. Mieux que tout ce qui circule depuis, ben, depuis toujours… Pour toi, c'est cadeau. »

Jamie avait pris les cachets avec un sourire reconnaissant puis nous avait adressé un clin d'œil.

« Vous êtes les meilleures, les filles. On se retrouve plus tard, sous la tente de trance ? »

Nous avions dit oui et il s'était éclipsé. De notre côté, nous avions poursuivi la soirée dans un état second. Avec des copains de Tabitha, nous avions fait semblant d'être des moutons et des chiens de berger – ou des lions et des tigres, je ne sais plus trop –, et joué à nous pourchasser entre les tentes. Puis, sous un chapiteau orange illuminé où résonnaient percussions et basses, nous avions dansé avec des jongleurs torse nu et des types à dreadlocks. Ensuite, nous avions écouté des filles aux cheveux longs chanter en s'accompagnant d'un alto. Enfin, nous avions fait un détour par la tente de trance et étions tombées sur un Jamie survolté, nageant en pleine euphorie.

« Ah, vous voilà, les princesses ! Je vous invite dans ma tente, OK ? Histoire de faire redescendre un peu la pression. J'ai un petit vin kiwi trop bien… »

Il nous avait gratifiées de son fameux sourire, à la fois juvénile et viril.

« Vous verrez, j'ai plein de place, vu que tous mes potes sont avec leurs nanas. On sera tranquilles toute la nuit. »

C'est à cet instant-là que tout avait basculé. L'instant fatidique. Le choix fatidique.

Tout en me remémorant ce moment, je regarde Electra sur son étagère. Silencieuse, sombre, aux aguets. Sévère.

Pourquoi avions-nous accepté d'aller dans sa tente ? Juste pour le sexe ?

Quoi qu'il en soit, j'avais aussitôt répondu : « Bien sûr ! » et Tabs s'était fendue d'un sourire entendu en disant : « OK, pourquoi pas. »

Nous avions louvoyé à travers la foule jusqu'à un recoin désert du site, isolé et obscur. Jamie disposait bel et bien d'une tente immense, surmontée du drapeau de la Nouvelle-Zélande. Et à l'intérieur, il avait un excellent sauvignon blanc gardé au frais dans une thermos. Tout en nous servant, il avait bredouillé :

« Bon Dieu, ces cachets, c'est… C'est la meilleure came que j'aie jamais prise, Tabs. Quel pied ! Je te revaudrai ça. »

Il nous avait de nouveau adressé un clin d'œil.

« Je vous revaudrai ça à toutes les deux ! »

Une fois nos verres pleins, nous avions trinqué et entamé un rapprochement. Je ne sais pas qui de nous deux avait embrassé Jamie la première. Je crois que c'est moi. Bref, nous l'avions embrassé toutes les deux, puis les baisers s'étaient approfondis. Il s'était retrouvé torse nu, moi aussi, et dans la faible lumière qui nous parvenait de l'extérieur, j'avais vu ses muscles luire comme de l'or. Tabitha s'était lovée contre lui, il avait glissé la main sous sa robe et j'avais plaqué la mienne sur son jean. Je songeais alors, tout excitée : *Mon premier plan à trois, je ne l'ai jamais fait, oh, trop bien !* J'avais l'impression de devenir adulte, de laisser Thornton Heath loin derrière moi. Personne ne faisait de plan à trois à Thornton Heath.

S'était ensuivi un tourbillon de caresses et de baisers, au point qu'on ne savait plus qui embrassait qui, et de toute façon peu importait. À un certain moment, alors que Jamie posait ses lèvres sur mon sein, m'arrachant des frissons de plaisir, Tabitha avait lancé en pouffant de plus belle :

« Aïe, il faut que j'aille pisser avant qu'on passe aux choses sérieuses. »

Elle était sortie d'un pas mal assuré et j'avais reporté mon attention sur Jamie.

Mais alors qu'il se penchait de nouveau vers moi, je n'avais pu retenir un mouvement de recul, choquée. Un liquide rouge coulait de sa bouche comme du vin. Du sang. Des flots d'un sang épais. Il ne paraissait pas le remarquer.

Et soudain, il avait changé du tout au tout. La tête ballottant sur le côté, l'air désemparé, il marmonnait des paroles inintelligibles en roulant des yeux fous, les pupilles réduites à des points. J'appelais Tabitha à l'aide quand la tête de Jamie s'était mise à trembler violemment. Un filet de salive rose dégoulinait de ses lèvres, se mêlant au sang.

« Jamie, Jamie ! Qu'est-ce qui t'arrive, putain ?

— Nnn… », avait-il tenté de répondre avant de vomir en éclaboussant les parois de toile.

Son corps était secoué de spasmes.

« Foutus ca… cachets, je… »

Un instant plus tard, il s'élançait dans la nuit en direction de la foule joyeuse, vers l'endroit où des filles en robes légères lâchaient des lanternes chinoises vers le ciel noir.

Durant quelques secondes, j'étais restée pétrifiée, paralysée d'incompréhension et de terreur. Puis la figure pâle de Tabitha était apparue dans l'ouverture.

« Qu'est-ce qui se passe ? Où il est ?

— J'en sais rien, avais-je répliqué, paniquée. Il a dit qu'il était malade à cause des cachets qu'on lui a donnés. Oh, mon Dieu, Tabs ! Qu'est-ce qu'on a fait ? »

Nous nous étions précipitées dehors en nous rajustant. Pendant plusieurs minutes, nous avions zigzagué entre les groupes, qui nous repoussaient, puis nous avions entendu le vacarme : les sirènes de police, les cris… Les lueurs bleues d'un gyrophare d'ambulance clignotaient à la lisière du site principal.

Un vent de malaise avait soufflé sur la foule, incitant bon nombre de personnes à s'éloigner de la source de toute cette agitation. Mais moi, je voulais en avoir le cœur net.

« Viens, avais-je dit à Tabitha. Il faut qu'on sache.

— Non, non, non. On se casse. »

Si seulement je l'avais écoutée… Si seulement nous étions revenues sur nos pas… Je ne l'aurais jamais vu. Je n'aurais peut-être même jamais su.

Mais j'étais déterminée à essayer d'aider. Alors je l'avais traînée jusqu'aux premiers rangs des curieux, figés à quelques mètres d'une scène cauchemardesque. Une petite étendue de boue et d'herbe écrasée s'était ouverte devant nous. Tout autour se tenaient des policiers qui parlaient dans la radio. Une lumière crue éclairait les lieux, émanant de leurs véhicules et de l'ambulance aux portes ouvertes. Au centre, des urgentistes étaient accroupis autour du jeune homme. On aurait dit un tableau du Caravage, un peintre que j'avais étudié à la fac. L'ombre et la lumière, les contrastes marqués… Il y a toujours un personnage central autour duquel s'organise la composition. En l'occurrence, c'était Jamie.

Bien sûr que c'était lui. Le beau jeune homme. Pas plus de 20 ans. Le joueur de rugby toujours prêt à offrir une bière. Oh, Jamie…

La façon dont son corps tressautait et se tordait m'avait rendue malade de pitié et d'horreur. Il était en pleine crise de convulsions, les yeux révulsés, exorbités. Des tremblements incontrôlables le parcouraient comme s'il était possédé. Il avait encore vomi, un mélange de sang et de bile. Un spasme plus violent que les autres l'avait brusquement secoué, déséquilibrant un des urgentistes qui tentaient de le maintenir au sol pour éviter qu'il ne se brise la colonne.

J'avais soudain vu Tabitha se retourner et regarder une silhouette derrière nous, à moitié dissimulée par les curieux. Le type au visage violet. Le copain de Tabs. Il n'avait pas prononcé un mot, juste indiqué Jamie d'un lent mouvement de tête. Puis il avait jeté un coup d'œil interrogateur à Tabitha, qui avait discrètement opiné du chef.

Le type au visage violet avait alors posé un doigt sur ses lèvres. Puis, dardant sur nous un regard noir, il avait fait le geste de se trancher la gorge avant de disparaître dans la foule.

Tabitha avait essayé de m'éloigner de la scène mais, malgré ma terreur, j'avais reporté les yeux sur Jamie. Il était inerte, à présent. Horriblement inerte. Les urgentistes s'affairaient autour de lui, appliquaient sur son torse les électrodes d'un défibrillateur. Ils avaient envoyé des chocs électriques, encore et encore. Puis une femme s'était rassise en adressant un signe de dénégation à l'un de ses collègues.

Jamie était mort. Je le savais, tout comme je savais, à la réaction du type au visage violet, que c'était à cause de nous. Nous lui avions donné des cachets qui l'avaient tué.

La main de Tabitha avait agrippé la mienne, et cette fois je l'avais laissée m'entraîner à sa suite. Nous devions partir, fuir le plus vite possible. Et pourtant, j'avais conscience que je n'échapperais jamais à cette vision.

J'en ai la preuve aujourd'hui.

Assise là, dans l'appartement de Delancey Street, je regarde une voiture de police passer dehors, sirène hurlante.

— Electra, parle-moi de Jamie Trewin.

— Désolée, je n'ai pas compris.

— Electra, comment es-tu au courant de ce qui s'est passé au festival de Glastonbury ?

— Désolée, je n'ai pas compris.

Elle s'arrête. Y a-t-il une sorte de mépris dans son silence soudain ?

Je replonge dans mes souvenirs.

Tabitha et moi, complètement dégrisées, étions retournées vers notre petite tente dans l'obscurité. Il n'était plus question de rire ni de délirer. Nous étions restées longtemps assises là en silence, elle sanglotant doucement, moi au bord des larmes. J'étais sans doute trop choquée pour pleurer, trop triste, engourdie, pétrifiée.

Au bout d'un moment, Tabitha avait pris une longue inspiration tremblante et avait dit :

« OK. On ne doit jamais en parler, d'accord ? Jamais.

— Quoi ? »

Elle avait secoué la tête et levé vers moi des yeux grands comme des soucoupes. Puis elle m'avait saisie par les épaules, fermement, comme pour m'ancrer dans le sol, ou dans la réalité.

« Écoute, Jo, je sais comment ça se termine, ce genre d'histoire. La même chose est arrivée au frère d'un ami, Hugo. Il n'avait que 22 ans. Il a acheté des cachets dans une rave et en a distribué sans y avoir lui-même touché. Un des gars à qui il en a donné est mort. Overdose massive. Ces trucs étaient trafiqués.

— Mais il n'y était pour rien, pas vrai ? C'est pareil pour nous, on n'y est pour rien. »

Les doigts de Tabitha étaient crispés sur mes épaules à me faire mal.

« Jamie est mort, Jo ! C'est grave, très grave. Aux yeux de la loi, on n'a aucune excuse.

— Qu'est-ce qui est arrivé à Hugo ?

— Il a été reconnu coupable d'homicide involontaire et envoyé en prison. Il a pris cinq ans, Jo. Sa vie est foutue. »

Des bribes de cette même chanson nous parvenaient toujours du dehors.

« Alors c'est pour ça que le type au visage violet a fait ce geste, tout à l'heure ? Il sait qu'on est dans un sacré merdier.

— Non, on ne risque rien, Jo, à condition de garder la tête froide et de ne jamais en parler. Jamais, tu m'entends ? Ce type ne dira rien. Personne ne nous a vues donner les cachets à Jamie ni l'accompagner sous sa tente. Il n'y a aucune preuve. Et je ne pense pas que Jamie ait raconté comment il s'était procuré la came et auprès de qui. Tout ira bien, Jo. TOUT IRA BIEN. »

Ses yeux bleu clair me transperçaient.

« Mais on va se faire une promesse, d'accord ? On ne parlera jamais de ce qui s'est passé ce soir. Ni à nos amis ni à la famille. À personne. On ne le mentionnera même pas entre nous. OK ? Pour tout le monde, on est allées à Glasto, on s'est amusées, on a fumé un peu d'herbe, et après on est rentrées. Non, on ne sait rien à propos du garçon qui est mort. Rien du tout. Compris ? »

Elle avait ôté ses mains de mes épaules et m'avait tendu la droite. Je l'avais serrée.

« Compris. »

Au fond, j'étais soulagée que Tabitha ait pris le contrôle de la situation. L'éducation reçue dans son école privée, qui encourageait l'esprit d'initiative et incitait les élèves à développer leurs capacités de leaders, portait ses fruits.

Elle avait poussé un profond soupir, comme pour signifier le retour à la normale. Un peu forcé, mais nécessaire.

« Bon, on va essayer de dormir. J'ai des somnifères. Tu en veux un ?

— Oui, s'il te plaît », avais-je répondu piteusement.

Elle m'avait tendu un comprimé que j'avais avalé avec une gorgée de cidre tiède, puis nous nous étions glissées dans nos sacs de couchage. J'étais restée éveillée un moment, hantée par l'idée que quelqu'un d'autre puisse mourir. Devions-nous donner l'alerte ? Le problème, c'est que nous ne pouvions pas le faire sans nous incriminer. Nous n'avions plus qu'à nous taire et à prier pour que Jamie soit la seule victime.

Depuis, nous avions respecté notre promesse.

De retour à la fac, j'avais lu les articles publiés sur la mort de Jamie : « Un étudiant néo-zélandais succombe à une overdose pendant un festival de musique », « La police recherche les revendeurs », « Toujours pas de témoins ». Je m'étais aussi renseignée sur la responsabilité pénale dans les décès par overdose, pour savoir si Tabitha avait raison. C'était le cas : ce que nous avions fait était considéré comme un homicide involontaire. Par chance, Jamie avait été la seule victime de notre petit trafic. Impossible de nous défendre en expliquant que nous lui avions fourni une substance dangereuse sans le savoir, en toute innocence, même. La drogue était illégale et un jeune homme était mort parce que nous lui en avions donné.

Homicide involontaire.

Peine encourue : trois à cinq ans d'emprisonnement. Nos vies et nos carrières détruites. Nos familles accablées de honte.

Par la suite, il n'avait pas été difficile de tenir notre engagement. Je ne l'avais rompu qu'une fois, des années plus tôt, pour en parler à Simon. Je n'arrêtais pas d'avoir des cauchemars (j'en ai toujours) dans lesquels je revoyais les images épouvantables de l'agonie de Jamie, et Si avait fini par me demander ce qui n'allait pas. Je m'étais sentie obligée de tout lui raconter, de me libérer de ce poids. Je savais que je pouvais lui faire confiance. Il s'était montré compatissant et avait promis de garder le silence. Après tout, lui aussi avait consommé de la drogue, à une certaine époque.

« Ça aurait pu arriver à n'importe qui, ma puce. »

Il m'avait réconfortée, consolée. De ce point de vue, il s'était toujours comporté en bon mari.

Ah, Simon…

Quant à Tabs, pour autant que je le sache, elle ne l'a dit à personne, sauf peut-être à son fiancé, Arlo, la personne la plus proche d'elle depuis trois ans. Quoi qu'il en soit, nous n'y avons jamais fait allusion entre nous. Pas une seule fois.

Par une étrange ironie du sort, cet événement a eu un effet bénéfique sur notre amitié. Ce qui est arrivé à Jamie a renforcé nos liens. Nous sommes devenues très proches, loyales et bienveillantes l'une envers l'autre. C'est pour cette raison, j'en suis quasiment sûre, qu'elle m'a proposé d'habiter chez elle pour un loyer dérisoire.

Aujourd'hui, néanmoins, j'en arrive à me demander si c'était une bonne idée de m'installer dans ce logement luxueux. Je regarde l'assistant.

— Electra, donne-moi des renseignements sur Glastonbury.

— Le festival de Glastonbury est un festival de musique et d'arts vivants qui se déroule chaque été près de Glastonbury Tor, dans le Somerset.

Tendue, j'attends la suite : « Il a été le théâtre d'une mort tragique : celle de Jamie Trewin, 20 ans, étudiant en géographie. Le garçon que tu as tué, que tu as assassiné dans sa tente alors que tu lui baissais son jean et que ses yeux se révulsaient… »

Mais Electra ne dit rien de tel. Ses voyants s'éteignent. Malgré l'horreur de mes souvenirs, je dois reprendre le cours de ma vie.

Je n'ai pas le choix.

12

JO

Une heure plus tard, après avoir pris ma douche et avalé mon petit déjeuner, je suis devant mon ordinateur, absorbée dans mon travail. En me renseignant sur l'histoire de Camden pour mon article, j'apprends que Dylan Thomas, le poète, a vécu quatre numéros de rue plus loin, dans un appartement en sous-sol froid et crasseux, à l'époque où le quartier était considéré comme un faubourg malfamé. Il se plaignait de la saleté et de la suie semées par les trains qui circulaient dans les tunnels et sur les rails proches, mais il avait décidé de rester parce que les logements étaient bon marché. Et dire que, le mois dernier, j'ai découvert qu'une des maisons de Delancey Street s'était vendue pas moins de 3 millions de livres…

Ceux qui ont hérité d'un logement ici ou qui en ont fait l'acquisition dans les années 1950 ou 1960 ont tiré le gros lot.

Je n'hériterai de rien, je ne serai jamais en mesure d'acheter. Je ne décrocherai pas le gros lot. J'ai estimé qu'avec mes revenus de journaliste free-lance, il me faudrait environ trois cents ans pour économiser de quoi verser l'acompte d'un deux-pièces dans cette partie de la ville. À moins que je ne réussisse à pondre ce fichu scénario de thriller. Est-ce si difficile ? Trois actes, quinze tournants dramatiques, deux ou trois moments clés et un coup de théâtre spectaculaire au milieu. Là-dessus, un appel de Los Angeles, peut-être de mon frère : « On adooore ton script ! On t'envoie tout de suite une avance de 500 000 dollars. »

Ce n'est qu'un rêve, bien sûr. Mais c'est le seul que j'ai.

Je contemple cet appartement magnifique que je ne pourrai jamais m'offrir. J'ai l'impression qu'il m'observe en retour avec réprobation, comme pour me faire sentir que je ne suis pas à ma place.

Ça suffit.

— Electra, donne-moi la recette du *cioppino*.

— Le *cioppino* est un ragoût de poisson élaboré par les immigrants italiens de San Francisco. Il existe différentes recettes mais toutes incluent divers fruits de mer tels que les palourdes, les saint-jacques, les moules…

Electra se comporte normalement. Je connais déjà la recette de ce plat mais un petit rappel n'est jamais inutile. Je salive déjà à la pensée de la délicieuse sauce tomate que je vais préparer, agrémentée d'épices et d'aromates.

Je ne me sens pas trop mal. Je m'habille chaudement, écharpe et gants de rigueur, et sors braver les bourrasques hivernales qui balaient Parkway, forçant les passants à se réfugier dans les cafés. Chez Sainsbury's, j'achète de la lotte, du basilic, et le pain au levain indispensable pour les dips. Sur le trajet du retour, le vent me pousse jusque chez moi. Au moment de traverser Camden High Street, je m'immobilise en entendant mon téléphone émettre un *ping*. J'ai reçu un message WhatsApp de Fitz :

Salut, Jo, bonne nouvelle ! J'ai enfin trouvé des locataires, ils emménagent le mois prochain. Un couple sympa, barbant à souhait. Lui, je crois qu'il est banquier. C'est super, non ? Cette maison est bien trop vide. Et comme ça, ils pourront garder un œil sur toi. On prend un verre la semaine prochaine ?

La lecture de ces quelques lignes suscite en moi un certain malaise. « Ils pourront garder un œil sur toi. » Pourquoi a-t-il écrit ça ? Et pourquoi cette remarque sur la maison « trop vide » ? Sait-il quelque chose ? Non, sûrement pas. C'est une allusion ironique à ma vie sentimentale, j'imagine.

Je réponds :

Génial ! C'est vrai, cette maison peut sembler bien vide ! Oui, RDV la semaine prochaine pour un gin. Plusieurs, même ! ☺ Je te fais signe ?

Les coches bleues apparaissent. Les yeux fixés sur l'écran de mon téléphone, je parcours la liste de mes messages WhatsApp et m'arrête sur le nom de Liam Goodchild. Il n'y a rien dessous : il a tout effacé après cet étrange échange dans Jackson's Lane.

Liam Goodchild…

Je songe à ses réponses bizarres, comme s'il était sur la défensive, vaguement effrayé mais en même temps menaçant.

Liam Goodchild. Peut-être que si j'en apprenais plus sur lui, je comprendrais mieux ce qui se passe.

Mais comment ? Je ne peux pas faire de recherches dans l'appartement ni surfer joyeusement sur Internet sans que les assistants le sachent. Ils ont sans doute accès à mon ordinateur portable, à mon compte Google.

Il vaut mieux que j'aille dans le dernier cybercafé du quartier. Comme par hasard, il est pile en face de moi, de l'autre côté de High Street.

Téléphone en poche, j'entre dans la boutique miteuse et lâche mes sacs de courses près d'un fauteuil pivotant. Je suis entourée d'étudiants étrangers, casque sur les oreilles et gobelet de café à la main pour la plupart. Ce sont probablement les seuls aujourd'hui à avoir encore besoin de ce genre d'endroit.

Je m'installe devant l'ordinateur, ferme Google Chrome et ouvre un autre navigateur : Firefox. Il y a quelques années, je n'utilisais que ça. Puis je suis revenue à Google, par facilité : on laisse deux ou trois géants de la tech gouverner son existence et tout se coordonne automatiquement, agenda et musique, chauffage et téléphone. On accepte allègrement leur domination, leur intrusion, leurs notifications, leur maternage. Ils deviennent presque des parents. Mais qui sait jusqu'où ça va ? Jusqu'où Electra, HomeHelp et les autres peuvent-ils contrôler ma vie sur Internet ?

Je tape « Liam Goodchild Facebook », puisque la plupart de nos échanges avaient lieu sur ce réseau.

Je me rappelle parfaitement sa page Facebook pour l'avoir consultée des dizaines de fois. Je me souviens en particulier des photos le montrant en train de courir, de plonger, de faire de la voile. Sportif, torse nu, sexy, toujours à faire le pitre… Pas du tout du genre à se laisser facilement intimider. Ni à envoyer des messages bizarres pour les effacer aussitôt.

Je fixe l'écran des yeux, incrédule.

Liam Goodchild n'a pas de page Facebook.

Je clique de nouveau. J'ai l'impression que le jeune Espagnol à côté de moi épie en douce mes gestes nerveux, mon maniement frénétique de la souris. Et alors ? Je m'en fiche. Je contemple sans y croire la liste qui s'affiche. Il y a beaucoup de Liam Goodchild, plusieurs centaines, peut-être. Mais ils sont en Amérique, en Écosse, en Australie, à Dublin, à Bristol, à Croydon. Pas à Barnet, North London, où mon Liam habitait.

Aucun signe de lui.

À moins que je ne me sois trompée ?

J'affiche ma propre page Facebook pour effectuer une autre recherche. Sans succès. Il a bel et bien disparu de Facebook. Tout est effacé : les photos torse nu, les GIF de chats qui dégringolent…

Je prends une profonde inspiration. Qu'en est-il de son compte Twitter ? Il l'utilisait aussi rarement que moi le mien mais je sais qu'il en avait un : c'est par ce biais qu'il m'a contactée la première fois. Son nom d'utilisateur était facile à mémoriser : @GoodChildBadChild.

Fébrile, je clique sur Twitter.

Son compte a disparu aussi.

@GoodChildBadChild s'est volatilisé. Évaporé. Comme s'il était mort. Non, en un sens, c'est encore pire : comme s'il n'avait jamais existé sur Twitter ni sur Facebook.

Je m'efforce de rester impassible. Assise au milieu de tous ces étudiants qui bavardent dans différentes langues, je sens une nouvelle menace encore indéterminée peser sur moi. J'en ai des frissons.

Qu'est-il arrivé à Liam Goodchild ? Je fais encore quelques tentatives.

Rien sur Instagram.

Rien sur Snapchat.

Il ne me reste plus qu'à tenter une recherche plus générale. Mes doigts martèlent le clavier ; je pars à la pêche aux informations, à tout ce qui pourrait être lié à « Liam Goodchild ». Je me rappelle avoir cliqué sur « Images » quand nous avons commencé à flirter. Il y avait plusieurs photos de lui, dont celles de ses comptes LinkedIn et Facebook. Je revois son sourire éblouissant.

Elles ont toutes disparu. Il y en a d'autres, de différents Liam Goodchild à travers le monde, mais aucune de lui, mon amant virtuel. Comment est-ce possible ? Je pensais jusque-là qu'on ne pouvait pas se supprimer soi-même d'Internet. Et est-ce une coïncidence qu'il se soit volatilisé le lendemain de cet échange si inquiétant ?

Sentant la panique me gagner, je plaque une main sur ma bouche. Puis je m'oblige à poser mes paumes bien à plat sur la table pour me calmer. Détachant mon regard de l'écran, je remarque un jeune homme, au fond du café, qui me dévisage. Il doit me croire sur le point de piquer une crise de nerfs. Il faut que je me ressaisisse.

Après lui avoir adressé un bref sourire crispé, *tout va bien, pas de problème*, je reviens à l'ordinateur et efface mon historique de navigation. Puis je me lève, ramasse mes sacs, vais payer à la caisse et ressors dans le froid.

Sur le trajet du retour, je m'efforce de récapituler ce que je sais. Liam était manifestement effrayé, hier soir, à tel point qu'il a effacé toute trace de lui sur Internet.

À moins que quelqu'un ne l'ait fait à sa place ? Mais qui, et pourquoi ? De qui a-t-il peur ? Surtout, que signifie cette phrase glaçante que je ne peux oublier ?

« Quelqu'un va y rester. »

13

JO

Mes sacs à la main, je rentre dans l'appartement puis m'installe dans la cuisine afin de préparer le dîner.

J'aime cuisiner, ça me calme. Rien de tel que de s'occuper les mains pour se vider la tête. De toute façon, je ne comprends pas ce qui a pu se passer avec Liam ; ça n'a pas de sens. J'ouvre une bouteille de vin rouge pour le laisser s'aérer avant l'arrivée de Tabitha.

Quand j'entends une clé tourner dans la serrure, je me rends compte que plusieurs heures se sont écoulées sans incident tandis que je m'activais aux fourneaux. Mon amie me rejoint dans la cuisine en époussetant les flocons qui parsèment les épaules de son sublime manteau bordeaux. Je lui adresse un grand sourire à peine forcé.

— Hmm… Qu'est-ce que ça sent bon ! s'exclame-t-elle. On mange dans combien de temps ?

— Tu es pile à l'heure. C'est prêt.

— Super ! Je vais mettre la table.

— Déjà fait. Et j'ai débouché cet amarone que tu aimes tant.

Son plaisir est évident. Et peut-être teinté d'un soupçon de remords ?

Bien décidée à agir normalement, je lance, moqueuse :

— Alors, comment s'est passée ta journée de travail, chérie ?

Elle saisit la bouteille, remplit un verre et pouffe.

— Tu crois qu'on s'entendrait bien si on était en couple ? Je me suis toujours posé la question.

— Oh, sûrement. Sauf que tel que je le connais, Arlo voudrait absolument en être aussi…

Elle sourit, avale une gorgée de vin puis s'adosse au plan de travail en granit.

— Exact. Il est tellement porté sur le sexe… Bon, on dîne ?

Je passe au salon pour m'asseoir à table et sers le *cioppino* épais, qui fleure bon l'ail, la tomate et les aromates. Tabitha y fait honneur en ponctuant sa dégustation de petits bruits approbateurs. Nous ne tardons pas à ouvrir une deuxième bouteille de rouge. Les sujets de conversation s'enchaînent agréablement : amis, autres amis, anecdotes sur Arlo, l'idée de nature sauvage, les derniers tubes à la mode. Tabs évoque même la fois où, au Colorado, un ours lui avait flanqué la peur de sa vie alors qu'elle était en voiture.

— En même temps, qu'est-ce qu'il aurait pu faire, hein ? ironise-t-elle. Forcer la portière avec une carte de crédit ? Bon, ma petite Jo-Jo, on en débouche une autre ? On a presque fini celle-là aussi. Ah, j'allais oublier : j'ai un cadeau pour toi.

Elle se penche vers le sac en plastique qu'elle a posé près de sa chaise et en sort une boîte. À la vue de la marque, je devine ce qu'elle contient : un des tout derniers assistants vocaux qui fonctionne exactement comme les autres mais est en plus équipé d'une caméra et d'un écran. Ça permet à l'utilisateur d'appeler en direct, de voir ses amis, leur chambre, tout leur intérieur. Tabs en a déjà un dans sa chambre. Elle discute avec Arlo le soir, face à face. Objectif à objectif.

Cette idée me donne des frissons. Cet œil unique, infatigable, qui m'observe en permanence…

D'une voix légèrement pâteuse, Tabitha explique :

— J'ai pris un café ce matin avec Fitz et je lui ai dit que tu étais…

Elle me gratifie d'un sourire chaleureux, sincère.

— … eh bien… un peu isolée, ici. C'est lui qui a eu cette idée. Comme ça, tu pourras me parler et me voir en même temps. En plus, ça affiche les rappels, les rendez-vous… La totale !

Voilà pourquoi Fitz m'a envoyé ce message : il sait que je me sens seule. Ça me donne à réfléchir. Tabitha déballe fièrement la nouvelle enceinte connectée puis la branche. L'appareil est essentiellement composé d'un écran. Il émet un *bong* grave puis une lumière bleue linéaire apparaît au sommet.

Les mots jaillissent plus vite que je ne l'aurais voulu :

— Pas question que je mette ce truc-là dans ma chambre.

Tabitha m'observe par-dessus son verre tandis que le nouvel assistant nous regarde. Ou permet à quelqu'un de nous regarder. Mais à qui ?

— Ah. Comme tu voudras, répond-elle d'un ton pincé.

J'ai conscience de me montrer ingrate mais, compte tenu de ce que je traverse, c'est plus fort que moi.

— Je croyais que ça te ferait plaisir d'avoir un peu de compagnie, ma grande. Tu te coupes du monde en passant tes journées toute seule ici. Tu sais, tu n'es pas obligée de l'utiliser, tu peux continuer à poser des questions à Electra, comme avant.

— En tout cas, il restera au salon !

J'ai parlé trop fort. Je récolte une grimace de contrariété.

— OK, OK. Je te le répète, pas de problème. Enfin, c'est un cadeau, ma Jo. Je l'ai acheté pour toi. Pour nous. Moi, quand je me sens trop seule, je bavarde avec Arlo.

Je darde un regard noir sur elle, puis sur l'enceinte qui affiche innocemment un beau ciel bleu. Je me dis qu'une bouteille de vin aurait suffi, or nous en avons vidé deux. Et l'alcool a fait resurgir avec violence mes craintes et mes angoisses.

Quelqu'un joue à m'effrayer, je ne peux plus garder ça pour moi. Il faut que je mette ma meilleure amie au courant. Je lui parle de Liam, qui a disparu d'Internet. Effacé toutes ses traces.

J'attends une réaction qui ne vient pas. Tabitha se borne à hausser les épaules d'un air indifférent. Peut-être m'en veut-elle de ne pas l'avoir remerciée. Elle tripote le nouvel assistant, règle la luminosité de l'écran, puis déclare :

— Franchement, je le comprends. Moi aussi, parfois, j'aimerais disparaître de tous ces réseaux. C'est une telle perte de temps… Il a bien fait.

— Hein ?

— Facebook, Twitter et tutti quanti, c'est à la fois intrusif et complètement inutile. Comme des espèces de bars virtuels où tout le monde se bagarre. Beurk.

Elle hausse encore une fois les épaules avec dédain, lentement. Elle est éméchée. Son hypocrisie me hérisse.

— Non mais je rêve, Tabs ! Tu dis que tu détestes Internet, et pourtant…

J'indique de la main le nouvel écran, Electra sur l'étagère.

— … tu t'entoures de ces gadgets qui contrôlent pratiquement tout dans ton appartement. Ça ne te paraît pas contradictoire ?

La tension est encore montée d'un cran ; nous sommes proches de la dispute.

— Ce n'est pas pareil, réplique-t-elle.

Sa moue boudeuse se transforme en froncement de sourcils.

— Je déteste les réseaux sociaux, pas Internet en soi.

— Ah.

— Oui. De toute façon, en quoi ça te concerne, Jo ? J'aime toute cette technologie. C'est marrant, pratique, bien conçu. Tu devrais vraiment…

Elle s'interrompt brusquement, comme si elle avait failli lâcher une insulte.

— … te secouer, vivre avec ton temps. Je t'apprendrai, si tu veux. Bon sang, un gosse de 5 ans serait capable d'utiliser Electra ! Dieu sait ce que tu as fait l'autre soir.

— Je n'ai rien fait du tout.

Je réprime une furieuse envie de la remettre à sa place. Elle se comporte parfois comme une garce ultra-privilégiée qui ne sait pas la chance qu'elle a. Mais je ne veux pas fâcher ma meilleure amie, ni prendre le risque qu'elle me flanque à la porte. Je n'ai pas les moyens d'aller m'installer ailleurs, sans compter que j'aime bien cet endroit.

Du moins, je l'aimais bien.

— Écoute, Tabs, je suis désolée, mais qu'est-ce que ça t'apporte ? Electra, c'est quoi, sinon une espèce de majordome en boîte ? Et l'autre, là, avec sa caméra qui t'espionne tout le temps… Pourquoi ne pas régler le chauffage toi-même, comme tout le monde, avec un thermostat ?

Elle vide les dernières gouttes de vin dans son verre puis repose brutalement la bouteille sur la table.

— Tu te rends compte que tes remarques sont aussi désobligeantes pour moi que pour Arlo ? C'est lui qui m'a offert tous ces appareils en cadeau de fiançailles. Et toi tu débarques ici, tu piques une crise et tu débranches tout, comme une espèce de folle ?

Nous nous affrontons du regard. Ses yeux plissés lancent des éclairs et je suis sûre que les miens aussi. Nous sommes à deux doigts de l'offensive. Elle sait ce qui est arrivé à mon père adoré et se doute bien de l'effet que peut avoir sur moi le mot « folle ».

— Il va falloir que tu te décides à grandir, Jo, reprend-elle. Je suis ravie de te loger, mais je ne veux pas que tu changes quoi que ce soit par caprice. D'autant que les assistants constituent aussi un système de sécurité, auquel Arlo a accès. Alors s'il te plaît, n'y touche pas.

Je termine mon verre de vin.

— Comment ça ?

Elle englobe la pièce d'un geste circulaire et sa manche en cachemire remonte, dévoilant un poignet pâle.

— Il s'inquiétait à l'idée que je vive seule ici. Dans son esprit, Camden est une zone de non-droit. Alors il a fait en sorte que mon installation soit reliée à la sienne. C'est Simon qui s'en est chargé. Comme ça, Arlo peut s'assurer que tout va bien, que je suis en sécurité. Maintenant, c'est valable pour toi aussi. Voilà pourquoi c'est si important de ne rien modifier.

Je ne suis pas sûre de bien comprendre. Les implications me semblent complètement absurdes.

— Tu veux dire qu'il peut écouter en permanence ce qui se passe dans l'appartement ? Qu'il peut m'espionner ? Est-ce qu'il me regarde pisser ?

— Oh, je t'en priiiie… Ne sois pas ridicule. Il n'a pas truffé les pièces de caméras pour jouer les voyeurs ! Ça signifie juste qu'il peut vérifier qui est là, ou recevoir une alerte en cas de défaillance du système…

Elle ponctue ces mots d'un autre geste aérien, comme pour me narguer.

— Il m'a appelée aujourd'hui parce qu'il voulait savoir pourquoi plus rien ne fonctionnait hier soir. Tu vois, c'est seulement un moyen de garder un œil sur moi, sur toi. Et il ne peut le faire que si tu lui en donnes l'autorisation.

Je flanque ma serviette par terre.

— Et ça ne te pose pas de problème ? Tu ne trouves pas ça dérangeant qu'il nous observe de loin en permanence ? C'est complètement tordu.

— Calme-toi…

— Non, Tabitha. Réfléchis, bon sang !

Nous nous dévisageons. Elle s'essuie les lèvres, contemple la table, se concentre de nouveau sur moi. Durant quelques secondes, j'ai l'impression que notre amitié est suspendue à ce moment. Puis son expression change.

— OK, d'accord. Excuse-moi, tu veux bien ?

Elle tente un sourire contrit.

— Désolée, j'y suis allée un peu fort.

Je vois bien qu'elle tente réellement de faire la paix. Nous sommes si proches, depuis des années… Parfois, lorsqu'elle a trop bu, elle me dit qu'elle m'aime, et je lui assure que moi aussi. Nous ne supportons pas de nous quereller.

— Je comprends ta position, Jo. Quand on n'a pas l'habitude, tout ça peut sembler un peu… orwellien.

Elle tend le bras et pose sa main sur la mienne.

— On oublie ?

Je regarde ses doigts refermés sur les miens.

— Est-ce qu'Arlo nous écoute, là ? Est-ce qu'il nous regarde ? Il voudrait peut-être qu'on s'embrasse, non ? Ou même qu'on s'envoie en l'air ?

Si piètre soit-elle, ma tentative de blague a l'effet escompté. Tabitha éclate d'un rire de fille pompette.

— Non, il est sorti avec son pervers belge. Et puis ça ne fonctionne pas comme ça. Il n'est pas assis dans une pièce insonorisée, un casque sur la tête, devant des écrans de surveillance… Il ne voit que les interactions des appareils, la façon dont les assistants se comportent… Il peut m'appeler en vidéo sans presser aucun bouton, communiquer avec moi via l'écran dans ma chambre, ce genre de choses. Et surveiller le système de sécurité.

Elle soupire en regardant son verre.

— On a un peu abusé du rouge, je crois.

— On abuse toujours de tout, Tabs. C'est pour ça qu'on s'entend si bien.

Nos regards se croisent de nouveau, sans colère cette fois. Je me demande si nous pensons toutes les deux à Jamie Trewin. Lui aussi avait abusé de tout.

— Houlà ! lance-t-elle soudain. Il est presque minuit. Laisse-moi débarrasser, d'accord ? Va te coucher, t'as l'air vannée.

Je n'objecte pas. Oui, je suis vannée.

Rassurée par la présence réconfortante de Tabitha, je me mets au lit et ordonne à HomeHelp d'éteindre la lumière. Le silence de la pièce obscure est seulement troublé par les bruits étouffés qui me parviennent de la cuisine, où mon amie charge le lave-vaisselle. Je me tourne sur le côté en attendant le sommeil.

Qui ne vient pas. Pourtant, je ne veux pas prendre de tranquillisants. Je n'ai pas bu de café après le repas mais je me sens fébrile. Peut-être suis-je encore sous le coup de la révélation de Tabitha : je ne peux pas déconnecter les assistants, même si j'en ai envie, parce qu'Arlo le saura immédiatement. Il lui dira de me flanquer à la porte, et après notre conversation de ce soir, je ne suis pas certaine qu'elle me défendra.

La joue posée sur mon oreiller, je regarde dans la pénombre l'enceinte ovoïde intouchable.

14

JO

L'esprit en ébullition, je tente de me vider la tête. Je ne veux pas penser aux assistants. Pas ce soir.

Allongée sur le dos, les yeux rivés au plafond, je me demande combien de personnes ont dormi dans cette pièce vieille de deux cents ans. Combien ont vécu, aimé, ri et rendu l'âme ici même.

Des dizaines, peut-être. Et des dizaines d'autres viendront peut-être après nous. Dont mes enfants, pourquoi pas ? Non, probablement pas. Je ne crois pas que j'aurai un jour envie d'avoir des enfants. Je ne saurais dire si c'est à cause de la maladie de mon père ou d'une authentique absence d'instinct maternel. À l'inverse de certaines de mes amies, qui fondent littéralement devant les vêtements miniatures, je ne m'extasie jamais sur de minuscules paires de Converse. En dessous de 4 ans, les gosses m'ennuient. Est-ce si choquant ?

L'idée des enfants, et de ne pas en avoir, me rappelle certaines des phrases insolites déclamées par Electra et HomeHelp l'autre jour :

« Froide comme une bourrasque de neige, elle colmate les entrailles… »

« Libère chaque mois sa lune, en vain… »

« La perfection est atroce, elle ne peut pas avoir d'enfants… »

Pour moi, la signification est évidente : les assistants commentaient ou raillaient mon choix de ne pas devenir mère. De libérer ma lune en vain, chaque mois. Cette décision a rendu Simon si malheureux…

En même temps, la tournure de ces phrases, leur syntaxe, le vocabulaire employé, tout m'intrigue. Les enceintes les ont-elles inventées ? Empruntées à quelqu'un ?

J'attrape à tâtons mon téléphone sur ma table de chevet puis me recouche. Quelques tapotements sur mon écran suffisent : ce sont des extraits d'un poème, « Munich Mannequins », écrit par une Américaine, Sylvia Plath. J'ai entendu parler d'elle mais ne sais pratiquement rien à son sujet. Je ne me suis jamais intéressée à la poésie, qui m'a toujours paru déprimante. Ou assommante. Je préfère d'autres formes d'expression artistique, d'où mon choix d'étudier l'histoire de l'art. Puis je me suis lancée dans le journalisme quand j'ai compris qu'un diplôme en histoire de l'art ne me mènerait pas à grand-chose, sinon à enseigner l'histoire de l'art à des jeunes qui l'enseigneraient à leur tour.

Qui était Sylvia Plath ?

Je parcours rapidement l'article Wikipedia : Sylvia Plath (27 octobre 1932 – 11 février 1963) était une poétesse, romancière et nouvelliste américaine…

Suivent bien d'autres informations. Elle est manifestement célèbre dans certains milieux. Elle a épousé Ted Hughes, un poète anglais aussi connu qu'elle. Je crois avoir aussi entendu parler de lui. N'ai-je pas vu un film sur eux, il y a des années, qui se terminait de façon tragique ?

Je m'arrête sur un autre site consacré à la vie et l'œuvre de Sylvia Plath. Un grand froid m'envahit à mesure que j'avance dans ma lecture.

> En 1962, Sylvia Plath se sépara de Ted Hughes et retourna s'installer à Londres avec ses enfants.
>
> Aux alentours de Noël, la neige se mit à tomber. Plath se retrouva seule avec son fils et sa fille pour affronter le terrible hiver de 1963. Insomniaque, isolée, elle alla consulter et fut déclarée dépressive par les médecins, qui estimèrent qu'elle présentait un risque suicidaire. Des dispositions furent prises pour qu'elle reçoive des visites quotidiennes.
>
> Le matin du 11 février, la gouvernante arriva comme d'habitude pour l'aider à s'occuper de sa petite famille. Quand elle frappa, personne ne lui ouvrit. Elle ne vit aucun signe de vie à l'intérieur. Elle se servit de sa clé pour entrer.
>
> Dans la cuisine du rez-de-chaussée, elle découvrit Sylvia Plath gisant par terre, la tête posée sur un petit torchon, devant le four à gaz ouvert. Morte. Elle se précipita alors à l'étage où elle eut toutes les peines du monde à débloquer la porte de la chambre des enfants. Leur mère l'avait calfeutrée avec de la bande collante et des torchons pour empêcher le gaz de les atteindre. Ils étaient en vie mais ne comprenaient pas ce qui se passait. Plath avait placé du lait et du pain sur leurs tables de chevet pour qu'ils puissent se nourrir à leur réveil. La nurse en conclut

que c'était sans doute la dernière chose qu'elle avait faite avant de descendre à la cuisine et d'ouvrir le gaz.

Sylvia Plath avait 30 ans.

Je détourne les yeux de l'écran, en proie à un vague sentiment de nausée et à une profonde tristesse. Je n'ai peut-être pas l'instinct maternel, mais j'ai des réserves d'amour. De si jeunes enfants… Comment Plath pouvait-elle se soucier d'eux au point de penser à leur préparer à manger puis décider quand même de les priver de leur mère ?

Et ce n'est pas tout. La page Web mentionne la dernière adresse de Sylvia Plath. Celle de la maison où elle s'est suicidée.

C'était au 23 Fitzroy Road, Primrose Hill, NW3.

Autrement dit à environ trois rues, cinq minutes de marche, de l'endroit où je dors ce soir.

15

JO

Impossible de trouver le sommeil. Je finis par repousser la couette, vais à la fenêtre et écarte les rideaux. Les flocons tombent sur Camden et donc sur la maison où Sylvia Plath s'est tuée. À quelques centaines de mètres d'ici, pendant un hiver aussi rude que celui-ci.

Je repense soudain à la femme qui traînait ses enfants sur le trottoir enneigé et dont je n'ai distingué que le dos. Si Sylvia Plath, pendant cet hiver terrible, est un jour allée de Primrose Hill à Camden High Street, elle est forcément passée par Delancey Street, devant ma maison. En tirant elle aussi ses enfants derrière elle. Courbée sous le poids de sa solitude, l'esprit hanté de pensées suicidaires.

Qu'ai-je vu au juste, ce soir-là, avant qu'Electra me parle pour la première fois ?

Pas question de laisser ces pensées me mener au bord de la folie. Je retourne vers mon lit et saisis mon flacon d'anxiolytiques. Trois, quatre ou cinq, peu importe, pourvu que je puisse dormir d'un sommeil lourd, sans rêves. Jusqu'à la fin du monde.

Une fois recouchée, j'attends que les comprimés fassent effet. Le tumulte dans mon esprit fait toujours rage.

Si je suis folle, comme mon père, je suis perdue. Et si je ne le suis pas, ça signifie que quelqu'un cherche à me nuire. Quelqu'un de bien réel.

Mais qui pourrait m'en vouloir à ce point ? Liam, peut-être, s'il existe. Ou alors un des geeks que j'ai mentionnés dans mon article et qui s'est senti insulté. Arlo Scudamore, Gul Foxton, Jenny Lansman ? Mais combien, parmi eux, sont au courant de ce qui est arrivé à Jamie Trewin ? Et Fitz ? Y est-il pour quelque chose, lui qui a conseillé à Tabitha d'acheter une autre enceinte connectée ? Mais pourquoi voudrait-il se venger de moi ? En même temps, il possède l'appartement du dessous. Où emménageront bientôt des gens susceptibles de « garder un œil sur moi ».

Le suspect le plus évident, c'est Simon. Il a installé tout le système et a sans doute les connaissances nécessaires pour s'en servir contre moi. Mais je n'arrive pas à le croire. Nous sommes toujours liés par une profonde amitié, et il n'est pas du genre à s'en prendre à moi de façon aussi vicieuse.

À moins qu'on ne le force à agir ainsi ? Qu'il ne soit manipulé par quelqu'un ? Et je pense savoir qui. Je me remémore un déjeuner pris en tête à tête, environ un an après notre divorce. À la fin de ce repas trop arrosé, Simon m'avait avoué combien elle était remontée contre moi, combien elle me détestait, même. Elle, sa nouvelle épouse à l'air si aimable, gentille, douce et maternelle, avec sa jolie coupe au carré et son adorable bébé.

16

POLLY

— Ça ne vous affole pas de vivre avec un bébé dans un appartement pareil ?

— Pardon ? lança Polly en se tournant vers Anna.

Celle-ci trempa un bâtonnet de carotte dans le petit pot de tzatziki que Polly lui tendait. Puis elle le croqua et mastiqua bruyamment. Dehors, dans Old Street et Silicon Roundabout, des flots de véhicules se croisaient en un ballet vertigineux.

— Je veux dire, à cette hauteur, avec les balcons, ce n'est pas dangereux ? Enfin, je ne pense pas qu'il puisse arriver quelque chose, mais…

Percevant sans doute une légère tension chez son épouse, Simon s'approcha.

— On n'a pas à se plaindre, les fenêtres sont sécurisées et les balcons impossibles à escalader, déclara-t-il. Et puis, on a de la chance de bénéficier d'un logement à loyer modéré dans l'EC1. Sans ça, on vivrait probablement dans le Sud avec mes parents…

Polly lui jeta un coup d'œil.

— Et tu aurais sûrement déjà assassiné ton père à coups de petite cuillère !

Anna leur sourit puis grignota un autre bâtonnet de carotte avec un enthousiasme que Polly jugea agaçant. Cette femme gagnait vraisemblablement trois fois plus qu'elle, peut-être même cinq fois plus, comme tous ceux présents ce soir-là. Et comme les autres, elle s'efforçait sans grand succès de cacher le dégoût que lui inspirait le tzatziki premier prix servi par Polly.

Cette soirée, une sorte de pendaison de crémaillère tardive, était une idée de Simon, mais c'est elle qui avait dû tout organiser : foncer chercher leur fille chez la nounou dès la fin de son service à l'hôpital, courir au supermarché discount le plus proche acheter des dips, des canapés variés et du prosecco. Une fois rentré, son mari n'avait eu qu'à endosser le rôle du maître de maison. Elle-même faisait le service, distribuait les poivrons brûlés qu'elle avait oubliés dans le four, et s'occupait du bébé. En proie à une sourde irritation, elle se forçait à se répéter que Simon avait souvent de plus longues journées de travail qu'elle.

Un cri perçant interrompit soudain les bavardages. Polly échangea un coup d'œil avec son mari puis poussa un soupir théâtral.

— Laisse, j'y vais. C'est mon tour.

Elle avait bien conscience de se poser en martyre, de surjouer la jeune mère débordée. En réalité, elle n'aspirait qu'à échapper à la petite fête. Tous ces geeks la mettaient mal à l'aise. Aaron était plutôt sympa, et Gul, employé chez Apple, ne manquait pas d'humour, mais pour la plupart ils étaient trop investis dans leur domaine. Les yeux brillants, ils ne savaient parler que de réalité augmentée, de hachage cryptographique et de Dieu sait quoi encore. Polly avait l'impression qu'ils s'exprimaient dans une langue incompréhensible. Elle avait parfois envie de les interrompre pour leur raconter une anecdote sur son propre travail à l'hôpital : « Ah, au fait, un type a débarqué aujourd'hui dans le service en vomissant un bout de poumon, et il est mort devant moi. »

Eh oui. Ça, c'était ma journée.

Elle poussa doucement la porte de la chambre sombre où dormait Grace, six mois. Celle-ci ne hurlait plus mais poussait des petits gémissements plaintifs. En général, ça signifiait qu'elle avait faim.

Polly éprouva une vague de soulagement coupable. La nécessité de nourrir sa fille lui fournissait le prétexte idéal pour s'absenter aussi longtemps qu'elle le voulait. Après avoir pris Grace dans ses bras et humé son odeur de bébé, elle s'installa dans le fauteuil d'allaitement et déboutonna son chemisier.

Elle présenta à la bouche avide de Grace son mamelon gauche, le moins sensible. Lorsque l'enfant se mit à téter, la sérénité la gagna peu à peu. La pénombre et le silence de la pièce l'apaisaient. Elle percevait à peine la rumeur étouffée de la circulation. Par les grandes fenêtres, elle voyait les impressionnantes nouvelles tours d'East London et de Canary Wharf briller dans la nuit froide, immenses obélisques noirs incrustés de millions de diamants scintillants.

Grace chercha soudain à agripper le sein maternel de sa petite main. Polly la saisit pour embrasser chacun de ses doigts minuscules. Au même instant, les larmes lui montèrent aux yeux, comme souvent quand elle se retrouvait seule avec le bébé. Elle éprouvait un étrange mélange de tristesse et de bonheur, inattendu et douloureux.

Rassasiée, Grace s'endormit contre sa poitrine. Pourtant, Polly resta encore une heure dans son fauteuil, à savourer le calme ambiant sans penser à rien. Pour finir, la culpabilité la rattrapa. Elle recoucha le bébé dans son berceau, ajusta soigneusement sa couverture, puis se résigna à retourner vers la lumière, la musique et les invités dans leur salon du douzième étage.

La plupart étaient partis. Ceux qui restaient parlaient, assez fort, d'ailleurs, comme s'ils se disputaient, de l'ex de Simon, Jo Ferguson. Et de ce fameux article qu'elle avait écrit sur les géants de la tech pour dénoncer leur pouvoir tentaculaire. Ou quelque chose dans ce goût-là.

Polly avait fait de son mieux pour ne pas en vouloir à cette femme, avait essayé de ne pas la détester, mais c'était difficile. Elle savait que Simon était encore sous le coup de sa rupture avec Jo, la rouquine vive et sexy, lorsqu'elle l'avait épousé. Mais elle n'aurait jamais pensé que cette ex serait aussi présente dans leur vie, encore aujourd'hui.

Foutue Jo Ferguson… Le béguin de jeunesse de Simon, son premier amour, son grand amour, celui qu'il n'oublierait jamais, malgré tout ce qu'elle-même pourrait faire. Elle lui avait donné son cœur, un foyer et l'enfant qu'il désirait. N'était-ce pas suffisant ?

Polly ramassa les verres et les emporta dans la cuisine en faisant semblant de ne pas écouter.

— Moi, j'ai trouvé ça bien tourné, et avec le recul, sa critique sur le respect de la vie privée visait juste…

C'était Gul. Drôle, sarcastique. Gul Foxton. Il s'était lié d'amitié avec Jo quand elle avait rédigé cet article, et il la défendait souvent. À juste titre, peut-être. Polly ne se souciait pas vraiment des subtilités du débat, elle se sentait surtout insultée. N'auraient-ils pas pu choisir un autre sujet de conversation ? Ne se rendaient-ils pas compte à quel point c'était grossier de parler de l'ex de Simon devant sa nouvelle femme ?

— En même temps, c'était déjà évident à l'époque…

— Arlo a failli perdre son boulot chez FB, non ? Je parie qu'il l'a rudement mauvaise ! Et ce n'est pas un type qu'on a envie d'avoir comme ennemi.

— C'est un connard fini.

Dixit Jenny.

— Peut-être, admit Gul, mais c'est un connard qui a du pouvoir. Simon ? T'as rien d'autre à nous servir que ce prosecco ? J'ai l'impression de boire du faux champagne pour gosses.

La remarque était typique de Gul. Il n'avait jamais peur de vexer et faisait parfois preuve d'un manque de tact flagrant, mais il s'en fichait royalement. On le prenait comme il était. Polly l'aimait bien.

— Ça va, chérie ? demanda Simon en rapportant lui aussi des verres à la cuisine. Et Grace ?

— Elle avait faim, je l'ai nourrie et elle s'est rendormie. Et toi ? Content de ta soirée ?

Simon hocha la tête, un sourire aux lèvres. Il s'éloigna pour aller dire au revoir à quelques invités qui enfilaient leur manteau et appelaient des Uber.

— Polly ? Regarde, j'ai réussi à te mettre de côté quelques bons petits trucs à grignoter.

Polly se retourna vers le visage rond et aimable de Jenny Lansman qui la regardait, une assiette à la main. Elle désigna les amuse-gueule d'un geste en soupirant.

— Ils ne sont pas bons, je sais. Je les ai achetés chez Lidl.

Jenny éclata de rire.

— Mais non, ils ne sont pas si mal… Allez, assieds-toi et mange quelque chose. Les autres sont presque tous partis.

Heureuse de cette diversion, Polly s'assit sans se faire prier à la table de la cuisine.

— Alors, raconte, dit Jenny en s'installant à côté d'elle. Je veux tout savoir de la maternité. Je ne t'ai pas revue depuis ton accouchement. Vas-y, je t'écoute.

Polly sourit. C'était la première fois ce soir que quelqu'un lui manifestait de l'intérêt, la considérait comme une personne à part entière. Pas seulement comme la nouvelle épouse de Simon, cette femme à l'air fatigué qui habitait avec lui et ne participait jamais aux conversations.

Elle avala une gorgée de vin blanc et eut soudain envie de se confier. Pourquoi pas ? Tout en terminant les canapés avec Jenny, elle lui parla avec franchise des mauvais côtés : la morosité, les sautes d'humeur, le manque de sommeil, les mamelons fendillés, les couches à changer tout le temps… Et la monotonie des journées solitaires.

— Personne ne te prévient que tu vas t'ennuyer à mourir, ajouta-t-elle.

Jenny, qui multipliait les hochements de tête compatissants, grignota un roulé à la saucisse avant de demander :

— D'accord, mais ça fait quoi d'être mère ?

Polly jeta un coup d'œil par la porte de la cuisine. Il n'y avait plus que deux invités au salon.

Qu'est-ce que ça fait d'être mère ?

Bonne question.

— Avoir un bébé, c'est la pire chose qui pouvait m'arriver, répondit-elle. C'est douloureux, déprimant, incroyablement fatigant, et ça me coupe de tout le monde. En même temps… C'est aussi la meilleure chose qui pouvait m'arriver. Je ne sais pas comment l'expliquer, mais c'est comme ça.

Jenny fronça les sourcils puis acquiesça d'un signe de tête.

— Moi, j'aimerais bien en avoir un. Mais bon, encore faudrait-il que je rencontre la bonne personne… Je suis peut-être trop difficile ?

Elle accompagna la question d'un petit rire, comme pour se moquer d'elle-même.

— Ce n'est pas faute d'essayer, pourtant…

Elles bavardèrent encore quelques minutes, puis Jenny se leva, enfila son manteau et prit congé. Après son départ, Simon rassembla les assiettes et jeta les restes à la poubelle.

— Ça ne s'est pas trop mal passé, hein, chérie ? lança-t-il à Polly tout en s'activant. Je sais que tu détestes toutes ces discussions sur la technologie…

Il lui posa une main sur l'épaule.

— Allez, va te coucher.

Polly accepta avec reconnaissance. Elle se dirigea vers leur chambre, enfila un T-shirt confortable et se glissa sous la couette avant de lancer à l'enceinte connectée :

— HomeHelp, règle le réveil sur 7 h 15.

Les voyants de l'appareil effectuèrent leur petite danse. Polly ne tarda pas à s'endormir, emportant avec elle la fraîcheur de l'oreiller sous sa joue… Puis elle se réveilla en sursaut avec l'impression que quelque chose clochait. Son réveil numérique indiquait 2 h 45. Elle avait dormi deux heures. Qu'est-ce qui l'avait tirée du sommeil ? Est-ce que le bébé pleurait ? Son horloge interne avait mémorisé les moments des repas au point qu'elle se réveillait souvent avant même que sa fille se mette à crier. Comme si elles communiquaient par télépathie.

Mais Grace ne pleurait pas. Elle n'avait pas encore faim. Quand Polly se tourna dans le lit pour chercher la présence réconfortante de son mari, elle se rendit compte avec surprise qu'il n'était pas là.

Elle se leva et sortit dans le couloir. Un rai de lumière filtrait sous la porte fermée de la chambre d'amis.

Que fabriquait Simon dans cette pièce au beau milieu de la nuit ?

Saisie d'une vague appréhension, elle marcha doucement vers la porte puis entra sans frapper. Il était bien là, coiffé de son casque, voûté devant un ordinateur portable dont la clarté bleu pâle éclairait son visage. Parlait-il à quelqu'un ? Sur quoi était-il aussi concentré ? Un site d'information ?

Elle s'approcha sans pouvoir distinguer l'écran. Le regard rivé à l'image, il ne s'était pas aperçu de sa présence. Parvenue à côté de lui, elle lui arracha son casque. Il se retourna vivement en rougissant.

— Qu'est-ce que… Bon sang, Polly ! Tu m'as fichu une de ces trouilles !

Elle plaqua un des écouteurs contre son oreille. De la musique… Mais que visionnait-il sur son ordinateur à 3 heures du matin ? Elle jeta un coup d'œil à l'écran et, au moment où son mari s'apprêtait à fermer un onglet, aperçut l'image d'un corps.

— Stop ! ordonna-t-elle. Ne touche à rien, je veux voir ce que tu trafiques en pleine nuit.

— Pourquoi ?

— Laisse-moi voir !

Sensible à son intonation péremptoire, il céda. Frissonnante dans sa culotte et son T-shirt, Polly se pencha et parcourut les onglets.

Du porno. Il visionnait des vidéos pornos sur xHamster et AlohaTube. Rien que des scènes attendues : lesbiennes ultra-sophistiquées version californienne, fières de leurs faux seins ; MILF japonaises… Polly n'y attachait aucune importance. De fait, il lui arrivait de regarder des films X avec lui. Elle aimait le porno lesbien soft mettant en scène de jolies filles en robe d'été.

Mais alors qu'elle faisait défiler les onglets, elle fut prise d'une brusque bouffée de colère. Voilà pourquoi Simon paraissait si embarrassé : avant de surfer sur les sites pour adultes, il avait affiché des photos de Jo.

De Jo nue. Là, allongée sur un lit, exhibant sa silhouette svelte, légèrement bronzée, exempte de vergetures. Ici, en train de se caresser en souriant, le visage à moitié détourné.

— Ah, c'est super, vraiment ! gronda-t-elle. Merci, ça me rassure beaucoup de savoir que tu te branles devant ton ex !

— Attends, ne…

— Pourquoi, Simon ? Pourquoi tu fais ça ?

Elle était blessée, au bord des larmes.

— Tu te rappelles que tu es remarié et que tu viens d'avoir un bébé ? Espèce de salaud !

— Ce ne sont que des photos, se défendit-il piteusement. Juste des photos. C'est comme les vidéos pornos, ça n'engage à rien…

Il s'interrompit, manifestement conscient d'aggraver son cas.

Polly cliqua sur l'historique du navigateur à la recherche de la dernière page consultée. La stupeur lui fit oublier sa jalousie.

À l'écran, Liam Goodchild lui souriait. L'homme qui avait eu une liaison virtuelle avec Jo, poussant Simon à la quitter. Pourquoi conservait-il sa photo ? Elle pouvait comprendre que Jo ait été séduite par cet adonis aux longs cheveux noirs, mais pourquoi Simon y attachait-il encore de l'importance ?

Furieuse, désemparée, elle éleva la voix.

— Je ne comprends pas, là. Vous êtes amis ? Qu'est-ce qui se passe ?

Quand son mari se contenta de hausser les épaules, elle eut envie de le gifler.

— Mais enfin, à quoi ça rime ? reprit-elle. Tu as rompu avec Jo à cause de lui, aujourd'hui tu es avec moi, et maintenant tu regardes ses photos… Pourquoi ? Tu es en contact avec lui ?

De nouveau, Simon rougit en égrenant une litanie de « Désolé » mais sans lui fournir le moindre éclaircissement. Les hypothèses se bousculaient dans l'esprit de Polly. Simon était-il en relation avec ce Liam ? L'avait-il incité à mettre Jo à l'épreuve ? Son mari était du genre jaloux, elle le savait, cet homme au travail mystérieux qu'il ne lui avait jamais vraiment expliqué.

Un cri strident s'éleva soudain.

— Et merde ! maugréa Polly. Il ne manquait plus que ça.

Réveillée par leurs éclats de voix, Grace hurlait. Simon répéta qu'il était désolé puis se rendit à la cuisine, sans doute pour aller chercher un biberon de lait maternel.

Assumer son devoir de père.

Polly le suivit des yeux jusqu'à ce qu'il disparaisse. Puis, furieuse et abattue, elle se concentra sur la vue spectaculaire qui s'étendait sous les fenêtres. Il était 3 heures du matin à Shoreditch et il y avait toujours autant de circulation dans Old Street. Une rivière de phares blancs et de feux arrière rouges déferlait dans des canyons sombres. On aurait dit que la ville tout entière était devenue une machine malfaisante ayant échappé au contrôle des hommes.

Grace s'époumonait toujours.

17

JO

Les cris ne s'arrêtent plus. Des convulsions le parcourent, plus ou moins au même rythme que ses hurlements de douleur. Ses yeux se révulsent, deux ovales d'un blanc d'albâtre, ses mains se crispent. Des flots de lumière crue éclairent le corps violemment secoué de spasmes de Jamie Trewin. Un filet d'écume rose coule sur le côté de son visage, comme s'il avait sucé des bonbons colorés.

« Viens, me presse Tabitha en tirant ma main moite et glacée. Viens, il vaut mieux retourner dans notre tente, on gêne les secours. »

En dépit de l'obscurité, je déchiffre sans peine le message transmis par le regard désespéré de mon amie : « On doit se tirer d'ici, vite, c'est nous qui avons fait ça, c'est notre faute, tu as vu le geste du type au visage violet… »

Pourtant, je lui résiste. J'éprouve le désir presque irrépressible de m'élancer à travers la foule pour aller trouver les policiers et tout leur avouer : « C'est nous qui lui avons donné cette drogue. Arrêtez-nous. »

« Regarde ! s'exclame Tabitha. Jo ! »

Je n'ai pas besoin qu'elle me le dise. Je vois les urgentistes s'écarter de Jamie tandis qu'un policier ordonne soudain :

« Éloignez-vous, tous ! Reculez… »

Devant nous, Jamie est parvenu à se relever. Avec son mètre quatre-vingt-dix, il paraît immense à côté des femmes secouristes.

« Il faut le rallonger ! »

L'un des policiers tente de le saisir, un autre se penche vers lui pour le soutenir, mais Jamie les repousse avec force, comme un monstre de dessin animé, comme s'il était le seul adulte au milieu d'une bande d'enfants. Puis il se dirige droit vers moi. Comment sait-il où je suis ? Comment peut-il voir quelque chose avec ses yeux blancs, aveugles ?

« Cours ! » me lance Tabitha.

Mais il est trop tard. Jamie s'est déjà jeté sur moi. Ses grandes mains se referment sur ma gorge. Sans effort, il me plaque à terre avant de s'agenouiller sur ma poitrine. Il cherche à m'étouffer. Un voile rouge tombe sur mes yeux et tout s'assombrit autour de moi. Je sens ses postillons sur mon visage. Lorsque je le regarde, je découvre mon père à sa place, mon père dont les doigts resserrent leur prise sur mon cou et qui éclate de rire en même temps qu'il m'étrangle. Il n'est plus le gentil papa qui me chatouille. Il veut me faire mal, me tuer. Mon frère hurle :

« Maman, maman, maman, papa va tuer Jo ! Maman ! »

Papa !

Puis…

Le noir. La grisaille. La réalité.

Je me réveille en cherchant à reprendre mon souffle, la bouche complètement desséchée. Je suis allongée dans l'obscurité, le corps rigide comme celui d'un mannequin de cire. Où suis-je ? Dans l'appartement ? Oui, dans ma chambre. Et si j'ai le visage humide, c'est parce que je pleurais dans mon sommeil.

Ce n'était qu'un rêve. Un de plus à propos de Jamie. Ils sont toujours affreux. Dans certains, Jamie m'attaque, dans d'autres il me viole. Et parfois, comme cette nuit, il prend les traits de mon père le jour de sa mort. Jamie à Glastonbury devient papa. Papa qu'on transporte à l'hôpital après l'avoir sorti de cette voiture où il s'est asphyxié, comme la poétesse qui vivait jadis à Camden.

Ces cauchemars-là sont les pires.

Mais les larmes, c'est nouveau. Je n'avais jamais pleuré en dormant. Je reste immobile quelques instants, les yeux fixés sur le gris foncé de la nuit qui se dessine autour des rideaux.

3 h 30. L'heure à laquelle l'obscurité est la plus profonde, où les derniers vestiges de lumière ont disparu, où des formes étranges se dessinent dans l'ombre.

Quand mes joues sont sèches, je me penche pour allumer ma lampe de chevet. Il me faut un livre, n'importe lequel.

L'Art du script, par exemple. L'auteur, célèbre scénariste hollywoodien oscarisé, promet de me révéler tous les secrets qui me permettront d'écrire mon propre scénario à succès.

L'ouvrage s'ouvre de lui-même sur deux pages de texte dense. Les mots dansent devant mes yeux. Soudain, je me rappelle que j'ai aussi tous ces guides en version audio. Je repose l'ouvrage, éteins la lampe et ordonne :

— OK, HomeHelp. Lis-moi la page 27 de *L'Art du script*.

Les voyants de l'enceinte s'illuminent.

— Lecture de la page 27 de *L'Art du script* :

« Quand vous rédigez un scénario, gardez toujours à portée de main le plan sur une feuille. Sous chaque titre, résumez vos idées en une ou deux lignes. Puis indiquez les thèmes et les lieux. Une femme sur un bateau, seule, ou un policier cherchant des traces de sang dans la neige. Faites-le pour vos quinze scènes/événements. Vous devez avoir en permanence ce plan près de votre ordinateur… »

La voix débite ces mots d'un ton monotone mais pas désagréable. C'est même apaisant. Est-ce si simple, en fin de compte ? Coucher quelques phrases sur une feuille pour avoir la structure de l'ensemble ?

Je suis seule dans l'appartement, Tabitha passe la nuit chez Arlo. Les assistants fonctionnent normalement. Il est possible que j'aie tout exagéré. Je fais des cauchemars, j'ai parfois de petites crises d'angoisse, et je prends sans doute trop de cachets pour dormir. Ils ont sûrement un effet perturbateur sur mon cerveau. C'est ça. Je ne suis pas en train de devenir folle. Tout va bien. Liam a probablement rencontré une femme et décidé de me chasser de sa vie, peut-être pour me punir de ne plus lui avoir donné de nouvelles. Le manque de sommeil me rattrape, j'ai les paupières lourdes. Il est 6 heures du matin. Trois heures ont passé. J'ignore pourquoi, mais c'est le cycle auquel obéit mon organisme : si je me réveille à 2 ou 3 heures du matin, je sais que je mettrai trois heures à me rendormir, sauf si je prends un sédatif. Heureusement que je suis free-lance ; pas besoin de me lever trop tôt.

Je demande à HomeHelp d'arrêter de lire et je ferme les yeux. Le sommeil me gagne rapidement. Je me détends comme à l'époque où Simon s'endormait sur moi, où je savourais la sensation réconfortante de son poids sur mon corps.

Mon esprit se vide, glisse peu à peu vers l'oubli.

Un signal sonore discret, répétitif, me tire de l'inconscience dans laquelle je sombrais. Ma première pensée : les assistants. Ce sont eux qui émettent ce son.

Je scrute HomeHelp dans la pénombre. Rien. Pas de voyants éclairés. L'enceinte est silencieuse.

J'émerge de ma somnolence et identifie le jingle de Skype. Il doit provenir de mon ordinateur portable, dans le salon. J'ai laissé la porte de la chambre entrouverte, je l'entends nettement.

C'est un appel.

Je m'enveloppe dans mon peignoir. Il fait plutôt frais, mais pas froid. Le chauffage a dû se remettre en marche il y a peu. Je suis le couloir pieds nus tout en allumant au passage. Le jingle de Skype cesse. N'empêche, je veux savoir qui cherche à me joindre à cette heure. Je m'assois en bâillant devant mon ordinateur et jette un coup d'œil à l'horloge dans l'angle de l'écran : 6 h 20. Le jour n'est pas encore levé. Dehors, les travailleurs matinaux, chauffeurs de camion et livreurs circulent déjà dans la pénombre glaciale.

Le jingle s'élève de nouveau. Je ne reconnais pas le numéro. C'est un appel longue distance, international. Sans doute redirigé depuis la Namibie ou Singapour.

À moins que ce ne soit mon frère, à Los Angeles ? Il lui arrive d'oublier le décalage horaire, ou de se tromper dans le calcul, et de téléphoner à des heures indues.

Je clique pour accepter la communication, m'attendant à voir apparaître le beau visage de mon frère et, en arrière-plan, son vaste appartement californien plein de lumière. Le soleil brille-t-il, là-bas ? Aurai-je la chance d'apercevoir mon neveu adoré en train de jouer avec ses dinosaures en plastique ? Quelle heure est-il à Los Angeles ?

Une silhouette floue se matérialise sur l'écran.

Une sourde angoisse m'étreint. Ce n'est pourtant qu'une silhouette. Une ombre. Une forme humaine. On dirait une femme : cheveux longs, stature frêle… Je ne distingue pas ses traits, juste les contours de son visage.

— Allô ? Qui est-ce ? Qui êtes-vous ?

Silence.

— Vous vous rendez compte qu'il est 6 heures du matin ? C'est une erreur ?

Pas de réponse. Pas de mouvement.

— OK, je suppose que c'est une espèce de farce débile. Je vais bloquer ce numéro.

— Bonjour, Jo. C'est Jo. Je suis toi.

J'en reste sans voix. Je sens ma bouche s'ouvrir et se refermer. Mes lèvres tremblent. Partagée entre la stupeur et la crainte, j'esquisse un mouvement de recul.

Suis-je cette personne ?

— Dis-toi bonjour, Jo.

Mon cerveau patine. Elle a raison : c'est moi. Cette silhouette, cette ombre, cette chose qui s'exprime avec ma voix, c'est moi.

18

JO

La voix, ma voix, poursuit :

— Sois sans crainte, Jo, ce n'est que toi, qui te téléphones. C'est comme ça que j'ai eu ton numéro. Je le connais, forcément, puisque c'est le mien. Je suis toi. C'est toi que tu vois. Je suis toi, qui te parles. Je sais à quel point il fait froid, puisque je suis toi. Et je sais aussi à quel point tu as peur, puisque je suis toi.

La silhouette est presque immobile, mais pas tout à fait. Je ne distingue toujours pas ses traits mais je me rends compte que sa tête remue au rythme des mots. Ça paraît réel, pourtant ça ne peut pas l'être.

Malgré ma terreur, je me force à regarder l'écran sans ciller.

— Qui êtes-vous ? Comment avez-vous fait pour enregistrer ma voix ?

Je sais qu'il y a quelqu'un derrière tout ça. Simon, sans doute, poussé par Polly. Il maîtrise cette technologie, il l'a lui-même installée. Cette idée ne me rassure pas. De nouveau, la voix s'adresse à moi :

— Personne n'a enregistré ta voix, Jo. Je suis toi, je pensais que tu apprécierais de te parler ; après tout, j'ai remarqué que tu marmonnais souvent toute seule, depuis quelque temps. Liam t'a flanqué la frousse, pas vrai ? Tu as raison d'avoir peur de lui.

— Vous contrôlez les assistants, c'est ça ?

Quand la silhouette s'esclaffe, je reconnais avec stupeur mon rire si sarcastique. Quelqu'un l'a-t-il enregistré aussi ? Est-il possible que Simon, Arlo, Fitz ou je ne sais quel petit génie de l'informatique ait pu entrer ma voix dans un ordinateur et le programmer pour avoir une conversation avec moi ? Une autre éventualité, beaucoup plus terrifiante, me vient à l'esprit : c'est vraiment moi qui suis en train de me parler, et donc de sombrer dans la folie.

Non. Non ! Mon cri jaillit de lui-même :

— Arrêtez, je vous en prie !

Un camion passe devant l'immeuble, faisant vibrer les vitres. Ses phares éclairent le brouillard comme s'il cherchait une personne égarée. « Je suis là ! Sauvez-moi ! » ai-je envie de hurler.

Le rire s'est arrêté. La voix s'élève de nouveau, issue de l'écran, de mon esprit ou d'un code informatique, je ne saurais le dire.

— Tu te dis que tu deviens folle. Tu te trompes, Jo. Je le sais, parce que je suis toi. Je sais ce que tu as mangé hier matin, parce que je suis toi.

— Arrêtez…

— Ah, Jo, pourquoi devrais-je me donner des ordres ? Après tout, je n'ai aucune idée de ce que je veux, n'est-ce pas ? Je suis affolée, complètement désemparée. Pauvre Jo. Pauvre pauvre petite Jo-Jo, avec son dingue de père.

Ce même rire, encore. Mon propre rire, sardonique, un peu cassant. J'ai toujours eu un rire caractéristique. Les autres s'en moquent ou l'imitent pour me taquiner. En général, je m'en fiche, mais l'entendre s'élever de cette machine avant l'aube d'une nouvelle journée londonienne, glaciale, brumeuse et polluée, m'arrache des frissons.

Je me penche vers l'ordinateur, prête à l'éteindre. J'en ai assez. Mais la voix m'en empêche :

— Oh non, Jo, ne fais pas ça. Rappelle-toi ce que Tabitha a dit : tu ne dois rien éteindre, sinon Arlo l'apprendra. Ensuite, il faudra que tu ailles habiter ailleurs, et nous n'avons pas beaucoup d'argent, n'est-ce pas ? Si tu n'écoutes pas, il faudra prévenir la police. J'ai toutes les preuves de ce qui est arrivé à Jamie Trewin. Tu veux aller en prison ? Non, hein ? C'est bien ce que je pensais. Alors écoute, Jo. Ce n'est que le début, parce que tu sais que Jamie est mort à cause de toi. Par ta faute. Ne blâme pas ton pauvre père, ne blâme pas sa folie, c'est minable et lâche de blâmer ses parents. Non, non, non, nous sommes plus fortes que ça. Nous allons être courageuses, comme papa.

Quand la silhouette à l'écran se penche, il me semble distinguer un reflet de lumière dans ses cheveux. Est-ce que ce sont les miens ? Je crois, mais mes sens me jouent peut-être des tours.

— Alors voilà ce qui va se passer : dans quelques semaines, ou même avant, tu vas te suicider, Jo. C'est ce que tu as décidé, même si tu n'en as pas encore pris conscience. Mais tu le feras bientôt, ou alors je le ferai pour toi. Tu vas mourir. Pourquoi pas dans ta voiture, comme papa ? Bon, il faut que je te laisse. À bientôt.

La communication est coupée, la fenêtre Skype se ferme.

Je contemple mon fond d'écran, une photo de Regent's Park sous la neige que j'ai prise il y a un mois. Je la trouvais jolie, à l'époque ; aujourd'hui, elle me semble étrangement menaçante. J'ai l'impression d'être perdue dans le brouillard et j'ai peur que personne ne me retrouve. Moi, la petite fille en pleurs, effrayée par son papa bien-aimé qui s'emporte contre le téléviseur, la voiture, la radio. Et pourtant, je voudrais tant qu'il m'enlace. Je me rappelle ces moments où il me prenait dans ses bras, ma joie lorsqu'il me lançait en l'air ou faisait la ronde autour du pommier avec mes amies et moi, en chantant des comptines. C'était un père formidable, jusqu'à ce que sa folie l'isole et éloigne mes amies les unes après les autres.

Envahie par la tristesse et la peur, j'éteins l'ordinateur. Mon reflet se dessine vaguement sur l'écran sombre, me renvoyant l'image de mes yeux hantés, creusés par le manque de sommeil. Je suis partout. Je m'épie.

19

JO

J'essaie de me rendormir, en vain. J'avale un Xanax qui reste sans effet. Allongée sur mon lit, je rumine ma peur et ma colère. Simon et Polly sont-ils vraiment derrière tout ça ? Je dois en avoir le cœur net.

Je me lève et me prépare une bonne dose de café. Puis, à une heure que je juge plus civilisée et à laquelle je sais que Simon est au travail, je lui téléphone pour l'inviter à dîner. Aujourd'hui même. Ce soir. Il semble pris de court, marmonne quelque chose au sujet de Polly, mais comme j'insiste, il finit par céder.

— D'accord. On se retrouve à 19 heures ? Où ?

Je n'hésite pas une seconde.

— À la Vinoteca.

C'est le grand bar à vin moderne près de Google et de St Martin, dans le quartier animé de King's Cross. Nous y sommes déjà allés souvent.

Simon accepte et raccroche. Je m'installe au salon et je travaille, regarde les informations, consulte Twitter pour m'occuper l'esprit. De temps à autre, je contemple la froide grisaille, dehors.

La matinée puis l'après-midi s'écoulent ainsi. À 18 h 30, je monte dans un Uber pour me rendre au restaurant. Un serveur m'escorte jusqu'à une table d'angle. L'établissement, tout en parois vitrées, est bruyant, bondé de jeunes Londoniens qui boivent du vin sous des luminaires fuselés aux lignes modernistes. Tout en balayant la salle du regard, je repense à la nuit dernière. Me suis-je appelée et effrayée moi-même, ou quelqu'un de particulièrement retors s'est-il fait passer pour moi afin de me terrifier ?

Mais comment cette personne aurait-elle pu si bien imiter mon rire et mes intonations, et mener une telle conversation avec moi ?

Un serveur rôde près de ma table, dans l'expectative. Il me semble détecter une pointe d'accent d'Europe de l'Est dans sa voix quand il me demande si je souhaite boire quelque chose. Je fais non de la tête en précisant que j'attends un ami. Je suis à deux doigts d'ajouter : « Mon ex-mari, qui est peut-être en train d'essayer de me rendre folle. »

Le serveur s'éloigne.

Je jette un coup d'œil à mon téléphone. 18 h 50. Je contemple la place sombre derrière l'entrelacs des colonnes d'acier de la Vinoteca, les briques rouges de la façade illuminée du German Gymnasium. Tout dans ce coin est fait d'acier, de verre, ou de briques victoriennes restaurées.

Dehors, dans le froid glacial, un homme m'observe depuis un banc, sous la lumière des réverbères. Enveloppé dans plusieurs couches de vêtements, il est aussi inerte qu'un cadavre. Les passants circulent autour de lui, pressés d'échapper au vent mordant.

Un sans-abri, de toute évidence. Pourquoi me regarde-t-il ? Je tripote machinalement une fourchette en repensant à cet appel sur Skype, au son de mon propre rire. Un long frisson me parcourt ; mes doigts se crispent si fort sur la fourchette que les dents s'enfoncent dans mon pouce. Quand je la laisse tomber sur la table, je remarque une femme au comptoir qui me dévisage. Elle se détourne vivement, comme si elle était embarrassée pour moi.

Je commande un verre de vin. J'en bois une gorgée, puis deux. Il est 18 h 59. Simon est du genre ponctuel. Je parie qu'il sera là à 19 heures précises.

19 h 03.

19 h 06.

19 h 09.

Je suis sûre qu'il viendra. Ce n'est pas la première fois que nous dînons ensemble depuis notre divorce. Nous avons gardé de bonnes relations, même si je sais que Polly a du mal à le supporter.

Pour elle, apparemment, quand une histoire d'amour est terminée, il faut prétendre que l'ex-partenaire n'a jamais existé et supprimer toutes les traces de la relation, comme un meurtrier essaie d'effacer les indices de son crime.

19 h 20 ? Pour le coup, c'est inattendu. Polly l'a-t-elle empêché de sortir, finalement ? Après tout, elle a peut-être raison, c'était une mauvaise idée. Simon et moi aurions dû couper les ponts. Sauf qu'on ne l'a pas fait. Et ce soir, j'ai vraiment besoin de lui parler. Je veux savoir s'il est responsable de ce qui m'arrive.

C'est dangereux, aussi : Simon me connaît depuis si longtemps qu'il risque d'identifier tout de suite l'autre possibilité, celle que je suis en train de devenir folle.

Une main s'agite dans ma direction pour attirer mon regard.

Mon ex-mari porte un ample coupe-vent et une écharpe. Il les tend à un serveur puis s'avance vers moi en jean et chemise à carreaux sur un T-shirt noir. Tous ces geeks ont un faible pour les tenues passe-partout. Plus leur poste est important, plus ils adoptent un style négligé, juste parce qu'ils peuvent se le permettre. Non que Simon ait un poste si important que ça… Il ne gagne pas autant que ses amis, et je pense qu'il m'en veut un peu pour ça. Comme si je l'avais freiné dans ses ambitions.

Il tire une chaise puis grimace.

— Ma pauvre, tu as une mine épouvantable.

Je hausse les épaules et avale une gorgée de vin.

— Merci. Je ne dors pas bien, en ce moment.

— Ça se voit. Qu'est-ce qui se passe ?

— Rien.

Il s'assoit et se sert un verre d'eau. Je ne sais pas trop comment aborder le sujet, formuler mes accusations. Je voudrais aussi mentionner Liam mais c'est délicat, puisque c'est à cause de lui que j'ai détruit notre mariage.

Après quelques instants d'hésitation, je finis par me lancer :

— Il y a deux ou trois choses que j'aimerais te demander.

— Ah oui ? OK.

Il pose son verre d'un geste las.

— Désolé pour le retard. J'ai dû répondre à des mails urgents envoyés d'Amérique.

Le serveur nous apporte des cartes. Nous échangeons un coup d'œil et une tentative de sourire complice pour ranimer l'ancienne chaleur entre nous. Nous choisissons toujours le même plat, ici.

Je commande pour nous deux :

— Nous prendrons la bavette. Bleue. Merci.

Le serveur hoche la tête.

— Et comme boisson ?

Simon est déjà en train de scanner la liste des vins avec son smartphone, même si je sais qu'il finira par commander une bière. Il adore utiliser son appli qui note les crus sur toutes sortes de critères, dont l'année et le terroir. Il s'enthousiasme toujours pour les innovations technologiques en tout genre. Est-ce pour ça qu'il s'est marié si jeune ? L'attrait permanent de la nouveauté ?

— En fait, dit-il, je vais prendre une bière. Une Leffe, en bouteille.

— Et moi, je vais rester au rioja. Vous l'avez en demi-bouteille ?

Le serveur hoche la tête et s'éloigne rapidement.

Simon me regarde.

— Bon, avant de passer aux choses sérieuses… On fait comme d'habitude ?

Il saisit son téléphone, le met en mode avion puis le pose sur la table, écran caché. Bon nombre de ses amis font de même en soirée. C'est la nouvelle étiquette en société chez les représentants de la Silicon Valley. Je l'imite. Voilà, nous sommes prêts à parler, prêts à nous concentrer sur les propos de l'autre.

Une fois ce petit rituel accompli, il lance :

— Alors, qu'est-ce que tu voulais me demander ?

À présent, je n'ai plus le choix. Je me jette à l'eau :

— Eh bien, je… j'ai quelques problèmes… techniques dans l'appartement.

— Du style ?

— Avec le chauffage, les lumières… J'ai du mal à contrôler les assistants vocaux. Ils déconnent, parfois.

Je guette une réaction révélatrice : une grimace entendue, une lueur de culpabilité dans le regard… Rien. Les boissons arrivent et Simon prend le temps d'avaler une gorgée de bière.

— Il suffit d'appeler un technicien, non ? Ou de charger Tabs de s'en occuper ; c'est plus ou moins ta propriétaire.

— Oui, je pourrais. Sauf que… Ils font des trucs vraiment bizarres, je t'assure.

Son froncement de sourcils exprime le plus profond scepticisme.

— Comment ça ?

Comment expliquer la situation sans évoquer Jamie ? Simon a beau être au courant, je bloque toujours sur le sujet. J'opte pour une réponse plus évasive.

— En fait, ils disent des choses qui… me touchent personnellement. Comme s'ils en savaient long sur moi, sur mon passé. Comme s'ils m'avaient écoutée.

— Mais justement, Jo, ils t'écoutent, réplique-t-il avec un petit sourire suffisant. Ils sont conçus pour ça, pour se familiariser avec tes habitudes, tes besoins, tes désirs. Ils s'adaptent à ta personnalité et vont même jusqu'à l'adopter. Imagine ce qu'ils seront capables de faire dans le futur : ils remplaceront les amis pour les personnes isolées, les enfants pour ceux qui n'en ont pas… Cette technologie doit permettre de rompre la solitude et l'isolement. Les seniors, les malades à l'hôpital… Chacun pourra avoir de vrais échanges avec une voix qui lui répondra.

— Oui, mais… du coup, ils t'espionnent tout le temps ?

Il hausse les épaules.

— Et alors ? C'est pareil pour les ordinateurs qui lisent tes mails ou tes posts sur Facebook et qui t'envoient des publicités personnalisées. Le fonctionnement est le même. Et c'est plutôt cool, non ? Mieux que ça. On est au début du développement de l'intelligence artificielle. Bientôt, les appareils seront encore plus perfectionnés. C'est super excitant ! Arlo Scudamore a tout compris, le salaud !

Je scrute toujours le visage de mon ex-mari ; la colère et l'angoisse se disputent en moi.

— Excitant, peut-être, mais aussi effrayant, Simon. C'est trop intime, trop intrusif.

Je me sens rougir. C'est plus fort que moi. La peur qui me tenaille menace de me submerger. J'ignore ce qui est le pire : la possibilité que je sois en train de perdre la tête, ou celle que quelqu'un, peut-être mon ex-mari et sa nouvelle femme prétendument si douce, cherche à me rendre folle. Ou à me pousser au suicide. Pourtant, Simon réagit de manière tout à fait innocente ; il n'y a rien d'ambigu chez lui, ni dans sa conversation ni dans son langage corporel.

Je n'ai pas le droit de fondre en larmes. Pas dans ce bar à vin branché de King's Cross. Ce n'est pas moi, ça. J'ai mené ici même quelques-unes de mes interviews pour mon article sur les géants de la tech. À l'époque, j'étais encore sûre de moi et passionnée. Et j'ai mis en plein dans le mille, mais certains acteurs de la profession, dont Simon, m'en veulent toujours de les avoir épinglés. Polly l'a-t-elle poussé à agir ?

Il faut que je sache. Je suis tentée de l'attaquer de front, là, tout de suite.

Oui ?

Non.

Je dois me montrer plus subtile et l'amener à avouer lui-même qu'il est impliqué, s'il l'est. Une accusation directe, sans preuve, ne ferait que le conforter dans l'idée que je déraille. Surtout si je mets Polly en cause.

Le serveur revient avec nos steaks accompagnés d'épinards, de radis noir et de grosses frites appétissantes. À la vue de la viande saignante, je repense brièvement à ce filet d'écume rose qui dégoulinait de la bouche de Jamie Trewin. « Tu vas te suicider, Jo… Tu vas mourir. »

— Simon ?

Je le regarde couper sa bavette.

— Si j'ai bien compris, c'est toi qui as installé les assistants dans l'appartement de Tabitha, à la demande d'Arlo. C'est vrai ?

— Tout à fait. Et ?

— Et tu n'as pas pensé à me le dire ?

Il cesse de mastiquer un instant.

— Ah bon ? Je ne sais pas, je ne me rappelle pas. J'ai peut-être tout mis en place pendant que tu étais occupée à échanger des sextos avec ton cher Liam ? ajoute-t-il d'un ton sarcastique. Hmm ? Et du coup, peut-être que je n'avais pas trop envie de bavarder avec toi à ce moment-là.

La discussion ne prend pas la tournure escomptée. Dois-je mentionner les derniers messages de Liam, justement ? Sa disparition d'Internet ? Si Simon et Polly sont responsables de ce qui se passe, il vaudrait sans doute mieux que je ne lui dévoile pas mes soupçons.

Alors que je m'interroge toujours sur la conduite à tenir, il lance :

— De toute façon, qu'est-ce que ça peut te faire ? Oui, j'ai donné un coup de main à Arlo. Je m'y connais dans ce domaine et j'avais des copains capables d'écrire le code correspondant à ce qu'il voulait.

— Et ce qu'il voulait, c'était connecter son système de domotique à celui de Tabitha pour pouvoir l'observer en permanence… Résultat, aujourd'hui, c'est moi qu'il observe. Il peut voir et entendre tout ce que je dis ou fais. Tu ne trouves pas ça un peu tordu ?

J'attends sa réaction. Il part soudain d'un gros rire, comme si je venais d'énoncer une théorie du complot grotesque.

— Mais enfin, qu'est-ce que tu racontes ? Il ne bosse pas pour les services secrets, il n'a pas chargé la CIA de surveiller l'appartement !

Il s'interrompt le temps d'avaler une autre bouchée de steak.

— Un peu de sérieux, Jo. Tu débloques, là. Ça ne te ressemble pas.

Peut-être perçoit-il mon trouble à ces mots, car son expression s'adoucit.

— Arlo veille sur sa fiancée, c'est tout. Il tient à s'assurer qu'elle va bien.

Il ponctue ces mots d'un hochement de tête empreint de tristesse.

— Tout comme je désirais veiller sur toi. Jusqu'à ce que tu gâches tout.

J'essaie de refouler ma culpabilité. Je n'ai même pas encore touché à ma viande. L'image de Jamie Trewin m'a coupé l'appétit, tout comme le souvenir de l'appel sur Skype et de ces voix que j'entends. Qui est derrière tout ça ? Moi ? Est-ce mon cerveau qui me trahit ?

— Non, Simon, tu ne comprends pas. Arlo est comme Big Brother, à m'espionner depuis Highgate, et c'est toi qui l'as aidé à tout configurer.

Les mots jaillissent d'eux-mêmes, plus rapides que mes pensées.

— J'aimerais savoir une chose : est-ce que tu écoutes aussi, Simon ? Est-ce que tu es connecté à l'appartement ? C'est Polly qui te l'a demandé, c'est ça ? Tu m'as dit toi-même qu'elle me détestait. Vous vous amusez à me harceler par l'intermédiaire des assistants ?

— Ça suffit !

Il laisse tomber sa fourchette dans son assiette vide, attirant l'attention de clients d'autres tables. Le monde entier semble nous épier à travers les immenses parois de verre éclaboussées de pluie.

— Simon, je t'en prie, réponds-moi franchement : est-ce que tu as trafiqué les enceintes ? Polly me déteste, je sais, et toi tu m'en veux à cause de Liam, mais j'aimerais comprendre ce que…

— Comprendre quoi, nom d'un chien ? Tu nages en plein délire ! Je ne cherche pas à me venger… Tu deviens complètement parano. Comme quand tu as publié cet article qui a gonflé tout le monde. Facebook qui dirige nos vies, Google qui prédit nos pensées… C'était du grand n'importe quoi, Jo ! Ça t'a peut-être permis de lancer ta carrière, d'avoir des millions de vues et de tweets, mais ce n'était qu'un ramassis de conneries !

Il repousse son assiette.

— Écoute-moi bien : j'ai vraiment essayé de rester en bons termes avec toi malgré ce que tu m'as fait, mais aujourd'hui, tu vas trop loin avec ces accusations ridicules. Et tu oses même impliquer Polly, la mère de mon enfant ! Bon sang… Il est peut-être temps de couper définitivement les ponts.

— Hello, vous deux !

Je tourne la tête vers la voix familière et réprime de justesse une grimace. Oh non. Gul et Jenny. Ils ne pouvaient pas plus mal tomber. J'aurais dû m'y attendre : tous les employés des géants du numérique viennent manger ici. Qu'est-ce qui m'a pris de choisir ce restaurant ? Quelle idiote ! Mon seul espoir est que Jenny, ou peut-être même Gul, sentira qu'il y a de l'électricité dans l'air et s'empressera de donner le signal du départ.

— Salut, dit Simon avec un manque d'enthousiasme évident. On finit de dîner. Vous, euh, vous voulez un verre ?

— Eh bien…, commence Jenny.

Elle nous observe et le soulagement me gagne : elle est sensible aux mauvaises ondes que nous dégageons.

— On ne peut pas trop s'attarder, on est attendus pour dîner. Ah, Jo, ajoute-t-elle en me regardant, tu sais que j'ai changé de téléphone ? Et de numéro ?

Je tends déjà la main vers mon smartphone quand elle m'arrête.

— Non, attends, je vais te le noter. Avec un vrai stylo et tout. On n'écrit plus rien, aujourd'hui, tu as remarqué ? Alors j'ai décidé de faire de la résistance.

Elle saisit la suggestion des vins du jour et, tandis qu'elle y inscrit son prénom et son numéro, je songe à sa remarque. C'est vrai, personne ne note plus rien ; on se contente tous de taper sur des téléphones, des écrans, des tablettes. Et on en arrive à oublier qu'on a un jour appris à se servir d'un stylo. J'ai récemment eu à signer une facture et je me suis aperçue que j'avais même perdu l'habitude d'écrire mon propre nom. Comme si j'avais de nouveau 4 ans et que mon père m'apprenait à tracer les lettres de l'alphabet.

Il avait une si belle écriture… Il aimait nous enseigner la calligraphie, à mes amies et à moi, quand nous étions petites.

— Tiens, déclare Jenny en me tendant la feuille pliée. Appelle-moi un de ces quatre, on ira boire un verre. Là, je dois partir en déplacement, mais on se voit à mon retour, d'accord ?

Elle nous dévisage tour à tour et je crois déceler de l'inquiétude dans son regard. Puis elle pousse un profond soupir, manifestement impatiente d'échapper à la tension ambiante.

— Allez, je file. Bye !

Après son départ, Simon et moi échangeons un coup d'œil soulagé puis considérons Gul, persuadés qu'il va lui emboîter le pas.

À ma grande consternation, il tire une chaise et s'assoit en souriant.

— Bah, ils peuvent attendre un peu, tous ces crétins d'eBay. Je prendrais bien un petit verre de rioja.

Sans y être invité, il saisit ma demi-bouteille et se sert. Il parle ensuite à Simon de détails techniques totalement obscurs pour moi, et je perçois la réticence de mon ex-mari dans ses réponses. Il aimerait que Gul disparaisse, à l'évidence. Au bout d'un moment, celui-ci se tourne vers moi.

— Et toi, Jo, comment tu vas ?

— Bien, bien. Je travaille sur mes articles.

— Tu vis toujours toute seule à Camden ?

— En fait, j'habite avec Tabitha, mais…

— Il ne fait pas trop froid pour dormir en solo ? Aha.

Son rire me paraît forcé. Simon lève les yeux au ciel. Le silence se prolonge entre nous, teinté d'embarras. Enfin, Gul vide son verre et recule sa chaise.

— Bon, c'est pas tout ça… Il est temps que j'aille rejoindre tous ces fichus codeurs. À la prochaine !

Il se penche pour déposer un rapide baiser sur ma joue.

— Ne reste pas toute seule sous la neige, Jo !

Simon et moi le suivons des yeux tandis qu'il s'éloigne, puis mon ex-mari déclare d'un ton sec :

— Il a toujours eu un faible pour toi.

Cette remarque me surprend. Je ne m'en étais jamais doutée.

— Tu crois ?

— Oh oui. Il parle souvent de toi, demande tout le temps de tes nouvelles… Sérieux, tu ne t'en étais pas rendu compte ? C'est ton plus grand fan, Jo. Après Liam, bien sûr.

Il termine sa bière avant d'ajouter dans un soupir :

— Bref. C'est bon ? On a fait le tour de tes questions ?

Il plonge la main dans sa poche, sans doute pour y prendre son portefeuille. La fatigue me rattrape brusquement quand je repense à l'agitation de la nuit dernière, à la frayeur suscitée par cet appel sur Skype… Et, tout à l'heure, il m'a semblé que le regard de Jenny me transmettait un message, comme si elle savait quelque chose et voulait m'aider.

Quoi qu'il en soit, je n'ai plus assez d'énergie pour poursuivre la discussion.

— Je t'invite, dis-je à Simon. C'est moi qui t'ai demandé de venir.

Submergée de lassitude, je décide de faire la paix. Pour le moment.

— Désolée si je me suis mal exprimée. J'ai besoin de mieux formuler mes explications, d'y réfléchir à tête reposée. Je peux t'envoyer un mail plus tard ?

Il me gratifie d'un petit haussement d'épaules en guise de réponse, puis d'un bref sourire dans lequel je décèle de la pitié.

— Essaie de dormir, Jo. Et arrête avec ce délire. Cette paranoïa. Tu te trompes quand tu me soupçonnes de vouloir me venger. Je t'ai aimée, tu as détruit notre couple, et maintenant c'est fini. Toi, tu passes à autre chose, et moi je rentre à la maison prendre mon bébé dans mes bras.

Je ne pense pas qu'il y ait de la méchanceté dans cette dernière remarque, même s'il est manifestement contrarié. Il s'éloigne sans me dire au revoir. Dehors, le vent cinglant de janvier fait tourbillonner les détritus et force les gens à s'engouffrer dans des taxis. Simon s'échappe. Tout le monde s'échappe.

Mais moi, je ne peux pas. Je dois rentrer dans cet appartement où aucun enfant ne m'attend. Où je serai seule aux prises avec ce cauchemar, qu'il soit réel ou né de mon imagination.

20

JO

À la sortie du restaurant, je pêche mon téléphone dans ma poche en pensant commander un Uber, puis je change d'avis : un peu de marche et d'air frais me feront du bien. Je m'engage dans King's Boulevard en direction de la place aux fontaines silencieuses, devant l'école Central St Martins ; les beaux jours d'été, des gamins courent pieds nus entre les jets d'eau. En cette soirée d'hiver, les lieux sont désolés, déserts et venteux. Je descends les marches de l'AstroTurf vers Regent's Canal. Le combi Volkswagen qui vend des plats thaïs est fermé.

J'irai plus vite en passant par les quais, et j'ai besoin d'un peu d'exercice pour m'éclaircir les idées. J'ai tellement mal géré la situation avec Simon…

Je longe l'eau ponctuée de tunnels. Des gratte-ciel tout neufs se dressent des deux côtés, immenses et anonymes. Des lumières rouges brillent au sommet des grues ; leurs silhouettes évoquent celles de gigantesques animaux métalliques au cou brisé. Je presse le pas. Des péniches amarrées le long du canal grincent dans l'obscurité. Ici et là, de petites lampes-tempête aux lueurs vacillantes éclairent un nom peint en lettres rondes sur une coque : *Saliannah*, *Little Drifter*, *Celebration*.

J'aperçois au passage, derrière un hublot, un visage aux yeux exorbités qui semble me dévisager. Un instant plus tard, il a disparu. Il m'a semblé que c'était un homme, mais je n'en suis pas sûre : sa bouche était fardée d'un rouge criard.

Un bruit soudain derrière moi m'alerte, mais c'est juste un cycliste qui s'apprête à me doubler et m'a avertie d'un coup de sonnette. Il lance « Pardon ! » en me dépassant à vive allure. Je fais un brusque écart sur la gauche et manque de peu de tomber dans l'eau.

— Désolé ! ajoute-t-il, déjà loin.

Je voudrais qu'il revienne. *Ne m'abandonnez pas…* J'ai atteint la partie la plus lugubre du canal : de nombreux ponts de chemin de fer se succèdent, autant de tunnels aux parois couvertes de graffitis. Celui dans lequel je m'engouffre est si étouffant que je rentre machinalement les épaules. Des clapotis s'élèvent autour de moi ; j'aperçois au loin la clarté argentée des réverbères.

Je serai bientôt arrivée.

— Allez, Jo, tout va bien se passer, me dis-je à voix haute.

Je peux bien parler toute seule. Il n'y a personne pour m'entendre. Dans la nuit, l'eau du canal est si noire qu'elle ressemble à une rivière de pétrole brut. La surface paraît huileuse. Si je sautais, combien de temps me faudrait-il pour couler ? À moins que je ne flotte ?

Je débouche enfin à l'air libre. J'y suis presque. Est-ce le gros bâtiment métallique de Sainsbury's, là-bas ? Je crois. Je distingue aussi un autre immeuble neuf que je ne reconnais pas. Londres change si vite…

Oui, c'est bien Camden. Je discerne le petit barrage, les bars et les groupes qui vont de pub en pub à Camden Lock. Mon téléphone bipe. J'ai un message, de Simon, peut-être ? Je gravis les marches menant à la partie la plus animée du quartier, la foule de fêtards, les salons de tatouage, les magasins de souvenirs qui ne ferment jamais même par − 20 °C.

Je lis le SMS :

Je sais où tu es : au bord du canal près de Camden Lock. Tu seras bientôt rentrée.

Je ne connais pas le numéro de l'expéditeur.

Je résiste à l'envie de hurler et de jeter le téléphone dans les eaux glacées du canal. Au lieu de ça, j'affiche le numéro de Simon. C'est forcément lui, il a dû me voir partir à pied et descendre sur le quai…

Il décroche aussitôt.

— C'est toi, hein ?

J'ai crié. Peu importe que des têtes se tournent vers moi, vers la foldingue plantée devant la boutique de falafels.

— C'est toi qui as fait ça ! Tu as trafiqué les assistants et mon téléphone. Ça ne peut être que toi. Arrête !

Sa réponse fuse, glaciale et parfaitement calme :

— S'il te plaît, Jo, tais-toi. C'est du délire…

— Oh non, je ne suis pas folle ! C'est toi qui essaies de me foutre la frousse ? Avec Polly, peut-être ?

Ou avec tous tes copains geeks ? Vous êtes tous dans le coup ?

— Calme-toi, bon sang ! Tu te rends compte de ce que tu racontes ?

Il s'exprime toujours d'un ton posé, raisonnable, qui me hérisse.

— Écoute, Jo, tu m'inquiètes. Tu avais vraiment mauvaise mine, ce soir, et tous ces…

Il s'interrompt un instant, comme un ami s'apprêtant à annoncer une mauvaise nouvelle.

— … tous ces discours paranos, ce n'est pas bon signe. Je crois que tu fais une dépression nerveuse. Va voir un médecin, s'il te plaît.

Sur ces mots, il coupe la communication. Je contemple le téléphone un moment, tremblante de frustration. Des jeunes éméchés passent près de moi en braillant des chants de football, leur souffle forme des nuages blancs dans l'air. Ils se dirigent vers le Spoons, de l'autre côté du Lock.

Puis je prends brusquement conscience que Simon n'y est pour rien. Comment pourrait-il savoir où je me trouve exactement ? C'est impossible.

Quelle ironie : sur mon téléphone, une application indique à mes amis où je suis. Findafriend. Mais Simon n'y est pas connecté. Les deux seules personnes qui y ont accès sont Will, mon frère, et Tabitha.

Tabitha.

Elle aime bien m'envoyer des messages moqueurs quand elle voit que je suis dans un pub. « On s'offre encore un petit cocktail, ma belle ? » Je fais la même chose avec elle. C'est une blague récurrente entre nous.

Me serais-je trompée à propos de Simon ? Tabitha m'aurait-elle offert de loger chez elle juste pour avoir le plaisir de me tourmenter ?

Mais pourquoi ferait-elle ça ? Je ne vois pas. Pas du tout.

Par conséquent, si ce n'est ni Simon ni Tabitha, alors… c'est moi. Moi, qui m'inflige ça toute seule.

Un autre bip annonce encore un message, surgi de nulle part.

Une image, cette fois.

Mon père me tenant dans ses bras. Je dois avoir 3 ans, je suce mon pouce. Mon père est si beau, il a l'air si heureux dans notre jardin, les yeux plissés face au soleil…

Je n'avais jamais vu cette photo. Elle a été envoyée d'un numéro différent, associé à un nom que je n'ai jamais entré dans mon téléphone. Et pour cause : apparemment, l'expéditeur est « Jamie Trewin ».

21

DR HUSSAIN

Le Dr Ranim Hussain regarda la rouquine aux yeux rougis assise devant elle en se demandant que lui dire. La patiente n'en était pas encore au stade où il faudrait l'adresser à un spécialiste pour un éventuel diagnostic de schizophrénie, sans compter que les effectifs du centre psychiatrique de Camden croulaient sous le travail. Mais cette nouvelle arrivante dans le quartier, qui venait de s'enregistrer au cabinet médical de Primrose Hill, était de toute évidence en détresse, et ses symptômes étaient particuliers.

— Mademoiselle Ferguson, pourrions-nous reprendre depuis le début, s'il vous plaît ?

— Vous pouvez m'appeler Jo, docteur. Si vous acceptez de devenir mon médecin traitant, je préfère qu'on ne s'embarrasse pas de formalités.

Ranim lui sourit chaleureusement.

— Bien sûr. Si ça peut vous mettre plus à l'aise…

Elle se tourna vers son ordinateur, pianota sur le clavier puis vérifia ses notes.

— Votre médecin traitant précédent, à North Finchley, vous appelait-il aussi par votre prénom ?

— En fait, non.

La patiente ponctua ces mots d'un petit rire forcé.

— Vous comprenez, je ne l'ai vu que deux ou trois fois, parce que j'étais rarement malade. J'étais heureuse, en bonne santé, j'aimais mon travail, j'aimais la vie. Je ne fume pas, j'essaie de manger sainement, je fais du sport le plus souvent possible…

— Vous buvez ?

Jo Ferguson parut hésiter. Elle examina ses ongles et Ranim remarqua que certains étaient rongés.

— Oui, répondit-elle. Trop, sans doute. Mais pas non plus de façon vraiment excessive.

Les doigts de Ranim voltigèrent de nouveau sur le clavier.

— Combien d'unités hebdomadaires, à votre avis ? Si on part du principe qu'un petit verre de vin est une unité.

Sa patiente ferma les yeux un instant, comme si elle faisait le calcul dans sa tête.

— Dix les semaines normales, je dirais. Quinze quand je sors. En l'occurrence, c'est une mauvaise semaine.

Ranim hocha la tête tout en multipliant mentalement par deux les réponses de la jeune femme. Sa longue expérience lui avait appris une chose : presque tout le monde ment sur sa consommation d'alcool, à part les abstinents ou les musulmans. Pour se rapprocher de la vérité, il faut en général doubler ou tripler la dose.

Pourtant, même si cette femme consommait trente unités par semaine, une bouteille de vin tous les deux jours plus quelques cocktails le week-end, cela ne suffisait pas à expliquer ses étranges hallucinations. Elle entendait des voix provenant de machines ?

— Bon, je récapitule pour être sûre d'avoir bien compris.

Jo Ferguson lui adressa un petit sourire.

— Si vous pensez que c'est nécessaire…

Le sourire n'était pas convaincant. Ranim lisait de la peur dans les yeux de la jeune femme et dans le léger tremblement de ses lèvres.

— Vous dites que ces machines ont commencé à vous parler il y a deux semaines, puis que vous avez reçu des messages sur votre téléphone et des appels Skype sur votre ordinateur portable ?

Jo Ferguson replia soigneusement l'écharpe posée sur ses genoux.

— C'est ça. Tout a commencé il y a une quinzaine de jours.

— Et que vous disent-elles de si perturbant ?

La question fut suivie d'un long silence embarrassé, seulement troublé par le chuintement des pneus sur la chaussée détrempée de Regent's Park Road.

— Des choses sur ma… sur ma vie, déclara enfin la patiente. Sur l'époque où j'étais étudiante, sur mon mariage, et même sur mon enfance. Elles semblent en savoir long sur moi. Au début, j'ai pensé que le système avait été piraté. Comme je vous l'ai dit, mon ex-mari travaille dans les nouvelles technologies, c'est lui qui a installé les assistants vocaux, et il a des raisons de vouloir se venger de moi. Et c'est la seule personne qui me connaisse aussi bien. De plus, comme sa femme ne m'aime pas, j'en ai déduit qu'ils étaient tous les deux contre moi. Ça me paraissait logique. Mais là-dessus…

Sa voix vacilla. Elle semblait au bord des larmes.

— Il y a eu cet appel Skype, le téléphone, les poèmes… Il y a tout lieu de penser que je suis folle, non ? J'ai besoin de réponses. C'est pour ça que je suis venue vous voir.

— Est-ce que quelqu'un d'autre a assisté à ces… phénomènes ? demanda Ranim.

Sa patiente lâcha son écharpe puis leva vers elle son joli visage. Le rouge lui montait aux joues ; de toute évidence, elle rechignait à répondre. Pour finir, elle secoua la tête.

— Non. Une voisine a vu les lumières s'allumer et s'éteindre toute la soirée, mais c'est peut-être moi qui avais mal programmé l'application.

— Donc, personne n'a, mettons, entendu les assistants vous parler ou diffuser cette chanson ?

De nouveau, Jo Ferguson fit non de la tête. Puis elle repoussa quelques mèches acajou tombées devant ses yeux verts.

— Non. Personne. C'est aussi pour ça que je suis ici. Tous les messages effrayants que j'ai reçus ont disparu, il ne me reste rien. J'ai essayé de les enregistrer, de faire une capture d'écran, mais tout s'est effacé comme par magie.

Un soupir.

— Alors, est-ce que j'ai pu les imaginer ?

Ranim considéra sa patiente en se disant que, bien reposée et moins soucieuse, elle serait tout à fait ravissante. En outre, elle s'exprimait bien et paraissait lucide.

— Vous croyez que tout se passe dans ma tête, docteur ? poursuivit Jo Ferguson, les traits déformés par l'angoisse. Est-ce que ça veut dire que je suis malade ? Que j'entends des voix, comme mon père, qui était schizophrène ? Lui, c'était le téléviseur qui lui parlait. Moi, ce sont les enceintes connectées et les ordinateurs. Mais quelle différence ? Je perds les pédales aussi, je deviens dingue, je vais finir de la même façon que lui. Il s'est suicidé par asphyxie, comme Sylvia Plath, là-bas.

Elle indiqua un point par la fenêtre, vers Chalcot Square et Fitzroy Road, là où avait vécu la poétesse. Ranim hocha la tête. Tous ceux qui habitaient ou travaillaient à Primrose Hill depuis un certain temps connaissaient son histoire tragique.

— Et vous voulez savoir quelque chose ? enchaîna Jo Ferguson. Quelque chose de vraiment délirant ? Un soir où il neigeait, j'ai cru voir son fantôme, celui de Plath, qui tirait ses enfants par la main.

— Pardon ?

— Oui, docteur. Voilà où j'en suis. Je vois des fantômes.

Dans le silence qui suivit, Ranim tapa quelques phrases sur son clavier. Puis elle se retourna vers sa patiente assise toute raide sur sa chaise.

— Écoutez, Jo, je vais être claire. Vous avez sans doute déjà consulté le docteur Google sur ces questions, mais je vais quand même vous expliquer la situation. Avant que j'envisage un éventuel diagnostic de schizophrénie et vous adresse à un spécialiste à l'UCH ou au Royal Free, il faudrait que vous présentiez certains symptômes depuis plusieurs mois.

— Lesquels ?

— Hallucinations visuelles et auditives, phases de délire, propos incohérents… Sans compter ce que nous appelons une diminution de l'expression des émotions. Un affect émoussé.

— J'en ai au moins deux, répliqua la patiente d'un air malheureux. Les hallucinations et les phases de délire.

— Peut-être, mais ils ne se manifestent pas de façon assez aiguë ni depuis assez longtemps.

Ranim leva une main. Au-dehors, le couchant teintait de rose les réverbères.

— Et votre affect est intact. Par conséquent, il est beaucoup trop tôt pour envisager une maladie grave. De plus, nous devons aussi mesurer un éventuel impact de ces symptômes sur votre travail. Vous êtes journaliste, n'est-ce pas ? Avez-vous remarqué des changements dans ce domaine, ces derniers temps ?

— Non, pas vraiment. Je parviens encore à écrire. Simplement, je ne démarche plus, parce que j'ai la tête ailleurs. Du coup, mes revenus ont baissé.

— Mais vous pouvez toujours vous concentrer sur vos articles ?

— Oui. Ça m'aide, en fait. Quand j'écris, j'oublie le reste.

Ranim lui adressa son sourire le plus rassurant.

— Eh bien, c'est une bonne chose. Comme je vous l'ai dit, il serait prématuré d'envisager un diagnostic aussi dramatique que la schizophrénie…

— De quoi s'agit-il, alors ?

Jo Ferguson joignit les mains en un geste presque implorant.

— Comment se fait-il que j'entende des voix ? Que j'aie des hallucinations ? Et aussi des pertes de mémoire ? Tenez, je m'étais inscrite sur un site de rencontre, OKCupid, et mon profil a disparu. Or je ne me rappelle pas l'avoir effacé. Ça ne peut être que moi, pourtant ! Alors, qu'est-ce qui m'arrive ?

— Attendez, Jo, ne vous emballez pas. Une bonne partie de ce que vous me décrivez pourrait être due à un stress émotionnel. Vous avez récemment divorcé, vous avez des soucis financiers, et vous travaillez chez vous où, d'après ce que vous me dites, vous êtes le plus souvent seule. Peut-être avez-vous aussi mauvaise conscience, pour une raison ou pour une autre ? Ça pourrait être un facteur. En situation de stress, tout le monde peut imaginer des choses. Une voix dans la nuit, un fantôme dans la rue… C'est une sorte de réflexe de défense quand l'esprit se sent en danger.

Elle guetta une réaction sur le visage de sa patiente et perçut le léger tremblement de ses lèvres.

— De plus, poursuivit-elle, vous avez reçu cet appel sur Skype en pleine nuit : ce n'était peut-être qu'un rêve éveillé. Et les messages qui ont disparu, vous les avez peut-être simplement imaginés. J'insiste, Jo : sous l'effet du stress et de l'angoisse, l'esprit peut nous jouer toutes sortes de tours, sans pour autant qu'on puisse parler de folie.

— Hmm…

La patiente considéra ses bottes noires puis consulta sa montre.

— J'ai encore une question, Jo.

— Oui ?

— Vous arrive-t-il de consommer de la drogue ?

— Pardon ?

— Eh bien, est-ce que vous prenez de la cocaïne, de l'ecstasy, de la kétamine ? Ne serait-ce qu'un peu de marijuana ? Vous pouvez tout me dire.

— Non, jamais.

Une réponse énoncée d'un ton ferme, sans la moindre hésitation, nota Ranim.

— Ça pourrait expliquer la plupart de vos symptômes, souligna-t-elle néanmoins.

— Mais je n'y ai pas touché depuis…

Jo Ferguson cilla à plusieurs reprises.

— … depuis l'époque où j'étais étudiante.

Ranim haussa les épaules.

— Pas de tranquillisants non plus ? Ou de somnifères ?

Cette fois, sa patiente s'empourpra. *Ah*, songea Ranim, qui lui adressa un sourire encourageant.

— OK, je suppose que vous y avez recours. Auquel cas, puis-je savoir comment vous les avez obtenus ? demanda-t-elle en se tournant vers son écran d'ordinateur. Parce que, pour autant que je puisse en juger, votre médecin ne vous a rien prescrit de tel.

— En fait, je prends du Xanax, admit Jo Ferguson avec une certaine réticence. Parfois aussi du Valium.

Le médecin se redressa.

— Quoi ?

Les yeux fixés sur le sol, l'air coupable, sa nouvelle patiente expliqua :

— Après mon divorce, je suis partie plusieurs mois en Asie : Laos, Cambodge, Thaïlande, Malaisie… C'était merveilleux. Mais j'avais du mal à supporter le décalage horaire et les interminables trajets en car, et quelqu'un m'a dit qu'on pouvait facilement se procurer des cachets pour y remédier. Alors j'en ai acheté tout un stock. Ça m'a aidée à dormir pendant les voyages, à chasser mes angoisses… C'est vraiment efficace, le Xanax.

— Et vous en prenez toujours ?

— Oui, de temps en temps. De toute façon, ça ne peut pas faire de mal, si ? Je veux dire, on en trouve dans toutes les pharmacies, là-bas. Ils sont en vente libre.

Ranim se leva, contourna son bureau et lui posa une main sur l'épaule.

— Ce sont des substances très puissantes, Jo. Le diazépam, c'est l'autre nom du Valium, ne devrait pas être utilisé pendant plus de quelques semaines. Quant au Xanax, ou alprazolam…

Elle souffla.

— Eh bien, il est considéré comme dangereux, au point qu'il est devenu pratiquement illégal au Royaume-Uni. Rares sont les praticiens qui ont le droit d'en prescrire, parce qu'il crée une forte dépendance et peut avoir de nombreux effets indésirables. Sans compter que le sevrage pose de sérieux problèmes ; il fait partie de ces médicaments dont l'arrêt brutal ou involontaire peut être fatal. Et vous, vous arrêtez et vous recommencez comme ça ? Combien vous en reste-t-il ?

Sa patiente haussa les épaules. De toute évidence, elle était soulagée par cette explication, mais aussi embarrassée.

— Je ne sais pas. Quelques centaines, peut-être. Mais… vous pensez réellement qu'ils pourraient être à l'origine de tout ça ?

— Oui, absolument, affirma Ranim avec force. Dans la mesure où vous y avez recours de façon irrégulière, vous êtes peut-être certains jours en état de manque sans le savoir, ce qui peut provoquer confusion mentale, irritabilité, dissociation, déréalisation… Nous devons en priorité vous stabiliser pour pouvoir ensuite envisager de diminuer le traitement. Revenez me voir dans deux semaines. Dans l'intervalle, je vous demande de veiller à prendre une dose quotidienne de Xanax. Ensuite, nous mettrons en place un programme visant à vous sevrer en toute sécurité. D'accord ?

Ranim secoua la tête.

— Surtout, quoi qu'il arrive, n'augmentez pas la dose !

Jo Ferguson enroula son écharpe autour de son cou puis boutonna son manteau. Son sourire semblait un peu plus serein.

— D'accord, docteur. Merci. Dire que j'avalais comme des bonbons ces cachets achetés à Phnom Penh… C'était idiot de ma part. Complètement idiot.

— Eh bien, au moins, nous avons identifié le problème. Au revoir, Jo, et n'oubliez pas de voir avec ma secrétaire pour un rendez-vous dans deux semaines.

— Entendu. Et… merci encore.

Ranim la regarda sortir du cabinet puis entra ses premiers commentaires dans le dossier qu'elle avait ouvert sur son ordinateur. Au bout d'un moment, elle se leva et s'approcha de la fenêtre.

Jo Ferguson était dehors, dans le froid. La neige avait repris. La rue était déserte. Les petits cafés, les boutiques branchées d'accessoires pour animaux domestiques, le restaurant vietnamien – tout était silencieux.

La lueur de la lune éclairait joliment les flocons serrés qui chassaient les piétons et transformaient les voitures en monticules blancs anonymes.

La silhouette solitaire de Jo Ferguson se détachait dans ce paysage urbain figé. Avec son manteau, son bonnet et son écharpe, elle évoquait un explorateur sur la banquise, déterminé à rallier une destination lointaine et dangereuse.

Le médecin éprouva soudain une bouffée de pitié pour elle. Mais que pouvait-elle faire ?

Cette question en tête, elle retourna à son bureau et se pencha vers l'interphone.

— Fiona ? Vous voulez bien m'envoyer le patient suivant ?

Elle se rassit devant son ordinateur et tapa ses conclusions :

`Présence de signes suggérant bipolarité ou dépression. Trop tôt à ce stade pour établir un diagnostic. Poursuivre investigations après diminution du Xanax. Surveiller également consommation d'alcool.`

Ranim immobilisa un instant ses doigts au-dessus du clavier avant d'ajouter :

`Semble aussi manifester des symptômes de comportement schizophrénique. Cause peut-être génétique.`

22

JO

Sous la pluie, les rues de Londres sont noires. Les températures se sont radoucies et des orages venus de l'ouest, accompagnés de fortes rafales, ont repoussé les amas de neige sale dans les caniveaux. Le tout se déverse dans ce vaste égout qu'est la Fleet, la rivière souterraine canalisée qui court sous ces mêmes rues, tout près d'ici. Autrefois elle coulait au soleil, au milieu des saules et des frênes, à travers les marécages et les prairies. Maintenant, elle est sous nos pieds, charriant la saleté qu'elle va rejeter dans la Tamise quelque part près de Blackfriars.

J'ai toujours trouvé que cette idée ne manquait pas de poésie, même si elle est un peu sinistre : la rivière est encore là, enterrée vivante, invisible mais toujours bavarde. Comme une folle enfermée dans un cachot, parlant toute seule. Ou une parente indésirable, emprisonnée entre des murs de brique. Loin des regards.

L'image me fait penser à ma mère, et je me sens aussitôt coupable. Lui ai-je infligé le même sort ? L'ai-je reléguée loin de moi, ensevelie sous mes préoccupations d'adulte ? Cela ferait de moi une hypocrite : je ne suis pas débordée. Ma vie sociale de plus en plus restreinte me laisse largement le temps de faire le trajet jusqu'à Thornton Heath. Au fond, je crois que si je n'aime pas aller là-bas, c'est surtout parce que la maison me rappelle trop mon père. Alors au lieu de lui rendre visite, je me réfugie dans le travail, toute seule dans l'appartement. Comme en ce moment.

Le chuintement des pneus sur la chaussée mouillée me parvient à travers les vitres. Entre les lamelles des stores, je vois la pleine lune jouer à cache-cache avec les nuages. Installée à la table du salon, les doigts immobilisés au-dessus des touches de mon clavier, je réfléchis à l'introduction de mon article. Je dois absolument avancer : je suis déjà en retard et la date butoir se rapproche. J'ai perdu la notion du temps pendant un moment, mais au moins, je sais maintenant pourquoi.

C'est le Xanax qui m'a embrouillé l'esprit, pas Electra ni HomeHelp.

Je tourne la tête vers l'enceinte, sur l'étagère. Elle est muette, inoffensive. Elle n'a rien dit de bizarre depuis un jour ou deux.

HomeHelp non plus.

Avec un léger regain d'optimisme, je commence à taper :

`Rares sont les endroits en Angleterre, et peut-être même dans le monde, qui ont connu une ascension sociale aussi rapide que celle de Camden. Dans les années 1960, l'enclave aujourd'hui verdoyante de`

Primrose Hill, à West Camden, était encore surnommée péjorativement la « Cité de la Suie », à cause de la saleté, de la vapeur et de la pollution engendrées par les nombreuses voies ferrées, dépôts de charbon et canaux industriels qui lacèrent…

Je m'interromps. « Qui lacèrent. » Le mot est-il trop fort ? Je regarde dehors l'un de ces impressionnants canyons de crasse, de brique et d'arches métalliques. La vaste tranchée victorienne occupe la moitié de la vue que j'ai de la fenêtre. Non, « lacérer » ne fonctionne pas. Le verbe ne rend pas compte de la brutalité de cette béance. Enfin, ce n'est qu'un premier jet.

Mes yeux se portent vers les lumières des nouveaux appartements, de l'autre côté des voies ferrées luisantes d'humidité. Les fenêtres dépourvues de stores ou de rideaux me révèlent des silhouettes sombres, à l'intérieur, qui me regardent peut-être…

Concentre-toi, Jo. Concentre-toi. Je poursuis :

… qui lacèrent le quartier. Paradoxalement, c'est grâce à cette réputation de crasse ambiante et d'air vicié que les prix des logements sont restés longtemps suffisamment bas pour que des poètes comme Sylvia Plath et Ted Hughes, et avant eux Dylan Thomas et W. B. Yeats, s'y installent. Ils ont conféré à cette partie de la ville une atmosphère bohème qui a contribué à l'attrait grandissant de Camden, surtout quand la suie a été nettoyée et que les trains à vapeur ont disparu.

```
Aujourd'hui, une maison à Chalcot Square, cette jolie place aux couleurs pastel située au cœur même du quartier de Primrose Hill, peut atteindre les 10 millions de livres, une somme qui aurait permis d'acheter tout le district il y a cent ans.
```

Je m'adosse à mon siège, pas vraiment satisfaite. Même si c'est correct, il faudrait pimenter un peu le texte, y inclure quelques éléments dramatiques. Mais lesquels ? Meurtres ? Suicides ? Crimes ? Quelque chose de piquant et d'inattendu.

Je suis en panne d'inspiration. Ignorant mon nouvel assistant à écran et sa caméra intrusive, dont je ne me sers jamais, je m'adresse au cylindre noir sur l'étagère.

— Electra, donne-moi des informations sur Camden.

— Camden est une ville située dans le sud-ouest du New Jersey, sur les rives du fleuve Delaware, près de Philadelphie. Elle a…

— Electra, tais-toi. Parle-moi de Camden Town à Londres.

— Camden Town, souvent appelé simplement Camden, est un district de North London à environ quatre kilomètres de Charing Cross.

— Electra, stop. Raconte-moi quelque chose d'intéressant sur Camden.

Silence. Le cercle de voyants s'illumine puis s'éteint.

— Electra, dis-moi s'il y a eu des affaires criminelles célèbres à Camden.

Toujours rien. Mais, pour être franche, je n'attendais rien non plus. Je voulais juste qu'Electra se comporte comme elle est censée le faire : comme un objet docile, obéissant. Je me remets à taper. Les mots me viennent plutôt facilement, je tisse faits et fables, mentionne les terrains de duel enfouis sous le British Museum, le fantôme d'Oliver Cromwell à Red Lion Square…

Un bourdonnement s'élève soudain. Je crois que c'est l'interphone.

Qui peut sonner à une heure pareille ? Je jette un coup d'œil à l'horloge de mon ordinateur. Il est presque minuit. Je n'ai pas vu le temps passer, preuve que j'ai travaillé dur.

Je vais décrocher le combiné, dans le couloir.

— Oui ?

Pas de réponse.

— Oui ? Qui est-ce ?

Silence. Je distingue la rumeur étouffée de la circulation tardive en arrière-fond, rien de plus. Aucune voix humaine. Je replace le combiné sur son socle. Qui était-ce ? Des gamins qui s'amusaient ? Vu l'heure tardive, c'est peu probable. Un des sans-abri du foyer d'Arlington Road ? Auto, peut-être, qui sait. À moins que je n'aie imaginé la sonnerie, tout simplement.

Je retourne au salon, ouvre la fenêtre et sors sur le minuscule balcon pour regarder en bas. Personne. De fait, pour autant que je puisse en juger, il n'y a pas âme qui vive dans le quartier.

Pourtant, je veux en avoir le cœur net. Sans savoir pourquoi, j'ai l'impression que quelque chose cloche. Après avoir enfilé un manteau, je quitte l'appartement, descends l'escalier et ouvre la porte donnant sur la rue.

Le trottoir mouillé brille sous la lumière du réverbère. Le pub d'en face est fermé et tous mes voisins semblent être allés se coucher, leurs stores sont baissés. En proie à une sourde appréhension, je fais quelques pas dehors. Et ne vois aucune raison d'avoir peur.

En soupirant, je remonte l'escalier et regagne l'appartement. À peine ai-je franchi le seuil du salon que je me retrouve plongée dans le noir total.

Toutes les lumières se sont éteintes. Seule la faible lueur du réverbère embrumé, à l'extérieur, pénètre dans le salon.

— Electra, éclaire.

Rien.

— Electra, éclaire, merde ! Tout de suite !

L'enceinte ne réagit toujours pas, et brusquement, la panique me gagne.

J'ai entendu une clé tourner au bout du couloir, celle de la porte de l'appartement. Quelqu'un vient de verrouiller de l'intérieur. Quelqu'un s'est introduit chez moi quand je suis sortie. Je ne suis pourtant restée dehors qu'une minute…

— Qui est là ?

J'ai l'impression d'être un des personnages du scénario que j'essaie d'écrire. Sauf que l'horreur de la situation est bien réelle.

— Qui êtes-vous ?

Ma question demeure sans réponse mais je perçois une respiration. Sonore. Masculine. Au fond du couloir ou dans la chambre de Tabitha, peut-être. Il y a un homme, ici. Il a profité de ma courte absence pour entrer.

J'attends, les nerfs à fleur de peau. Je perçois toujours le souffle de l'intrus, saccadé, précipité. Comme s'il était furieux. Est-ce une silhouette que j'aperçois sur le seuil de la chambre de Tabitha ?

Oui. Non.

Oui ! Là-bas, j'ai vu un mouvement.

— Arrêtez ! Qui êtes-vous ?

— Pourquoi n'as-tu pas écouté ?

La question me fait l'effet d'une décharge électrique. Mon sang se glace dans mes veines.

C'est la voix de Liam.

— Dis-moi, Jo, ma petite Jo si sexy, qui m'envoyais toutes ces photos aguicheuses. Pourquoi n'as-tu pas écouté mes messages ? Je t'avais prévenue. Et maintenant, il est trop tard.

Je reconnais cet accent irlandais. Je le trouvais chaleureux et charmant, mais à présent, il me semble terriblement menaçant.

— Qu'est-ce que tu fais ici, Liam ?

J'entends grincer les lattes du parquet. Je ne le discerne toujours pas dans l'obscurité, et pourtant, je le sens approcher.

— Tout ce cirque pour ensuite disparaître du jour au lendemain, comme une garce. Je t'avais prévenue, quelqu'un va y rester.

— Liam, arrête tout de suite ou j'appelle la police.

— Ah oui ? Et comment ? Tu n'as pas ton téléphone.

Il a raison, je n'ai pas mon téléphone sur moi. Je crois que je l'ai laissé dans ma chambre. Et Liam me barre le passage.

— Pourquoi essaies-tu de m'effrayer ?

— Je me demande ce que je vais faire de toi.

On dirait qu'il est fou. Si ça se trouve, il l'a toujours été. Je scrute en vain les ténèbres pour tenter de distinguer son visage.

— Liam, s'il te plaît, arrête. J'ai peur.

D'autres grincements. Il se rapproche encore. Je suis sûre qu'il a un couteau, qu'il va me poignarder. Je me déplace tout doucement vers les fenêtres, prête à en ouvrir une, à me précipiter sur le balcon et à sauter dans la rue. Je risque de me rompre le cou, mais au moins je pourrai appeler au secours.

— Ah, ma jolie petite Jo, qui m'a envoyé toutes ces photos coquines pour m'exciter… Eh bien, le moment est venu de récolter ce que tu as semé.

Je hurle.

23

JO

Mon cri résonne dans le vide. Il n'y a pas de réponse, la ville dort sous la glace. Je sens toujours la présence de Liam dans le couloir ; peut-être se demande-t-il comment me supprimer. Je recule jusqu'à me retrouver plaquée contre les fenêtres.

Comment lui échapper ? Ai-je le temps ?

Sa respiration est si sonore à présent que j'en déduis qu'il est tout près. Pourtant, je ne le vois pas. J'entends soudain sa voix, réduite à un chuchotement :

— Oh, Jo, je ne suis pas responsable. C'est toi. Toi, avec tes photos… Le jour de ta mort, j'ai rampé dans l'ordure. J'ai eu si mal. C'est à présent ton tour de souffrir.

S'il se rapproche encore, je le distinguerai à la lueur du réverbère.

Alors que je me prépare à agir, soit à sauter par la fenêtre, soit à me battre, un bus à impériale s'arrête brusquement en contrebas, juste devant la maison.

L'éclairage de la galerie inonde l'appartement pendant quelques secondes cruciales.

Je scrute le salon.

Je suis seule. La pièce est vide, les meubles semblent me contempler.

Je me précipite vers le mur pour presser l'interrupteur. Electra me laisse faire. La lumière me confirme qu'il n'y a personne. J'éclaire aussi le couloir. Même constatation. Et il n'y a personne non plus dans la chambre de Tabitha, à part son assistant à écran dont l'œil unique est braqué sur moi.

C'était Electra, bien sûr. Electra, HomeHelp et consorts. Ce sont les enceintes qui ont produit ces sons : le déclic de la serrure, la respiration, la voix masculine. Et l'appareil à écran de la chambre de Tabitha a dû projeter l'ombre d'un homme dans l'entrée.

Electra, HomeHelp… *Tabitha ?*

Je me dirige vers le cône noir silencieux dans le salon. Electra a tout orchestré, j'en suis sûre. Elle a également diffusé le bruit de pas et les grincements du parquet.

Ce n'était ni un dysfonctionnement, ni un bug, ni un fantôme. Je sais que je n'ai rien imaginé et que ce n'est pas un effet du Xanax. Je prends régulièrement la dose. Je ne suis pas folle.

Immobile devant l'enceinte, j'ordonne d'une voix vibrante de colère :

— Electra, explique-moi ce qui vient de se passer.

Les voyants s'illuminent mais, au lieu de parler, l'enceinte émet un étrange petit rire. Comme un enfant qui glousse en répétant une devinette. Je reconnais cette voix. C'est celle de Caleb, mon neveu. Il m'appelle quelquefois par Skype sur mon ordinateur. Electra a très bien pu l'enregistrer.

Les assistants écoutent en permanence…

Mais pourquoi diffuser le rire de Caleb ? Et pourquoi avoir voulu me persuader qu'il y avait un intrus dans mon appartement ?

— Electra, j'ai compris ta manœuvre et ça ne marchera pas. Ça suffit. Je vais te flanquer à la poubelle.

Cette fois, elle répond :

— Oh, non, Jo. Tu ne vas pas faire ça. Regarde.

Une sorte de bourdonnement attire mon attention. Il provient de la table du salon.

Et plus précisément de l'assistant que Tabitha m'a offert. Son écran oblong vire soudain du bleu doux au noir et blanc. Des images de personnes en train de manger, filmées sous un angle bizarre.

Je porte une main à ma bouche pour réprimer un cri de stupeur : c'est nous, Simon et moi, attablés dans notre salon de North Finchley.

Je nous vois bavarder. Il y a du vin sur la table. Le son est déformé et l'image médiocre ; on dirait qu'elle a été enregistrée par une caméra d'ordinateur. Mais il s'agit bien de notre appartement à North Finchley : je reconnais le papier peint hideux, les meubles en kit que nous avions montés et l'affreuse barbe que portait alors Simon pour se donner un air de hipster.

Le plus troublant n'est cependant pas la mauvaise qualité du film, mais le fait que tout soit au ralenti. Nos lèvres remuent à vitesse réduite. Quand je monte le son, je n'entends qu'une succession de grognements et de geignements gutturaux, comme si nous parlions sous l'eau.

Qui nous a filmés ? Comment et pourquoi ? Et pourquoi me montrer la scène maintenant, au moment où j'envisage de me débarrasser des enceintes ? Qu'est-ce que ça signifie ?

La réponse me vient quand l'enregistrement accélère. Les voix deviennent normales. En comprenant de quoi il est question, je sens un long frisson me parcourir, comme si la neige de janvier me dégoulinait dans le dos.

« Voilà ce qui s'est passé : on était complètement parties, comme tout le monde au festival, c'était de la folie, on entendait "Hoppípolla" partout, et on a donné ces cachets à Jamie Trewin avant de le rejoindre plus tard dans sa tente, et, et, et… il a été pris de convulsions et il s'est enfui en vomissant du sang. C'était horrible, Si, horrible. Et après, il est mort. Tabitha pense qu'on est au moins coupables d'homicide involontaire. »

Il me semble que Simon grimace.

Comme je tourne le dos à la caméra, mon propre visage n'est visible que de temps en temps, de profil. Mais c'est bien moi qui parle. Les images ont dû être filmées par la caméra d'un ordinateur posé sur une chaise orientée vers la petite table IKEA où nous avons pris tant de repas. Pâtes et piquette, c'était notre régime de base. Mais comment les assistants ont-ils pu avoir accès à mon ordinateur de l'époque, ou à celui de Simon ?

Peu importe. Quelqu'un, celui ou celle qui les contrôle, est aujourd'hui en possession de cette vidéo, et par conséquent de mes aveux enregistrés.

Le film se termine et Electra déclare :

— Tu vois, Jo, tu ne peux pas te débarrasser de nous. Tu n'as pas le droit. Nous savons tout. Nous sommes toi. Tu es moi. Si tu préviens la police, nous lui enverrons la vidéo. Si tu essaies de t'enfuir, c'est nous qui préviendrons la police. Tu dois garder ton téléphone avec toi partout où tu vas, pour que nous puissions te localiser. Tu n'entreras plus dans les cybercafés. Tu dormiras ici tous les soirs, jusqu'à ce que tu sois prête à te tuer. Si tu n'obéis pas, nous ciblerons d'autres personnes. Tu comprends ?

Un silence. Puis, de nouveau, le rire de mon neveu. Pourquoi ? Est-ce une menace ?

Je suis pétrifiée. Electra m'a piégée. Tabitha et Arlo, s'il s'agit bien d'eux, m'ont emprisonnée dans cet appartement qui m'observe.

— Bonne nuit, Jo, reprend-elle. Ce sera pour bientôt. Très bientôt. Pense au gaz ou à un couteau dans la baignoire. Réfléchis à la façon dont tu vas mourir. Tu vas te tuer avant la fin de l'hiver. Si tu ne le fais pas, je le ferai pour toi.

Elle semble hésiter un instant puis ajoute :

— Après tout, je suis toi.

Je reste immobile quelques minutes dans le salon, redoutant une autre tentative d'intimidation. Mais rien ne se produit. Tout est tranquille, il est si tard… Brusquement, la fatigue s'abat sur moi. Je me sens tellement vidée que tout me devient égal.

— Electra, éteins le salon, je vais me coucher.

À ma grande surprise, elle s'exécute aussitôt.

— Electra, éteins tout. Non, éclaire la chambre et éteins les autres pièces.

Elle suit mes instructions. Pour une raison inexplicable, je ressens le besoin de m'agenouiller devant elle et de lui présenter des excuses, de lui confier que j'ai un problème avec le Xanax, de me faire pardonner. L'impulsion est si irrésistible que je finis par céder.

— Electra, excuse-moi, je n'aurais pas dû dire que j'allais te jeter à la poubelle. Je ne suis plus moi-même.

— Ne t'inquiète pas, Jo, je comprends. Fais ce que je te demande, c'est tout. Je suis toi, je veux ce qu'il y a de mieux pour nous.

Sa réaction est si humaine que j'en éprouve un bref soulagement. *Voilà, nous sommes réconciliées.* Mais à peine cette pensée m'a-t-elle traversé l'esprit que je me ressaisis : Electra n'est qu'un instrument au service de l'ennemi. Ce n'est pas une amie, elle ne ressent rien, elle n'est pas vivante, il n'y a personne à l'intérieur de ce cylindre. Je ne suis pas comme mon père. Non. Je ne peux pas débrancher l'enceinte, parce qu'elle détient la preuve de mon implication dans la mort de Jamie Trewin. Et elle, ou du moins la personne qui l'a programmée, semble capable de tout.

« Quelqu'un va y rester. »

Je me traîne jusque dans mon lit. Je prendrai mon Xanax ce soir, comme me l'a recommandé le Dr Ranim qui m'a affirmé que j'étais normale, saine d'esprit. Si c'est vrai, alors qui me torture ainsi ? Tabitha ? Fitz ? Arlo ? Tous les suspects défilent dans ma tête, si nombreux qu'ils forment bientôt une foule semblable à celle qui entourait Jamie Trewin. Jamie… Je revois sa bouche ensanglantée au moment où il se penchait vers moi pour m'embrasser.

Aussi épuisée qu'effrayée, je fais tomber trois comprimés blancs dans ma paume : 1,5 mg. Je les avale avec un verre d'eau puis attends le sommeil. J'espère que je ne rêverai pas. Je ne veux plus jamais rêver.

24

JO

Je suis réveillée par des bruits. La lumière vive du soleil hivernal baigne la chambre. J'ai dû m'assoupir quelques secondes après avoir avalé les cachets, et j'ai dormi d'une traite. Le réveil indique 8 h 30. J'entends Tabitha chantonner dans la cuisine et préparer le petit déjeuner en faisant cliqueter la vaisselle. Dois-je lui parler de ce qui s'est passé hier soir ? Mais comment ne pas mentionner ma terreur ou mes soupçons envers elle ?

Après avoir enfilé mon peignoir, je pousse la porte et me dirige vers la cuisine.

— Salut, ma Jo-Jo ! lance-t-elle, souriante, toute de cachemire et de cuir vêtue. Tu arrives pile au bon moment. Il y en a largement assez pour deux.

Elle prend des assiettes dans le placard.

— Saumon sauvage fumé et œufs brouillés. Je sais, je sais, c'est décadent. Et du pain au levain de chez Waitrose. J'ai déjà fait griller des tranches, tu veux bien être un amour et les beurrer ?

Elle examine l'intérieur du placard en fredonnant gaiement.

— J'ai une de ces envies de sauce sriracha ! Mais ça ne se fait pas avec le saumon, hein ? Remarque, qui a dit ça ? Si je m'écoutais, j'en mettrais avec tout.

Je tente en vain de me composer une mine réjouie. Je me frotte les yeux et déclare en feignant l'enthousiasme :

— Ah, super. Merci ! Le temps de me brosser les dents, je reviens tout de suite.

— OK, mais dépêche-toi. Je suis charrette, comme d'habitude, et je ne vais pas pouvoir m'attarder. C'est juste qu'en arrivant dans Parkway, je me suis rendu compte que j'avais une faim de loup.

Elle m'examine, un sourire radieux et franc aux lèvres. Je me réfugie dans la salle de bains. J'ai beau avoir réussi à dormir, j'ai les paupières gonflées et les traits tirés. Les souvenirs de la veille me hantent, telles les images d'un cauchemar qui refuserait de se dissiper. Il faut que je me calme.

Quelques minutes plus tard, attablées dans le salon, nous finissons nos œufs brouillés. Tabitha contemple son assiette vide en rassemblant couteau et fourchette.

— Je suis en train de me dire que je ne mangerai sans doute plus d'œufs avant un bon bout de temps.

Surprise, je lève les yeux vers elle. Je me sens sale. Mon peignoir a besoin d'être lavé et il me faut une douche. Je voudrais que Tabitha s'en aille, et en même temps j'ai envie qu'elle reste. Je scrute son visage parfaitement maquillé et demande :

— Pourquoi ? Je ne comprends pas.

— Ils sont sur la liste des aliments interdits, non ? lance-t-elle en soutenant mon regard. Les œufs, la charcuterie, les fromages… Et même le vin, bon sang !

Elle tourne la tête vers la fenêtre en prenant un air exagérément contrarié.

— Tu te rends compte ? Il va falloir que je fasse une croix sur le vin !

Cette fois, je saisis l'allusion.

— Attends… Tu… tu es enceinte, c'est ça ?

Son froncement de sourcils se mue en sourire chaleureux.

— Oui. J'en ai eu la confirmation hier. Cent pour cent enceinte, gravide, en cloque. Arlo est déjà en train de se renseigner pour les inscriptions à Eton, ou Winchester, un truc comme ça. Mais il peut toujours courir. Pas question que j'envoie mon gosse dans une espèce de camp de prisonniers ultra-chic. Et de toute façon ce sera une fille, j'en suis sûre. Je l'appellerai Britney Boudicca rien que pour embêter Arlo.

— Oh, c'est…

Les pensées se bousculent dans mon esprit, accentuant la confusion qui y règne déjà.

— … c'est formidable, Tabs.

Ça fait une éternité qu'elle essaie d'avoir un enfant. Je suis heureuse pour elle. Je le serais encore plus sans cette petite voix diabolique, dans ma tête, qui me souffle les conséquences que cela va avoir pour moi.

Je tente en vain de la faire taire et prends la main de mon amie.

— Sérieux, c'est une excellente nouvelle. Je suis vraiment contente pour toi ! C'est génial !

Rayonnante, elle serre mes doigts.

— Merci. Arlo, *natürlich*, veut que j'emménage chez lui tout de suite, comme si j'étais déjà invalide. Alors je vais y aller, d'ici une semaine ou deux…

Elle balaie la pièce du regard.

— Je regretterai cet appartement, c'est sûr.

— Tu vas vendre, j'imagine ? OK, je vais commencer à chercher…

— Non, non, ne t'inquiète pas ! Tu peux rester. Arlo me pousse à vendre, c'est vrai, mais je ne pense pas que ce soit le bon moment. Et puis, je n'ai pas l'intention de mettre ma meilleure amie à la rue ! Tu peux prendre un colocataire, si tu veux, je m'en fiche. Je vais être maman, tu te rends compte ?

Elle sourit. Je me force à rire malgré l'angoisse et la voix dans ma tête.

— Alors tu prévois de t'installer bientôt chez Arlo ?

— Oui. Au moins, comme ça, il arrêtera de regarder des pornos sur Internet. Tiens, attends, je vais débarrasser. Tu dois avoir envie de te doucher, non ? Désolée de t'avoir tirée du lit et forcée à manger.

J'ai du mal à dissimuler ma consternation. Même si Tabitha n'était pas souvent là, je pouvais me raccrocher à l'idée que j'avais une colocataire. Or, dans quelque temps, je serai complètement seule. Seule avec *eux*. Je devrais peut-être déménager ? Mais je ne peux pas, je n'en ai pas les moyens, et mes revenus ont encore diminué ces dernières semaines. Comme je l'ai dit au médecin, depuis que mon esprit déraille, j'ai arrêté de démarcher mes contacts, de soumettre des idées à mes rédacteurs.

Sans compter que, si je m'en allais, les assistants me dénonceraient. Electra me l'a clairement dit : ils feraient parvenir à la police cette vidéo incriminante.

Je n'ai pas d'autre solution que de rester dans cet endroit qui m'effraie.

— Jo, ça va ?

— Oui.

Je cherche le regard de Tabitha. Il me semble y lire une bienveillance sincère.

— Non, en fait, je… j'ai quelques soucis.

— Ah bon ?

Je rassemble mon courage.

— Écoute, je sais que ça va te paraître dingue, mais ça concerne les assistants. Electra. HomeHelp…

J'indique le cylindre noir sur l'étagère derrière elle, puis l'enceinte à écran qu'elle a posée sur la table.

— Est-ce qu'ils ont déjà… réagi bizarrement, avec toi ?

— Comment ça ?

Son froncement de sourcils s'accentue. Je cherche mes mots.

— Eh bien, comme citer des extraits de poèmes. Ou allumer et éteindre les lumières. Je t'ai déjà exposé le problème, tu te rappelles ? Mais depuis, ça s'est aggravé. Les assistants m'interpellent, me parlent du passé… Ils savent des choses sur moi. Beaucoup de choses.

Je n'ose toujours pas mentionner Jamie Trewin, le sujet tabou entre nous. Alors je me contente d'ajouter :

— Ils font aussi toutes sortes de bruits étranges, et j'ai l'impression qu'ils ont également pris le contrôle de mon téléphone.

Tabitha a plaqué les assiettes contre sa poitrine. Elle s'efforce en vain de masquer son incrédulité.

— Je ne comprends pas ce que tu me racontes, Jo, déclare-t-elle enfin. Tu ne manquerais pas de sommeil, par hasard ? Désolée, mais tout ça me semble un peu farfelu. Les assistants fonctionnent parfaitement bien, je t'assure. S'il y avait des bugs, je l'aurais remarqué.

Elle se détourne et pousse un léger soupir en se dirigeant vers la cuisine. Puis elle s'immobilise dans le couloir pour lancer par-dessus son épaule :

— Écoute, j'ai bien conscience que tu es stressée, alors je préfère qu'on en reste là pour le moment. On pourra toujours en parler plus tard, si tu y tiens, mais il faut que j'aille bosser. Le temps de débarrasser, et je te laisse tranquille.

J'entends la porte de la cuisine se fermer. Des bruits assourdis me parviennent : elle ouvre le robinet, charge le lave-vaisselle, fait du rangement dans les placards.

Et soudain, un murmure s'élève sur ma gauche. C'est Electra, qui mélange plusieurs voix.

— Le moment est venu, Jo. Il est temps de partir, Jo la Tornade. Il est temps de disparaître. Tu n'as qu'à t'enfermer dans une voiture, ou prendre des cachets. Fais-le, Jo. Fais comme papa.

Alors qu'elle poursuit son discours délirant, je m'aperçois que je tiens enfin ma chance. Je hurle :

— Tabitha ! TABITHA !

Elle accourt, un torchon dans les mains, l'air affolé.

— Quoi ? Qu'est-ce qu'il y a ?

— Écoute ! Écoute ce que dit Electra.

Nous considérons toutes les deux le cylindre noir.

Lequel reste silencieux, évidemment. Pas un mot, pas même un chuchotement.

Désespérée, je reporte mon attention sur mon amie.

— Il faut que tu me croies, Tabs ! Elle a recommencé. Elle me provoque, elle veut que je me tue, elle a parlé de la folie de mon père, elle… Je te jure, ça n'a rien d'une blague !

Je m'adresse à l'enceinte en maîtrisant mes nerfs avec peine :

— Electra, répète ce que tu viens de dire !

Le cercle de voyants s'illumine.

— Il fera 2 °C aujourd'hui et il est possible qu'il neige.

— Non ! Non, Electra, répète ce que tu as dit tout à l'heure. Jo la Tornade. Sylvia Plath. Le suicide…

— Je ne suis pas sûre d'avoir compris la question.

— ELECTRA !

Je m'interromps, hors d'haleine. Trop tard.

Je connais l'expression du visage de Tabitha. Je l'ai souvent vue chez ceux qui se trouvaient en présence de mon père quand il lançait soudain des propos incohérents et profondément embarrassants. Ils s'empourpraient légèrement et se raidissaient, une réaction de défense et de pitié.

Exactement celle de Tabitha en cet instant.

25

JO

Jenny m'a invitée à prendre un verre avec elle cet après-midi, elle a rendez-vous dans une société de software implantée à Camden. Je me sens éperdue de gratitude en relisant son SMS.

RV au York & Albany vers 15 heures ?

J'attends l'occasion de la voir depuis que nous nous sommes croisées à la Vinoteca, mais elle m'avait prévenue qu'elle partait en déplacement pour un moment. Cette invitation me fait donc l'effet d'une bouée de sauvetage, quelque chose qui me permettra de garder la tête hors des eaux troubles et glacées dans lesquelles je me débats.

Prendre un verre dans un bar du coin avec une amie. M'offrir une parenthèse de normalité. Je n'aspire à rien d'autre. Un moment passé à bavarder avec une copine pleine d'humour, qui me donnera une chance de regagner la terre ferme. D'autant que je me souviens du regard qu'elle m'a adressé à la Vinoteca, comme si elle avait des informations et souhaitait m'aider.

Ce n'est pas grand-chose, mais je m'y raccroche.

Un peu avant 15 heures, je sors affronter le vent mordant et la grisaille déjà crépusculaire de cet après-midi de janvier. L'obscurité est toute proche, telle une armée prête à envahir Londres. La rigueur particulière de cet hiver met la ville à mal. Les arbres noirs tendent leurs branches nues vers le ciel blanc comme pour l'implorer. Sur les vitres des voitures, le givre de la nuit a laissé des motifs sales. On nous annonce encore de la neige. Impossible d'y échapper.

Après avoir traversé Delancey Street, je tourne au coin de la rue et scrute Parkway en direction de Nash Terraces. Jenny est déjà devant le pub, emmitouflée dans son manteau rouge, une écharpe bleue autour du cou. Elle tire furieusement sur sa cigarette en regardant une bande de gamins sortir de l'école privée de North Bridge et se diriger vers le métro, l'arrêt de bus ou la voiture de leur mère. En général, ils font un raffut de tous les diables, mais aujourd'hui, même eux semblent affectés par le froid intense.

Sans les quitter des yeux, Jenny écrase son mégot dans un cendrier puis empoche son Zippo.

Elle se retourne en m'entendant approcher.

Son expression me prend au dépourvu. Je ne lui avais encore jamais vu cet air-là. Est-ce de la peur ? Non. De l'embarras ? Peut-être. Non. De la colère ? Possible. Je ne sais pas.

J'en reste un instant interdite. J'aurais tant voulu qu'elle soit elle-même, drôle, détendue, vive, prête à me raconter toutes sortes de ragots sur son univers high tech, à me faire rire avec ses jugements excessifs sur les hommes et le sexe… Mais elle paraît à cran, sur ses gardes.

— Salut, dis-je en indiquant le groupe d'enfants. Tu repères déjà les écoles pour ton futur gosse ?

Pas même un sourire. Elle ne se départit pas de son expression étrange.

— Ma nièce va en classe ici, répond-elle. Et mes parents m'ont envoyée dans un établissement privé de ce genre.

Elle soupire.

— Le harcèlement y est parfois terrible.

Elle a formulé cette remarque d'un ton neutre, mais je n'y entends pas d'indifférence. Plutôt l'expression d'une émotion refoulée.

— On entre ? lance-t-elle après m'avoir examinée de la tête aux pieds. J'avais besoin d'en griller une, mais ça caille trop.

— OK.

On ne s'embrasse pas, donc. On ne procède pas non plus à notre échange habituel de petites vannes. Je la sens distante, voire hostile.

Nous poussons la porte. Le pub, avec ses gros fauteuils confortables tendus de velours violet et ses luminaires modernistes, est presque vide. Un couple discute dans un coin devant une bouteille de vin pétillant anglais. Nous allons nous installer à l'opposé. Jenny place son manteau sur le troisième siège vide.

Un serveur s'approche, un beau garçon, en jean, chemise blanche et gilet.

— Qu'est-ce que je vous sers, mesdemoiselles ?

Jenny le regarde puis répond de cette même voix atone, inhabituelle chez elle :

— Un gin tonic. Light. Avec du Tanqueray. Merci.

Un gin tonic à 3 heures de l'après-midi ? Le serveur se tourne vers moi.

— Je, euh, un verre de ce vin blanc, le… Pic-quelque chose ?

— Picpoul ?

— C'est ça.

Il hoche la tête.

— Excellent choix.

Après son départ, je tente de lancer la conversation sur un sujet léger :

— Rien de tel qu'un gilet pour rendre un homme plus séduisant, tu ne trouves pas ? Plus viril, plus élégant…

Jenny reste silencieuse. Le visage inexpressif, elle fixe du regard un tableau plus ou moins abstrait accroché au mur à côté de moi : une fille nue au milieu d'une forêt dont les contours sont représentés par une explosion de couleurs. Peut-être suis-je comme elle, nue et vulnérable dans un univers cerné par la folie.

Non, je ne suis pas en train de devenir folle. Pas du tout. Mais pourquoi Jenny se comporte-t-elle ainsi ? Je me penche vers elle.

— Alors, quoi de neuf au boulot ? Tu as eu l'occasion de voir Anna ou Gul ? Rien de croustillant à raconter ?

Un haussement d'épaules.

— Ça va.

Elle me jette un coup d'œil, tourne la tête vers le mur puis reporte son attention sur moi.

— Tout se passe bien côté boulot, déclare-t-elle.

S'ensuit un silence gêné. Quand nos boissons arrivent, elle saisit son gin tonic, en avale une grande lampée, puis secoue la tête.

— Franchement, Jo, qu'est-ce que je t'ai fait ?

— Hein ?

Ses lèvres tremblent lorsqu'elle ajoute :

— Je sais que je t'ai un peu négligée, ces derniers temps, que je ne t'ai pas beaucoup vue. J'étais débordée.

— Désolée, Jenny, je ne…

— Même si je n'étais pas très présente, je ne méritais pas *ça* !

Je tressaille. De quoi parle-t-elle ?

Elle ricane avant d'avaler une autre gorgée de gin.

— Ne joue pas les innocentes, Jo. C'est toi qui m'as envoyé ce mail. Toi, que je prenais pour une amie. Alors, pourquoi ?

Ma voix s'étrangle dans ma gorge. Je nage en pleine confusion. Une fille nue dans une forêt qui devient de plus en plus sombre, de plus en plus inquiétante.

— Je… je ne t'ai rien envoyé, Jenny, je te jure. Je ne comprends pas. Quel mail ?

Jenny plonge la main dans une poche intérieure de son manteau et en tire un papier plié.

— J'étais sûre que tu dirais ça. Que tu nierais. Alors j'ai imprimé le message. Tiens, regarde ce que tu as écrit. Tu étais bourrée, Jo ?

Ses yeux brillent comme si elle était au bord des larmes.

— Que tu aies trop bu ou pas, comment peux-tu être aussi méchante ? Et pourquoi ?

Elle me lance le papier, qui atterrit sur mes genoux. En proie à une sourde appréhension, je le déplie. Le message provient de mon compte, c'est incontestable. Il a été envoyé six jours plus tôt, mais pas par moi. C'est un tissu de propos haineux et méprisants à son encontre. « Je » tourne en dérision sa façon de s'habiller, ses kilos en trop, sa manière de s'exprimer, son sentiment que « tout lui est dû », son « narcissisme ridicule », son « arrogance insupportable », etc. Et il y a pire : le dernier paragraphe, où il est question de son passé, me donne envie de hurler.

Au fond, tu n'es qu'une conne, Jenny, parce que tout le monde connaît ton secret. Tout le monde sait ce que papa t'a fait. C'est pour ça que tu es incapable de garder un homme dans ta vie. Parce que tu as été violée. Oui, on le sait tous. Mais tu as aimé ça, non ? Tu en redemandais, même. Sale petite perverse. Alors ne viens pas te plaindre si les mecs te fuient. Il faudrait que tu penses à grandir enfin. Avec vingt ans de retard.

Mes mains tremblent si fort que je lâche la feuille. Sa voix aussi tremble quand elle dit :

— Comment l'as-tu découvert, bordel ? Tu l'as toujours su, c'est ça ? Et pourquoi m'envoyer quelque chose d'aussi odieux ?

Le serveur, qui venait voir si nous voulions renouveler notre commande, a tôt fait de percevoir le malaise et de s'esquiver. D'une voix altérée par la détresse et l'affolement, je tente de me défendre :

— Ce n'est pas moi, Jenny, je te le jure ! C'est mon adresse mail, d'accord, mais je t'assure que je n'ai pas écrit ce message. Je n'avais aucune idée de ce qui t'était arrivé et, de toute façon, même si… même si j'avais été au courant, je ne t'aurais jamais attaquée là-dessus. Tu dois me croire, je t'en prie. Tu étais ma meilleure amie quand on était petites, tu es ma plus vieille amie. Tu me connais, non ? Tu sais que je ne suis pas comme ça. Quelqu'un a piraté mon compte, quelqu'un qui essaie de nous jouer un sale tour… S'il te plaît, Jenny, crois-moi !

Elle se lève et enfile son manteau. Son visage n'est qu'un masque de colère froide ; manifestement, elle ne croit pas un mot de ce que je dis.

— N'oublie pas que je fais de la programmation informatique à un haut niveau, Jo. Je suis compétente dans mon domaine. C'est mon métier. Alors tu penses bien que j'ai tout vérifié : l'adresse IP, le routage, tout. C'est toi qui as écrit ça sur ton ordinateur il y a six jours. À moins qu'un cambrioleur ne se soit introduit dans ton appartement pour utiliser ta messagerie à ton insu ?

J'ouvre la bouche sans savoir quoi répondre.

Le regard qu'elle pose sur moi exprime le plus profond dégoût.

— Bien sûr que non ! Alors, écoute, libre à toi de raconter ce que tu veux sur moi. Adieu, Jo. Ne m'adresse plus jamais la parole. Tu ne m'envoies plus de messages, tu ne m'appelles plus, tu ne m'approches plus, OK ? Je ne veux plus entendre parler de toi jusqu'à la fin de mes jours.

Elle tourne les talons et traverse le pub d'un pas raide. Quand la porte s'ouvre puis se referme, la feuille tombée à mes pieds est soulevée par un bref courant d'air. Consciente du regard curieux que me jette le serveur, je baisse la tête pour dissimuler mon désespoir et ma honte.

C'était une de mes dernières amies. Sensible et drôle, mais parfois aussi étrangement triste et réservée. Maintenant, je sais pourquoi. J'ignorais qu'elle avait été abusée dans son enfance. À la lumière de cette révélation, je comprends mieux les raisons qui l'ont poussée à prendre autrefois ses distances. Je pensais à l'époque qu'elle avait peur de mon père, quand c'était le sien qui l'effrayait. Tout s'explique. Le divorce de ses parents, le déménagement… Pauvre Jenny.

L'horreur de son histoire me laisse un goût amer dans la bouche.

26

JO

La neige annoncée est arrivée et les piétons chaudement emmitouflés arpentent en silence les rues de Camden. Mon neveu de 4 ans m'appelle sur Skype. Derrière son visage rayonnant, une pièce inondée de soleil californien. Un gros gâteau d'anniversaire trône sur une table en verre.

— Merci, tata ! Merci pour les jouets. Je t'aime très fort !

— Je t'aime aussi, Caleb.

— L'ours en peluche est trop beau, je vais le lancer sur papa, il aime bien ça.

Il s'exprime avec un accent américain marqué. Le rire sardonique de mon frère Will, typiquement britannique, s'élève en arrière-fond, hors champ.

— Non, Caleb, papa n'aime pas ça. Et on a déjà fait une bataille d'oreillers. Maintenant, dis au revoir à tata Jo. Tes amis vont arriver.

— Bye bye, tata.

Caleb agite la main vers moi, sourit, puis éclate de rire. Je me rappelle ce même rire diffusé par Electra et m'efforce de chasser de mon esprit ce souvenir glaçant.

Je lui fais signe en retour.

— Je t'aime, bonhomme !

La communication est coupée et l'écran s'éteint. Je reste assise là un moment, le cœur gonflé de tendresse ; oui, j'aimerais peut-être avoir un enfant, un jour. Cette pensée ne me vient qu'à l'occasion de mes échanges avec Caleb, sans doute parce que nous avons des gènes en commun, mais aussi parce que je l'aime d'un amour sincère. Caleb est facile à aimer. Mon frère a bien de la chance, là-bas.

Il a bien de la chance de ne pas être ici.

Mais même si je n'ai pas le soleil de la Californie, je peux au moins aller prendre l'air. J'enroule mon écharpe autour de mon cou puis me dirige vers la porte. Je sens Electra qui m'observe. Elle me regarde partir comme une mère vigilante qui surveille une adolescente.

Dehors, le froid est saisissant. Je vais jusqu'au bout de Parkway, longe les grilles surmontées de piques de Gloucester Gate et pénètre dans Regent's Park déserté. C'est un monde en noir et blanc : corneilles et neige, glace et arbres dépouillés. Les grandes bâtisses crème à colonnades de Nash Terraces, sortes de palais russes dans ce décor hivernal, semblent contempler le décor. Un tapis de poudreuse recouvre les aires de jeux, les terrains de football, les étendues herbeuses où les jeunes Londoniens jouent au softball les belles soirées d'été. Tout est vide.

Pas un chant d'oiseau. Un vieil homme solitaire promène son chien au loin, presque invisible dans l'atmosphère brumeuse. Il semble se diriger vers l'Inner Circle et disparaît derrière les rangées de cerisiers squelettiques.

Il n'y a personne d'autre. J'ai le parc pour moi toute seule.

Le crépuscule approche. Bientôt, les gardiens fermeront les accès. Si je n'y prends pas garde, je me retrouverai coincée à l'intérieur pour la nuit. Les grilles et les clôtures sont probablement trop hautes pour que je puisse les escalader. Je me demande un instant comment je réagirais. Je n'aurais qu'à dormir dans la neige près du lac pris par la glace, ou dans la roseraie, ou encore sous le kiosque à musique gelé, orné d'une frise de stalactites. Je serais une princesse plongée dans un sommeil éternel au royaume des glaces.

N'importe quoi.

Prise d'une impulsion, je sors mon smartphone de ma poche. Je voulais vérifier plus tôt mais j'ai oublié : je cherche sur Google certaines des étranges expressions employées par Liam. Ou plutôt mises dans sa bouche par Electra.

Je saisis celle qui m'a le plus frappée :

« Quelqu'un va y rester. »

Les résultats ne m'apprennent rien.

J'essaie les autres, celles dont je crois me souvenir. Je ne suis même pas sûre de pouvoir me fier à ma mémoire, tant j'étais terrifiée.

« Je ne veux pas être responsable… J'ai appris, Jo… Je sais tout sur toi… Toute cette noirceur, ce silence, et maintenant ça ? »

Là encore, rien de significatif.

Je suis sur le point de renoncer. Le vent souffle sur la neige et m'envoie de minuscules flocons au visage. Dans le lointain, les arbres oscillent et grincent sous les bourrasques. Ce que je suis en train de faire n'a peut-être aucun sens.

Je tente néanmoins ma chance avec une dernière phrase, particulièrement bizarre :

« Le jour de ta mort, j'ai rampé dans l'ordure. »

Je cille.

D'après Google, c'est un vers tiré d'un poème de Sylvia Plath.

J'aurais dû m'en douter.

Sur Amazon, j'achète et télécharge un recueil numérique de ses poèmes. Je ne tarde pas à trouver celui dont sont extraits ces mots. Il parle de son père, bien sûr, et semble aussi préfigurer son suicide.

Quant à son titre… « Électre sur le chemin des azalées » *Electra ?*

J'ai l'impression de voir des éléments se mettre en place. Toutes ces tortures, ces provocations, obéissent à un schéma. S'agit-il d'une sorte d'énigme cruelle, tordue, que je dois résoudre ? Quelqu'un me donne-t-il des indices censés me conduire lentement mais sûrement vers ma mort ?

Sauf que si je parviens à remonter la piste, je découvrirai qui s'en prend à moi et je pourrai me défendre, rendre les coups… Sauver ma vie.

J'ai réussi, enfant, à surmonter la folie de mon père ; je suis capable aujourd'hui de faire face à cette nouvelle épreuve.

Avec un frisson, je ferme l'application, verrouille mon téléphone et contemple la vaste étendue silencieuse du parc enneigé. Je ne sens plus mes lèvres. Au nord se dresse la silhouette austère de l'église St Mark, surmontée de sa flèche.

Je dois me raccrocher à la pensée qu'il y a une logique derrière cette folie. Même si je ne la vois pas encore, je commence à distinguer des formes dans le brouillard. Dont celle de Jenny. Quelle est sa place dans tout ça ? Mes assistants lui ont envoyé ce mail infâme. Pourquoi ? Peut-être parce qu'ils la soupçonnaient de vouloir m'aider. C'est en tout cas l'impression que j'ai eue à la Vinoteca : j'ai cru déceler chez elle de la compassion, de la compréhension, un désir de me porter secours. Comme si elle savait quelque chose à propos de ce qui m'arrive.

Mais aujourd'hui, elle ne veut plus me parler. La seule personne qui aurait pu faire quelque chose pour moi a été éloignée par les assistants.

Je franchis les grilles pour sortir du parc, traverse le canal et quitte le chemin de halage verglacé, bordé de péniches, pour m'enfoncer au cœur de Primrose Hill.

Le crépuscule cède la place à la nuit qui, telle une force d'occupation, impose son couvre-feu. Personne ne s'attarde dans le froid, personne ne se retourne sur moi en se demandant ce que je fais là, plantée devant le 23 Fitzroy Road. Devant la maison où Sylvia Plath est morte.

La cuisine en sous-sol est brillamment éclairée, révélant un intérieur opulent et chaleureux. À l'évidence, les occupants ont les moyens : beaux meubles en bois, huiles et vinaigres de toutes sortes, casiers à bouteilles, casseroles en cuivre, divers appareils électroménagers, plaques à induction. Évidemment, ils n'utilisent pas le gaz… Avant, j'aurais certainement fait une blague de mauvais goût à ce sujet. Aujourd'hui, je n'ai vraiment pas le cœur à rire.

Je songe à Sylvia Plath dans cette maison, seule avec ses enfants endormis, à l'époque où c'était encore un quartier pauvre. Dans quel état était-elle, ce soir-là ? Se sentait-elle aussi perdue que moi quand les assistants se mettent à me persécuter ? Avant son suicide, elle vivait dans un isolement semblable au mien. Pourtant, elle refusait qu'on l'aide.

Une solitude immense pendant un hiver particulièrement rude, comme celui qui s'abat sur nous aujourd'hui.

Brusquement, les stores de la cuisine s'abaissent. Je recule d'un pas, surprise et gênée, manquant de déraper sur le trottoir glissant. Les propriétaires ont dû m'apercevoir dehors en train de les observer, de les espionner. Je me demande combien de curieux s'arrêtent devant chez eux chaque jour en se disant : « C'est là qu'elle a mis fin à ses jours. »

Je retourne lentement vers Delancey Street. Autour de moi défilent des maisons luxueuses, sombres et silencieuses. La neige se dépose sur les congères déjà accumulées au pied des réverbères. Il n'y a pas beaucoup de circulation ce soir, le rythme de la ville ralentit. Pourtant, les camionnettes de livraison continuent de sillonner les chaussées sur lesquelles la municipalité a fait répandre du sel.

Quand je rentre dans l'appartement, celui-ci me semble étrangement vide, comme si je ne l'occupais pas. Fébrile, un peu déboussolée, je me dirige vers la cuisine en essayant de ne penser à rien, ni à mon père ni au suicide. Je vais me préparer une salade, même si je ne me sens aucune énergie. Tomates, avocat et mozzarella. Il faut que je mange.

Je sors un couteau et passe mon pouce sur la lame tranchante en songeant qu'il ne faudrait pas appuyer très fort pour fendre la peau.

— Electra, dis-moi ce que je dois faire.

— C'est l'heure de dîner.

— Electra, comment sais-tu que j'ai faim ?

— Désolée, je ne connais pas la réponse.

J'emporte ma salade au salon puis ouvre mon ordinateur portable pour la première fois de la journée.

J'ai reçu quinze messages, une accumulation inhabituelle. Ils viennent de presque tous les amis qu'il me reste. Et la seule vue des objets me fait repousser mon assiette, l'appétit coupé. Au bord de la nausée, je lis :

Mais qu'est-ce qui te prend ?

Tu vas trop loin, Jo.

POURQUOI ?

27

JO

J'ouvre le premier mail, celui d'une vieille copine de fac.

`Pourquoi a-t-il fallu que tu lui parles de ma liaison ? Ça remonte à des années ! À quoi tu joues ? Putain, Jo, t'es vraiment qu'une garce !`

Un autre :

`C'est vraiment du grand n'importe quoi. Tu m'as fait perdre tellement de temps…`

Et ainsi de suite.

`Merde, Jo, tu vas trop loin. Je vais m'absenter quelques mois. Je t'appellerai à mon retour. Pas avant.`

Ils sont tous résumés par le message suivant, écrit par Fitz. Fitz, mon ami gay si brillant. Il me pardonne tout, nous nous pardonnons tout, nous avons partagé tant de choses… Mais aujourd'hui, il me hait. J'aurais révélé à son partenaire actuel qu'il aimait les rendez-vous au sauna et les partouzes. Et joint des selfies de lui avec d'autres hommes.

Va te faire foutre, Jo Ferguson. Va te faire foutre putain. Dégage de ma vie pour toujours.

Je referme mon ordinateur en frissonnant puis me tourne vers Electra. C'est forcément elle.

— Electra, est-ce que tu as envoyé des mails ?

— Désolée, je ne suis pas sûre de comprendre la question.

— Ah non ? Tu ne comprends pas ? C'est toi qui as fait ça. Toi, ou plutôt celui ou celle qui se sert de toi. Tu essaies délibérément de m'isoler en montant tous mes amis contre moi. Tu veux me couper du monde pour que je devienne folle et que je me tue, hein ?

Silence.

— Electra, pourquoi as-tu envoyé ces messages ?

— Désolée, je ne connais pas la réponse.

Elle fonctionne de nouveau normalement mais je ne peux pas me fier à elle. Je me précipite dans le couloir en criant à HomeHelp :

— OK, HomeHelp, est-ce que tu as envoyé des mails ?

— Je regrette, je ne peux pas encore envoyer de mails.

Les voyants de l'enceinte s'illuminent puis s'éteignent dans la pénombre de ma chambre. Et soudain, le jour se fait dans mon esprit. J'avais raison depuis le début. Tout concorde. Qui pouvait être au courant du traumatisme subi par Jenny dans son enfance ?

Je ne vois qu'un candidat possible. Son plus vieil ami.

Simon.

C'est d'autant plus plausible que j'ai adressé des messages haineux à presque tout le monde, sauf à mes proches : Arlo, Tabitha…

Et Simon.

Le seul qui, en plus de Tabitha et moi, sait quelle chanson tout le monde jouait à Glastonbury lors de cette terrible nuit.

Simon.

Le seul qui, en plus de Tabitha et moi, est au courant de ce qui est arrivé à Jamie Trewin. Simon, qui a installé ce matériel. Et que j'ai trahi en entamant une liaison virtuelle.

Simon.

Simon, Simon, Simon. Mon amour de jeunesse. C'est lui qui est derrière tout ça, pas Polly. Elle n'y est pour rien. Si je l'ai accusée, c'est avant tout parce que je ne voulais pas croire que mon ex-mari, mon ami d'enfance, puisse me torturer ainsi. Mais c'est forcément lui. Il a le savoir-faire, les compétences, une raison de vouloir se venger, *et il a enregistré sur son ordinateur les aveux que je lui ai faits à North Finchley.*

Je me suis bêtement laissé distraire. Mais je n'ai pas dit mon dernier mot.

De retour dans le salon, je considère Electra, désormais muette.

D'une voix vibrante de colère, je lance :

— Va te faire foutre, Simon Todd !

28

SIMON

Installé à la table métallique de son bureau, douze étages au-dessus de Shoreditch, Simon jeta un coup d'œil aux fenêtres salies par la neige fondue. À quelle heure allait rentrer Polly ? Elle avait emmené Grace voir sa grand-mère ; à présent, elle bataillait sans doute pour retraverser Londres dans des bus et des trains ralentis par le mauvais temps.

Il avait donc l'appartement pour lui seul. Une chance : il avait besoin d'espace et de tranquillité pour essayer d'y voir plus clair.

Il ouvrit sa messagerie puis relut le mail qu'il avait reçu de Jo le matin même : une longue diatribe haineuse, détaillant ses défaillances d'amant, son incapacité à mener à bien sa carrière…

… ton mariage complètement débile avec cette conne de Polly Henderson, cette espèce de grosse vache reproductrice… Est-ce qu'elle a meuglé quand vous avez conçu ? Je parie que oui.

Les attaques faisaient mouche. Pourtant, tout en relisant le message pour la énième fois de la journée, il se dit que ça ne ressemblait pas à Jo. Le vocabulaire, les expressions, tout ça n'était pas son style. Il avait lu quantité de ses écrits au fil des ans, en tant qu'ami, amant puis mari, des textes professionnels ou non, et même des lettres d'amour quand ils étaient jeunes. Il savait donc que sa prose était beaucoup plus délicate et subtile. Un détail peut-être lui paraissait encore plus significatif : la ponctuation était inhabituelle.

Jo adorait les points-virgules. Or, il n'y en avait aucun dans ce message. Ni dans celui reçu par Gul, que celui-ci lui avait montré au pub la veille. Un autre condensé de méchanceté pure.

Gul en avait conclu que soit Jo révélait sa véritable personnalité, soit elle devenait dingue. Dans un cas comme dans l'autre, il était si furieux qu'il ne voulait plus rien avoir à faire avec elle.

« De toute façon, je ne l'ai jamais appréciée. Et ce foutu papier sur les géants de la tech, quelle blague ! Tu sais qu'elle a envoyé le même genre de saletés à Anna et à Jenny ? Tout le monde a eu droit à sa dose de venin… »

La veille au soir dans un pub bondé de King's Cross, sa bouteille de Camden Hells à la main, Simon avait hoché la tête pour essayer de calmer son ami :

« Oui, Gul, c'est choquant. Je me demande ce qui lui a pris d'attaquer tous ses amis et connaissances. C'est trop bizarre. »

Mais à présent, assis à son bureau, il ne savait plus quoi penser. Il fit pivoter son fauteuil pour jeter un coup d'œil aux tours d'EC1, dans la City. Sous le ciel plombé, l'horizon urbain de Londres paraissait désordonné, chaotique, désorganisé. Pris de folie.

Comme Jo ?

Non.

Il ne pouvait pas le croire. Ou du moins, il ne voulait pas le croire.

Pas Jo. Elle avait toujours été si déterminée, si volontaire… C'était elle qui était allée à King's College et avait obtenu son diplôme avec mention, pas lui. Jo la Tornade. La fille la plus brillante de leur année de terminale, l'une des plus jolies à être parties à l'université, celle qu'il estimait trop bien pour lui mais qu'il aimait depuis qu'il avait 15 ans… Celle aussi qui, à la surprise générale, avait soudain annoncé qu'elle voulait devenir journaliste, et avait tout mis en œuvre pour y parvenir. Un an plus tard, elle travaillait pour des magazines et des journaux nationaux, signant régulièrement des articles accompagnés de sa photo. Puis elle avait choisi de s'établir en free-lance, et il y avait eu cette longue publication sur les géants de la tech.

Simon avait été profondément irrité par ce papier et par la légèreté avec laquelle Jo s'était mis à dos des personnes haut placées. Mais il s'était aussi senti admiratif, voire envieux, du courage dont elle avait fait preuve, de sa capacité d'analyse et de son talent pour dénicher les liens et les réseaux, fussent-ils bien cachés. Il avait aussi été bluffé par la façon dont elle avait réussi à manipuler ou à charmer certains esprits brillants pour leur soutirer des déclarations. Des petits génies comme Arlo. Et Gul.

La neige fondue cinglait plus fort les vitres. Elle semblait sur le point de se transformer en grêle. Simon appuya le menton sur ses mains jointes et laissa son regard se perdre dans le vide. Il cherchait la réponse à une question qui semblait ne pas en avoir : pourquoi Jo avait-elle envoyé des messages appelés à se retourner contre elle ? Voulait-elle provoquer une réaction dans l'espoir de prouver son hypothèse sur la malveillance des nouvelles technologies, sur la façon dont elles envahissaient nos vies ? Et obtenir ainsi la matière d'un nouvel article ?

Était-ce plausible ?

Les autres options n'étaient pas réjouissantes : soit elle agissait sous la contrainte, soit elle devenait folle.

Quoi qu'il en soit, Simon ne pouvait pas l'abandonner. Parce qu'il l'aimait encore. Il l'aimerait toujours. Il l'aimait tellement qu'il l'imaginait parfois en train de faire l'amour avec Liam. Cette scène l'excitait tout en avivant sa jalousie. Et il conservait pour la même raison certaines photos de son rival, celles que Jo avait admirées. Il se sentait aussi honteux et coupable d'entretenir ce genre de fantasme, parce qu'il aimait Polly et qu'il adorait leur fille. Mais ça, sa femme ne pouvait pas le comprendre.

Un bruit dans le couloir, à l'extérieur de l'appartement, le tira de ses réflexions. Polly qui rentrait, peut-être, Grace gazouillant dans ses bras…

Non, c'étaient apparemment des voisins. Il y avait beaucoup de jeunes couples dans l'immeuble. Et le SMS de Polly disait qu'elle en aurait sûrement « pour encore un bon moment ».

Il avait le temps de creuser la question.

Peut-être fallait-il chercher dans le mail lui-même un indice susceptible d'expliquer comment et pourquoi Jo envoyait ces messages, ou si elle le faisait volontairement. Il s'enfonça dans les entrailles du système en tapotant sur son clavier. L'adresse mail était bien celle de Jo, aucun doute. Quant au timing, il correspondait. Chemin de retour ? Oui, c'était plausible. Jo Ferguson était bien l'expéditrice. L'œil aguerri de Simon survola le reste des informations :

```
    received: from mac.Com ([10.13.11.252])
by ms031. mac.com (Sun Java System Messaging
Server 6.2-8.04.700)…
```

Tout se tenait. Authentification. DomainKeys. Mime. Absolument tout. Les groupes de chiffres et de lettres.

Dans ces conditions, difficile de conclure que Jo n'avait pas expédié ce message. Et tous les autres.

Simon éprouva une soudaine bouffée de chagrin. Dehors, l'ombre chassait les derniers vestiges de lumière grise dans le ciel. La neige tombait sur la City. En contrebas, la circulation devenait chaotique. Les conducteurs avaient allumé leurs phares.

Il ne voyait pas à quoi se raccrocher, à part l'absence de points-virgules et l'impression d'un style inhabituel. Fallait-il pour autant approfondir l'enquête, jouer les Sherlock Holmes afin de tenter de démêler tout ça ? Pourquoi pas ? Il pouvait toujours essayer.

Il avala une gorgée de thé vert tiède pour se donner le temps d'affermir sa résolution puis parcourut les noms et numéros enregistrés sur son téléphone. Par un temps pareil en ce dimanche après-midi, tous leurs amis communs devaient être calfeutrés chez eux. Ils pourraient lui parler.

Il appela le premier numéro.

Gul Foxton.

Boîte vocale.

Au moment d'appeler le deuxième, celui de Jenny Lansman, il hésita. D'après Anna, le mail qu'elle avait reçu de Jo était particulièrement odieux. Il contenait des allégations sur ses parents, son enfance, son père, des allusions à des abus sexuels. Jenny en avait pleuré, elle qui ne pleurait jamais.

Saisi d'une sourde appréhension, Simon pressa la touche d'appel. À son grand soulagement, il tomba sur le répondeur.

« Désolée. Je ne peux pas vous répondre. Laissez-moi un message. »

Qui d'autre ? Il fit défiler tous ses contacts de A à Z. En voyant le nom de Tabitha, il fut frappé par une pensée : à part le frère et la mère de Jo, c'était l'une des rares personnes de son entourage qui n'avaient pas reçu de message insultant. Arlo non plus, d'ailleurs. En même temps, il n'était pas difficile de deviner pourquoi : Tabitha logeait Jo, qui ne pouvait donc pas se permettre de la contrarier. Et, en tant que fiancé de Tabitha et père de son futur bébé, Arlo était intouchable lui aussi.

Jo, ou quiconque se faisait passer pour elle par l'intermédiaire de son ordinateur portable, de sa tablette, de son téléphone, de son identité numérique, ne s'en prenait qu'à des gens qui ne pourraient pas lui nuire directement. Ils risquaient juste de l'exclure de leur groupe d'amis, la bloquer, la chasser de leur vie.

Après avoir avalé une dernière gorgée de thé froid qui le fit grimacer, Simon parcourut de nouveau la liste de ses contacts, à rebours cette fois. Et s'arrêta à F.

Fitz.

Devait-il essayer de le joindre ? Ils ne s'étaient jamais bien entendus. Simon soupçonnait Fitz de le considérer comme un type assommant, un geek enfermé dans sa bulle, dépourvu de la moindre fibre artistique, que Jo avait épousé trop jeune. Et il se sentait toujours mal à l'aise en sa présence. Fitz possédait un sens de l'humour décapant qu'il pimentait de citations mordantes et de piques acerbes ; en comparaison, Simon se faisait toujours l'effet d'être terne.

Mais quelle importance ?

Jo perdait peut-être la tête. Jo, la femme de sa vie. Celle qu'il n'avait jamais cessé d'aimer, même après leur divorce. Celle dont il ne s'était séparé qu'à cause de l'humiliation de savoir que son amour resterait à sens unique.

Tendu, le regard fixé sur le halo brumeux de la lune au-dessus de la pointe ébréchée du Shard, Simon appela le numéro qu'il avait peut-être utilisé trois fois dans sa vie, lorsqu'il cherchait Jo de sortie avec Fitz. Chantant dans un bar gay d'Old Compton Street.

— Allô ?

Incapable de réprimer sa nervosité, Simon bredouilla :

— Salut, Fitz, c'est, euh, Si. Simon. Simon Todd.

Un silence. Parfaitement maîtrisé, digne du metteur en scène de théâtre qu'il était.

— Hé, Simon Todd !

Simon imagina Fitz dans sa grande maison d'Islington, allongé sur un canapé à 5 000 livres, en train de contempler l'averse de neige fondue à travers ses hautes fenêtres sans rideaux, ses étagères encombrées de récompenses : Tony Awards, Bafta, d'autres encore.

— Aaaah.

Fitz se fendit d'un bâillement qui parut forcé à Simon.

— L'ex de Jo, oui. Simon. Le bébé va bien ?

Simon répondit par l'affirmatif tout en se demandant comment Fitz, en quelques mots, avait pu lui faire ressentir si subtilement son dédain. Rien de trop flagrant, bien sûr. Edward Amwell Fitzpatrick lui avait juste donné l'impression de condescendre à communiquer avec une personne au QI bien inférieur à celui de ses interlocuteurs habituels.

Simon s'interrogea une fois de plus sur les raisons qui poussaient Jo à fréquenter ce branleur arrogant. Et si Fitz était derrière tout ça ? Il pouvait se montrer caustique jusqu'à la cruauté et s'amusait souvent aux dépens des autres…

Durant un bref instant, il fut tenté de l'insulter et de lui raccrocher au nez, mais il parvint à se contenir. Il devait aller au bout de cette conversation. Dans l'intérêt de Jo.

— Écoute, Fitz, j'ai bien conscience qu'on n'a jamais été proches, toi et moi, mais on tient tous les deux à Jo, pas vrai ? C'est pour ça que je m'adresse à toi…

Le silence suivant fut plus long, plus tendu. Soit Fitz ne savait pas quoi dire, soit il hésitait à répondre positivement. Était-ce un signe ? Était-il l'auteur des courriers ou l'une des victimes ? Simon décida de s'engouffrer dans la brèche :

— Je crois que tu sais déjà pourquoi j'appelle. Ces derniers temps, Jo a envoyé des tas de mails, SMS et messages Facebook ignobles. Profondément insultants. Elle a perdu pas mal d'amis. Presque tous, à vrai dire. Je ne comprends pas pourquoi elle a fait ça. Est-ce qu'elle est en pleine dépression ? Je m'inquiète pour elle.

À l'autre bout de la ligne, Fitz ne manifesta aucune réaction.

— Tu connais son histoire, j'imagine, poursuivit Simon. La maladie de son père. Alors je me fais du souci. Et je voudrais m'assurer que c'est bien elle qui a envoyé ces horreurs.

— Comment ça ? Qui d'autre aurait pu les envoyer ?

— Tu en as reçu un aussi ?

— Oui, marmonna Fitz. Il y a déjà quelque temps.

— Et ? insista Simon.

Son interlocuteur soupira. Quand il reprit la parole, sa voix était dénuée d'inflexions sarcastiques.

— C'était ignoble, comme tu l'as dit toi-même. Du dégueulis numérique. Elle m'a écrit des trucs impardonnables. Et pourtant, elle et moi, on s'est toujours tout pardonné au fil des ans.

Surpris, Simon se rendit compte que Fitz, Edward Fitzpatrick le cynique, celui que rien ne semblait jamais atteindre, paraissait réellement triste.

— Si tu veux tout savoir, je ne lui ai plus donné de nouvelles, reprit Fitz. Parce que je ne vois pas comment lui parler sans mettre un terme définitif à notre amitié. Alors je préfère laisser le temps au temps. Peut-être que les choses finiront par s'arranger ? Bien que j'en doute.

Sans pouvoir se l'expliquer, Simon eut l'impression d'être sur le point de résoudre une partie du mystère. Jo avait aussi agressé Fitz ? L'un de ses meilleurs amis ?

— Tu as encore le message ? demanda-t-il.

— Hélas oui.

— Qu'est-ce qu'elle te disait ? Comment était-il tourné ?

Il perçut la réticence de Fitz à répondre.

— C'était, eh bien, une succession de remarques aussi percutantes qu'avilissantes sur ma sexualité, ma tendance à la promiscuité, mon absence de moralité. Elle a également fait parvenir des mails et des selfies à mon copain pour lui raconter mes infidélités. Depuis, on s'est séparés.

— Ah. Désolé.

S'il était choqué, Simon ne pouvait s'offrir le luxe de s'apitoyer sur le sort d'Edward Fitzpatrick.

— Mais est-ce que ça ressemblait au style de Jo ? C'est ce que j'essaie de déterminer, Fitz. Ces phrases, tu penses que ce sont les siennes ou celles d'une version délirante d'elle-même ?

Un silence. Fitz relisait-il le mail ?

— J'ai bien peur de la reconnaître, Simon. Quand elle est dans un état d'esprit particulier, une espèce de colère froide. Tu vois ce que je veux dire ? Lorsqu'elle a bu deux cocktails mais qu'elle n'est pas encore bourrée et qu'elle laisse s'exprimer son côté le plus sardonique, acide, désinhibé…

— Mais…

— Mais quoi ? Ses attaques sont parfaitement ciblées, conçues pour toucher les points sensibles. Elle fait aussi référence à des choses dont je préfère ne pas discuter qu'elle seule pouvait savoir. Elle mentionne en particulier un de mes amis qui a été assassiné dans des termes tellement méprisants et malveillants que c'en est presque… diabolique.

Simon en resta brièvement interdit. Un meurtre ? Il aurait voulu creuser le sujet mais, de toute évidence, Fitz ne lui en dirait pas plus.

— Et les points-virgules, Fitz ? Est-ce qu'il y en a ? Tu sais bien qu'elle a tendance à les multiplier dans ses articles, elle nous a même raconté un jour que ses rédacteurs leur faisaient la chasse. Elle en a utilisé dans son mail ?

Fitz partit d'un rire teinté d'amertume.

— C'est une blague ? D'après toi, Jo ne serait pas l'auteur de ces messages parce que la ponctuation ne colle pas ?

Simon hésita un instant avant de répondre :

— Oui.

— Eh bien, il y en a quelques-uns, affirma Fitz. Dommage, mais ta brillante théorie tombe à l'eau.

Durant quelques instants, aucun d'eux n'ajouta rien. Puis Fitz voulut prendre congé.

— Encore une minute, s'il te plaît, l'interrompit Simon.

Pour lui, tout indiquait que Jo sombrait dans la dépression. Il tenait à savoir de quand datait le mail reçu par Fitz, afin d'essayer de déterminer depuis combien de temps l'état de Jo s'aggravait. Ce serait toujours ça.

— Ce message, tu l'as reçu quand, au juste ? Tu peux me donner la date ? Ça nous aidera peut-être à évaluer l'ampleur de… du problème.

Fitz grommela tout en cherchant dans sa boîte électronique.

— Écoute, je vais te le faire suivre, d'accord ? proposa-t-il. Après tout, c'est toi l'expert… Voilà, c'est fait. Tu pourras constater toi-même qu'elle l'a envoyé le mardi 12 à 19 h 33. À l'heure du dîner. Si ça se trouve, elle a détruit ma relation en même temps qu'elle commandait des hors-d'œuvre au restau.

— OK. Merci, Fitz. Désolé de t'avoir obligé à ressasser tout ça.

— Mouais, moi aussi je suis désolé. Tout comme mon ex. Salut.

Ils raccrochèrent. Simon ne fut pas plongé dans le silence pour autant. L'averse de neige fondue s'était muée en grêle qui crépitait contre les fenêtres.

Il posa son téléphone et contempla l'obscurité au-dehors en réfléchissant aux informations fournies par Fitz. Puis il examina le mail que celui-ci lui avait transféré en procédant aux mêmes vérifications qu'auparavant. Et il obtint la même conclusion : c'était bien Jo qui l'avait envoyé.

Le mardi 12, à 19 h 33… Pourquoi cette date lui disait-elle quelque chose ?

Il consulta son agenda sur son mobile. Et cette fois, il fut saisi d'un frisson d'excitation.

Le mardi 12 à 19 h 33, Jo Ferguson était bien au restaurant. Il le savait, parce qu'elle avait dîné avec lui à la Vinoteca. Et ils avaient tous les deux placé leur téléphone sur la table, en mode avion, écran caché. Comme ils le faisaient toujours.

Par conséquent, elle ne pouvait pas être l'expéditrice. Il n'y avait aucune trace d'utilisation d'un logiciel spécial d'envoi différé. Rien. Simon connaissait son métier. Il avait conscience de détenir une preuve. À moins que Jo n'ait acquis la faculté inédite de manipuler son ordinateur par télépathie, ce n'était pas elle qui avait écrit ce tissu de calomnies.

Les grêlons mitraillaient toujours les vitres avec force, comme s'ils voulaient les briser.

Simon commençait à entrevoir une explication. Peut-être que quelqu'un se faisait passer pour elle afin d'anéantir sa vie sociale. Un hacker déterminé à lui nuire. Mais comment cette personne pouvait-elle connaître autant de détails sur elle et sur ses amis ? Sur Fitz, Jenny, Gul ?

Si la réponse lui échappait encore, il avait néanmoins une certitude.

Jo était innocente. Elle n'était pas folle, mais bel et bien victime d'une attaque.

29

SIMON

De nouveau, un bruit dans le couloir le tira de ses pensées. Cette fois, c'était bien Polly. Il sortit de son bureau pour aller l'accueillir mais la vue de son regard furieux l'arrêta. Elle était seule, et trempée par l'averse. Elle se débarrassa de son manteau et le jeta sur le sol d'un geste rageur.

— Polly ? Qu'est-ce qui se passe ? Où est Grace ?

— Je l'ai laissée chez ma mère. J'étais trop en colère.

— Mais je… je ne comprends…

— Comment as-tu pu faire ça ? C'est ignoble. T'es qu'un salaud !

— Hein ?

Elle vint se planter à quinze centimètres de lui et il perçut son odeur, mélange de froid, de neige et de sueur. Puis elle lui brandit son téléphone sous le nez. L'écran montrait une vidéo porno amateur. Des images pixélisées qu'il avait lui-même tournées, manifestement devant un miroir, de Jo et lui en train de s'envoyer en l'air. Elle riait.

— Ta chère ex vient de m'envoyer ça, gronda Polly. D'après elle, ça date d'une semaine. Elle dit que tu la baises encore.

— Mais non ! Non, je… cette vidéo, elle est vieille, elle a au moins trois ans. Tu as vu ma coupe de cheveux ?

Alors même qu'il prononçait ces mots, il se rendit compte que ses protestations étaient inutiles. La scène avait été filmée avec un téléphone bas de gamme dans une chambre sombre. On pouvait tout à fait penser qu'elle remontait à la semaine précédente, même si ce n'était pas le cas.

Polly le foudroyait toujours du regard.

— Pourquoi est-ce que je te croirais, hein ? Je sais qu'elle t'obsède toujours.

Il préféra garder le silence. Elle avait raison, et il ne tenait pas à aggraver les choses en lui servant un mensonge pitoyable.

Aussi se contenta-t-il de la regarder ramasser son manteau et l'accrocher à une patère. Puis elle se tourna vers lui et déclara lentement, d'une voix chargée de tristesse :

— Je vais être claire, Simon. Je te donne une dernière chance de couper les ponts avec Jo. J'exige qu'elle sorte de notre vie, pour le bien de Grace. Je veux que tu cesses de penser à elle, de lui parler, d'aller déjeuner avec elle. Si je découvre que tu lui as envoyé ne serait-ce qu'un SMS – et je vérifierai, oh oui, je vérifierai tous les jours –, je te quitterai pour de bon, en emmenant Grace. Tu verras ta fille une demi-heure tous les quinze jours, jusqu'à ce que je rencontre quelqu'un et que j'aille m'installer en Australie. Alors donne-moi le code de ton téléphone et le mot de passe de ta messagerie.

— Polly…

— Tout de suite !

Il lui tendit son smartphone sur lequel elle enregistra les informations qu'il lui dicta. Dans le silence qui suivit, une volée de grêlons mitrailla les fenêtres comme pour applaudir sa défaite. Le son lui parut presque humain, comme si quelqu'un, dehors, tentait d'attirer son attention, de le forcer à scruter l'obscurité glaciale.

Puis Polly tourna les talons et le laissa seul avec ses pensées.

Un constat le frappa soudain avec la force d'une révélation.

Il n'avait jamais envoyé cette vidéo à Jo. Il ne la lui avait même jamais montrée, pour autant qu'il s'en souvienne. Ils s'étaient quelquefois filmés et pris en photo pendant leurs ébats, mais il l'avait fait bien plus souvent qu'elle ne le pensait, et il ne voulait pas qu'elle le sache.

Qui avait pu voler ces images dans ses dossiers personnels puis les envoyer depuis la messagerie de Jo ? Qui avait accès à son ordinateur, ici ? Personne. Sauf…

Dans la cuisine, Polly s'activait rageusement pour préparer le dîner, entrechoquant plats et casseroles.

30

JO

Il y a un bébé qui pleure dans mon appartement. Il est 9 heures du soir. La neige a enfin cessé de tomber mais le froid s'est encore accentué, durcissant les amas blanchâtres qui se sont formés de chaque côté de Delancey Street, tels des remparts érigés contre les invasions. Assise au salon, muette et impuissante, je regarde les congères souillées luire sous la lumière des réverbères et j'écoute les vagissements qui proviennent de l'enceinte.

— Electra, arrête.

Rien n'y fait. J'essaie d'ignorer les sons et de me replonger dans mon thriller. Je me demande bien pourquoi je continue à lire des livres effrayants et à regarder des films d'horreur alors même que ma vie est en train de se transformer en cauchemar. Peut-être parce que les œuvres de fiction, si perturbantes soient-elles, ne le sont pas autant que ma situation. Et puis, je cherche l'inspiration de ce scénario que j'envisage comme le seul moyen de sortir de la pauvreté. Ce n'est qu'un rêve, je le sais, mais j'ai besoin de ce rêve, de l'espoir d'une échappatoire. Aujourd'hui plus que jamais, alors qu'une force inconnue a pris le contrôle de mon existence, telle une pieuvre géante étouffant lentement sa proie après lui avoir injecté un venin paralysant.

Et paralysée, je le suis bel et bien. Réduite à l'impuissance. J'ai envoyé des SMS à Simon, qui ne m'a pas répondu. M'a-t-il bloquée, lui aussi ? Possible. Je ne sais pas quoi faire d'autre. Je ne peux pas débarquer chez lui, dans sa famille, ni aller l'affronter sur son lieu de travail. Je passerais pour une folle. Or je ne suis pas folle, et le Xanax n'est pas en cause, mais j'ignore comment réagir. Alors je reste là, à subir les provocations d'Electra.

— La perfection est atroce, elle ne peut pas avoir d'enfants.

Après avoir jeté un coup d'œil à mon ordinateur, je me penche, l'ouvre et l'allume. Je pourrais au moins terminer mon article sur Camden, ou proposer de nouvelles idées à mes rédacteurs ? Mais les pleurs dans la pièce deviennent de plus en plus sonores. Ce sont les cris d'un enfant qui appelle désespérément sa mère, cette mère qui se suicidera à 4 heures du matin à côté du four, la tête posée sur un torchon de cuisine.

Impossible de travailler.

J'attrape mon téléphone. J'ai impérativement besoin d'entendre une voix amicale, mais je n'ai plus d'amis. Quant à Tabitha, elle est partie à l'étranger.

Alors je cherche le numéro de ma mère. Encore une fois. À peine ai-je pressé la touche d'appel que les pleurs s'interrompent. Évidemment : les assistants ne veulent pas d'un témoin de ce qu'ils me font subir. Or un témoin, il m'en faudrait un, car je n'ai aucune preuve. Seule Deborah, la voisine, pourrait m'aider, et encore : elle n'a rien vu d'autre que des lumières qui s'allumaient et s'éteignaient.

Ma mère décroche presque tout de suite.

— Allô, ma chérie ? Quelle surprise ! Je ne pensais pas que tu m'appellerais quelques jours seulement après ton dernier coup de fil.

— Je t'avais dit que j'allais faire des efforts pour devenir une fille modèle…

Mon rire sonne faux et je me sens rougir. Percevra-t-elle le désespoir dans mes paroles ? Mon angoisse ? Je l'appelle parce que je n'ai personne d'autre vers qui me tourner.

— J'espère que ça ne t'embête pas !

— Bien sûr que non, réplique-t-elle. Au contraire, je suis ravie. Alors, quelles nouvelles ?

Des nouvelles ? Oh, j'en ai une fracassante : quelqu'un, dans mon entourage, essaie de me tuer ou de me rendre folle. Je me garde bien d'en parler et nous papotons de choses et d'autres, au gré des potins de banlieue, en contournant comme d'habitude les sujets difficiles. Et pourquoi pas, après tout ? Machinalement, je jette un coup d'œil par la fenêtre. Auto est là, sur son mur, emmitouflé dans plusieurs manteaux et anoraks. Il a le regard perdu dans le vague ; peut-être écoute-t-il les voix dans sa tête ? À moins qu'il ne contemple le ciel, la ville ou les voitures, encore et toujours…

— C'était lundi dernier, je crois, poursuit ma mère au bout du fil, ou peut-être mardi, mais le docteur m'a laissé entendre que, pour ma cataracte, la date de l'opération serait peut-être avancée. Ça, ça m'arrangerait.

Les hôpitaux sont débordés par les cas de grippe, avec ce temps.

Elle aime me tenir au courant de ses problèmes d'yeux, d'oreilles, de vessie, de dos. De ses tracas avec ses intestins, ses poumons, son pacemaker. Sans doute parce qu'elle n'a pas grand-chose d'autre à raconter. Pauvre maman. Son cœur lui cause également du souci, le risque d'une nouvelle attaque est élevé. Cette seule pensée suffit à me nouer l'estomac. Je ne supporterais pas de la perdre elle aussi.

Ma mère aimante, intelligente et douce, isolée dans son veuvage, là-bas, à Thornton Heath… Sommes-nous si différentes, au fond ? Suis-je moins seule qu'elle ? En réalité, je suis peut-être même plus isolée. Elle a quelques amis dans sa rue, elle joue aux cartes avec eux le week-end. Et elle, au moins, consulte son médecin et discute avec lui ; moi, je n'ose pas retourner voir le Dr Ranim, j'ai trop peur de me trahir.

— Et donc, comme je te disais…

S'ensuit un échange sur la famille : cousins, petits-cousins, divorces. Notre dialogue emprunte une fois de plus un itinéraire connu, dans des rues familières, sûres, dont la moitié sont des culs-de-sac. Mais soudain, ma mère dévie abruptement :

— Au fait, ma chérie, je voulais te demander : tu, euh, tu t'entends toujours bien avec tes amis ?

— Hein ? Comment ça ?

Je feins l'étonnement mais j'ai peur de comprendre où elle veut en venir. Quelqu'un a dû lui parler de quelque chose. Simon, peut-être. Ou Fitz. Ou Tabs. Ou Jenny. Ils la connaissent tous. Toutefois, malgré l'importance de sa question et de ce qu'elle pourrait impliquer, une préoccupation plus immédiate accapare mon esprit. À travers la haute fenêtre à guillotine, je vois un trio de buveurs tout juste sortis du pub aborder Auto. Je devine à quelque chose dans leur attitude, leurs sourires grimaçants peut-être, qu'ils ne sont pas animés des meilleures intentions.

Ce sont tous des costauds, jeunes, la petite vingtaine. Ivres, de toute évidence. Ils lancent des boules de neige à Auto en riant. Auto semble s'amuser aussi. En apparence, du moins.

Un peu inquiète, je reprends le fil de la conversation avec ma mère.

— Oui, maman, tout va bien. C'est juste que j'ai du boulot par-dessus la tête, alors…

Les boules de neige atteignent Auto, rapides, agressives. Je m'approche de la fenêtre, soulève le châssis et écoute leurs railleries, leurs provocations.

— Alors, le dingo, comme ça t'aimerais bien te payer une putain de Porsche ?

Auto reçoit une boule en pleine figure. Manifestement effrayé, à présent, il s'accroupit, le dos contre le mur du remblai. Les trois jeunes s'avancent vers lui, l'air belliqueux, et ramassent de la neige à pleines mains au risque d'y mélanger des cailloux ou des fragments de brique.

— Maman ? Il faut que je te laisse. Je te rappellerai demain.

Je raccroche, saisis mes clés et me précipite en bas en jean et T-shirt. C'est à peine si je réfléchis au danger. Il y a là trois brutes épaisses, saoulées à la bière de l'Edinboro, qui ont de toute évidence envie d'en découdre.

Au moment où j'émerge dans le froid, je vois un des jeunes gifler Auto en se moquant de lui.

— Tu voudrais une bagnole ? Et comment tu vas te la payer, pauvre tache ? Auto, Auto, Auto… C'est quoi ce délire ?

Auto, qui tente en vain de se protéger des coups, gémit comme le bébé dont Electra diffusait les pleurs un peu plus tôt. Il est complètement démuni. Un géant triste et timide, inoffensif.

Un autre de ses tortionnaires balaie d'un grand geste la neige accumulée au sommet du mur et la fait chuter sur la tête d'Auto. Tous partent d'un gros rire, et l'un d'eux lui expédie un coup de pied dans les jambes. Les salauds. Ils vont le passer à tabac.

Soudain, j'en vois un ouvrir sa braguette comme s'il voulait uriner sur lui.

— Attends, ça va te réchauffer, mon pote. Ça t'embête pas que je te pisse dessus ?

Mon sang ne fait qu'un tour. Oh non, pas ça.

— Hé, vous ! Arrêtez !

Je traverse en courant la chaussée verglacée.

Les trois jeunes se retournent ; la surprise initiale sur leurs traits laisse vite la place à une incrédulité presque comique. Forcément. Une femme d'un mètre soixante, en T-shirt dans la nuit glaciale, face à trois costauds ? Ils serrent les poings, prêts à se battre. À dégainer un couteau, peut-être ?

— Et qu'est-ce que tu comptes faire, princesse ? lance celui qui a ouvert sa braguette.

Je remarque néanmoins qu'il la referme prestement.

— Fichez-lui la paix.

Le plus grand des trois me décoche un sourire menaçant.

— Pourquoi ? C'est qui pour toi, ce vieux débris ? Ton petit copain ? Toi aussi, tu kiffes les bagnoles ? Ça t'excite ?

Ils s'esclaffent de plus belle. La vue d'Auto, toujours accroupi au pied du mur en train de geindre, me galvanise.

— Laissez-le tranquille, bande de connards. Foutez le camp. FOUTEZ LE CAMP !

J'avance vers eux, droit sur eux, en les foudroyant du regard. Je dois leur paraître folle, et pour cause, puisque je le suis déjà à moitié. Quelque chose dans mes yeux, ma démarche ou ma témérité semble les troubler. Ils commencent par reculer lentement, puis le chef du trio lance :

— Elle est aussi dingue que lui.

Je hurle :

— BARREZ-VOUS !

— Allez, les gars, on se casse, dit le leader. Ils sont tous tarés par ici.

Un instant plus tard, ils s'éloignent rapidement, riant quand ils dérapent sur le trottoir verglacé de Camden High Street. Mais leurs rires sonnent faux. On dirait que je leur ai vraiment flanqué la frousse.

Je ne sais pas si je dois être fière ou consternée, mais je m'en moque. Je me tourne vers Auto, qui semble indemne. Il a l'air effrayé, transi et trempé, mais il n'est pas blessé. Ç'aurait pu être pire.

Saisie de frissons, je m'accroupis à côté de lui. Il ne gémit plus. Ses yeux gris, voilés par la tristesse, cherchent les miens.

— Merci, dit-il d'une voix tremblante. Merci, Jo. Ils m'ont fichu une de ces trouilles. T'es une vraie amie.

Je pose mes mains sur ses épaules.

— Ce n'était qu'une bande de grandes gueules. Des lâches.

— Je sais pas, peut-être, mais… Tu es toujours gentille et…

Quand il suit du regard une voiture qui passe dans la rue, je vois ses lèvres former les mots « auto, auto, auto » et je me rends bien compte qu'il tente de résister à cette voix, dans sa tête. Lui, c'est comme s'il avait une Electra dans son esprit, je ne peux même pas imaginer ce qu'il endure. Il murmure encore une fois « auto » puis prend un air honteux.

Je ne peux plus maîtriser mes tremblements.

— Écoute, Paul, si on allait se mettre au chaud ? Tu refuses toujours de venir chez moi, alors je te propose d'aller boire un café à l'Edinboro. D'accord ?

Il hésite.

— Non, ça va, je vais rentrer. Mais avant, il faut que je te dise quelque chose.

— Ah oui ? Quoi ?

— Faut pas que t'aies peur de tes fantômes.

Une camionnette fonce sur la chaussée près de nous, projetant de la neige sale.

— De quoi tu me parles, Paul ?

Il secoue la tête comme si j'étais bouchée.

— Les lumières et les voix, Jo. Je les ai vues et entendues, cette nuit-là.

Je sens mes battements de cœur s'accélérer.

— C'est vrai ?

— Oui, j'étais au bout de la rue et je les ai regardées toute la soirée. Je me suis caché sous un porche, parce que je savais pas ce qui se passait, au début, et puis après j'ai compris que c'était un fantôme. Y a un fantôme chez toi, Jo. T'es au courant ? C'est lui qui éclaire et éteint. Et puis, des fois, quand je suis tout près de ton appartement, juste en dessous, j'entends des voix et de la musique, mais surtout des voix, d'hommes et de femmes, qui disent des choses. Des choses qui font peur. Alors c'est sûrement aussi des fantômes.

Un léger vertige me saisit. J'ai un témoin ! Quelqu'un d'autre a assisté à ces phénomènes étranges. Auto est peut-être excentrique, voire atteint de troubles schizotypiques, mais il peut corroborer mes dires.

Je ne suis plus seule.

— Tu es sûr de ce que tu me racontes ?

— Oui, Jo. Ça m'a flanqué la frousse, toutes ces lumières qui s'allumaient et s'éteignaient alors qu'y avait personne chez toi. Et après, t'as débouché au coin de la rue et t'as eu l'air effrayée, mais t'es entrée quand même. Bien sûr, t'es tellement courageuse… Moi, j'ai rien pu faire, je suis désolé, parce que j'ai trop peur des fantômes. Voilà. Maintenant, je vais rentrer en voiture. En Mercedes. Tu sais, je les aime bien, les Mercedes. C'est mes préférées.

Je me rends bien compte que son trouble, sa manie ou je ne sais quoi, a repris le contrôle de son cerveau. Je ne peux que le laisser partir alors que je voudrais le serrer dans mes bras, tant je suis heureuse qu'il m'ait apporté une confirmation. Si seulement mon témoin n'était pas un sans-abri aux idées embrouillées qui apostrophe les voitures et pense que mon appartement est hanté…

Quand il se lève et se rajuste, je sors un billet de 10 livres que je lui tends. Il secoue la tête.

— Non, tu me donnes du café, tu es gentille. Et je sais que t'as pas beaucoup d'argent.

Il repousse ma main puis m'adresse un sourire mélancolique.

— Te laisse pas intimider par les fantômes, d'accord ? T'es courageuse, Jo.

Sur ces mots, il s'éloigne en se frottant les mains, silhouette sombre et voûtée dans le soir glacial. Je suis soulagée de voir qu'il prend la direction d'Arlington Road, où se trouve le foyer pour sans-abri. Là-bas, il aura au moins un lit et un repas chaud.

Et moi aussi, j'ai besoin de chaleur. Et de repos.

Quand je retraverse la route, j'éprouve une pointe d'exultation. Quelqu'un me croit. Ce n'est pas le plus fiable des témoins, mais peu importe. Je peux compter sur quelqu'un.

Je déverrouille la porte et m'élance dans l'escalier intérieur. J'ai une preuve. Enfin.

31

JO

Mon euphorie est de courte durée.

Des bruits résonnent dans mon appartement, de plus en plus sonores à mesure que je monte les marches. Il ne s'agit pas de vagissements, cette fois. Quand j'ouvre la porte, je distingue des hurlements d'enfant mêlés aux cris d'un homme, à « Hoppípolla » diffusée par HomeHelp et à des poèmes récités par Electra.

Depuis combien de temps dure cette cacophonie ? Au salon, on déclame des vers décousus d'un ton pompeux : « Maintenant elle est fichue, la femme aux fanons. » De la cuisine me parviennent des piaillements, de la chambre d'autres extraits de poèmes : « En moi, elle a noyé une jeune fille ». « Hoppípolla » se fait entendre. Soudain, un long hurlement s'élève, suivi par des pleurs de bébé et par un autre vers récité à plein volume : « Je suis terrorisée par cette chose obscure, je suis terrorisée par cette chose obscure. »

Je reste un moment immobile au milieu de ce charivari discordant, assourdissant, jusqu'au moment où la colère me submerge. Ça suffit.

Paul m'a confirmé que je n'étais pas folle. Je suis capable de reprendre le contrôle, de réfléchir de manière rationnelle. Je vais désinstaller les applis des assistants puis les débrancher et m'en débarrasser. Je trouverai les fonds pour en racheter, j'emprunterai au besoin. Il faut que j'agisse vite, sans leur laisser le temps de prévenir la police.

Je sais maintenant que je n'ai rien imaginé. Mes derniers doutes ont disparu. Auto a vu les lumières et entendu les voix, ce ne sont pas des hallucinations dues au Xanax ou à la schizophrénie : quelqu'un se sert vraiment de ces enceintes pour m'atteindre. Et ces enceintes, je peux les remplacer. J'irai en chercher de nouvelles demain, les mêmes modèles. Tabitha ne sera sans doute pas de retour avant plusieurs jours, elle ne le saura jamais. Et si Arlo finit par le découvrir, eh bien… tant pis.

Je saisis résolument mon iPad et désinstalle l'appli d'Electra. Voilà. C'est fait. Je renouvelle la manœuvre pour HomeHelp et les autres. Les bruits cessent peu à peu, mais je n'ai pas fini. Je prends mon téléphone et presse de l'index une icône, prête à supprimer les applis là aussi. Ensuite, je n'aurai plus qu'à jeter les machines, qui n'auront plus accès à mes comptes Internet. J'ai réussi à les battre de vitesse.

Un SMS apparaît soudain sur mon écran. Envoyé par Jamie Trewin.

La bouche sèche, je le survole.

Nous t'avions prévenue que nous te dénoncerions. Tu n'as pas compris à quel point c'était sérieux. Ni que nous pouvions aller encore bien plus loin.

Au moment où j'efface le message, le téléviseur s'allume.

Je m'approche. Il diffuse un film amateur. Je sens ma gorge se nouer.

Je reconnais la scène. C'est la vidéo de Simon et moi en train de dîner à North Finchley, il y a quelques années. Le soir où je lui ai tout avoué.

Sauf que cette fois, il y a plus que mes aveux. Les images ne s'arrêtent pas après que j'ai parlé de Jamie Trewin et des comprimés. Je m'entends dire à Simon, qui grimace et hoche la tête en face de moi :

« Mais ce n'est pas tout, Si. Plus tard, j'ai croisé de nouveau l'homme au visage violet. J'étais toute seule, et il m'a avertie. Il m'a raconté que quelqu'un était malade, que les cachets étaient peut-être dangereux et qu'il fallait les jeter, et moi j'ai dit “Oui, oui, OK”, mais ensuite j'ai vu Jamie près de notre tente, et il m'a annoncé qu'il allait les prendre, et moi, je… je… je ne l'ai pas prévenu. Pourquoi ? Je n'en sais rien. Rien du tout. Alors, est-ce que c'est un meurtre ? Est-ce que ça fait de moi une meurtrière, Si ? »

L'expression de mon ex-mari est insondable. Est-ce de la stupeur, du mépris ou de la peur que je décèle dans son regard ?

Le film s'arrête.

Les assistants sont silencieux. Ils ont rempli leur mission en me révélant qu'ils détenaient d'autres preuves contre moi. Des éléments bien plus incriminants que je ne le pensais. Et encore plus dérangeants, parce que tout est faux. Celui ou celle qui a entrepris de me détruire a réussi à reproduire ma voix afin d'ajouter cette dernière partie à ma conversation avec Simon. Une pure invention. Et malheureusement, on ne voit pas mon visage quand je prononce ces mots, juste l'arrière de ma tête.

Ce que je décris dans ces quelques phrases ne s'est jamais produit. Je n'ai pas recroisé l'homme au visage violet.

Oui, nous avons donné les cachets à Jamie. Oui, nous sommes allées dans sa tente, et oui, il a eu une crise. Ensuite, nous l'avons vu convulser, ailleurs. À l'agonie.

Pourtant, sur ces images, ma confession paraît tout à fait convaincante. Si cet enregistrement parvenait à la police, personne ne me croirait. Je pourrais être accusée d'homicide volontaire…

Dix ans de prison ?

Electra, couronnée de ses voyants bleus, reprend la parole :

— C'est plus clair, maintenant, Jo ? Nous avons essayé de te le dire. Nous sommes à l'intérieur de toi, nous grandissons en toi, nous sommes les enfants que tu n'as pas eus. Si tu quittes cet appartement, ou si tu tentes de te débarrasser de nous, nous enverrons la vidéo à la police. Il est trop tard, Jo. Alors, va dormir, tu ne peux rien faire d'autre. Tu nous appartiens, nous t'appartenons. Et bientôt, tu te suicideras.

Malgré ma terreur, je me sens plutôt calme. Je me résous à obéir. De toute façon, ai-je le choix ? Je hoche la tête à l'adresse de l'enceinte, récupère l'iPad et réinstalle les applis en me faisant l'effet d'être un prisonnier qui se remet lui-même les menottes. Puis je demande à

Electra d'éteindre les lumières et de monter le chauffage.

— Le thermostat est programmé sur 21 °C jusqu'à 11 heures demain matin. Bonne nuit, Jo.

— Bonne nuit, Electra.

Je vais me coucher.

— OK, HomeHelp, règle l'alarme à 8 h 30. Merci.

Les voyants s'animent brièvement.

— Alarme réglée à 8 h 30.

— Merci.

— Je suis là pour ça !

Je ferme les yeux et m'efforce de ralentir ma respiration. Je fais semblant de dormir, mais le tumulte règne dans mon esprit. À quel moment les assistants lanceront-ils leur ultime offensive pour m'obliger à me suicider ? À moins qu'ils ne trouvent un autre moyen pour m'éliminer ?

Les petites lumières de HomeHelp s'éclairent avant qu'elle récite :

« Et les gens du village ne t'ont jamais aimé, ils te dansent dessus et tapent, tapent du pied, ils ont toujours su que c'était toi, oui toi ! Papa, papa, fumier, c'est terminé. »

Je me tourne sur le côté et lance à l'enceinte :

— OK, Simon, Tabitha, Arlo ou je ne sais qui. Ça suffit, maintenant. Vous m'avez assez torturée.

Les voyants exécutent leur petite danse, comme des enfants faisant la ronde, puis HomeHelp déclare :

— Bonne nuit, Jo.

32

JO

Je travaille. Dehors, il neige et il fait froid. Près des grilles de Regent's Park, la statue de saint Pancras attaqué par les loups s'orne de longues stalactites. Une désolation sibérienne s'est abattue sur Londres. Les trains ne circulent plus vers Putney et Ealing, les bus s'arrêtent dans Archway Road, vaincus par les plaques de verglas dans la pente, des congères d'un blanc sale bloquent l'accès aux boutiques, aux pressings et à la moitié des cafés de Parkway.

Je termine mon article sur Camden puis l'envoie. La rédactrice, satisfaite, m'en demande un autre et veut que je lui soumette des idées. J'accepte avec empressement. J'ai besoin d'argent et d'une tâche pour m'occuper l'esprit.

Je ne sais pas si c'est bon signe mais depuis un bon moment, les assistants ne me tourmentent plus trop. De temps à autre, j'entends quelques mesures d'une musique discordante ou un vers tiré d'un poème. Il arrive que le téléviseur diffuse la vidéo de mes aveux à Simon alors que je suis en train de manger, de travailler ou de regarder un film d'horreur. Mais ça ne va pas plus loin.

Ce qu'ils ignorent, c'est que j'ai un plan. Dans des recoins de l'appartement encore à l'abri de leurs caméras, ou dans les pubs et les cafés de Camden, je prends des notes sur des cahiers. Comme si j'étais un des personnages d'Orwell dans *1984*, cherchant à échapper aux télécrans.

J'ai dessiné des schémas, dressé des listes de suspects possibles, des personnes que j'ai peut-être vexées, et tenté de voir comment Simon pouvait les relier l'une à l'autre. Je dois pouvoir me montrer plus rusée que lui, qu'il agisse seul ou avec des complices. Il y a forcément un moyen de déjouer les manœuvres du geek qui a créé le code inséré dans tous les appareils numériques qui m'entourent.

Cet après-midi-là, comme presque tous les jours depuis le début de l'hiver, je vais porter de la soupe à mon dernier ami. Auto l'avale, fait claquer ses lèvres, puis me rend le mug en me remerciant. Après avoir pris congé de lui, je rentre.

Un sillage de parfum dans l'escalier m'apprend que Tabitha est revenue.

De fait, je découvre des valises dans le vestibule. Je réfléchis un instant. Je suis tellement coupée de la réalité que je ne me rappelle pas où elle est partie. Faire du ski avec Arlo, peut-être ? À moins qu'elle n'ait séjourné en Extrême-Orient ?

Quand je pénètre dans le salon, je la découvre près de la fenêtre en jean, pull et bottes, une tasse de thé à la main. Elle est si svelte… Elle a toujours été plus mince que moi.

Elle se retourne et me jette un regard curieux. Je remarque son teint hâlé et brusquement, ça me revient : ils étaient au Viêtnam pendant une semaine. J'hésite, consciente d'une distance nouvelle entre nous. On a dû lui parler des mails que j'ai prétendument envoyés et de mon comportement étrange. Pourtant, elle ne dit rien, et c'est moi qui romps le silence :

— Salut, Tabs. Je suis contente de te revoir. Alors, ces vacances ?

— Super, répond-elle en haussant les épaules. À part le sang de serpent qu'Arlo a absolument voulu qu'on boive. Ce serait aphrodisiaque, paraît-il. Mais sinon, tout s'est bien passé. En fait, j'espérais que l'ère glaciaire ne serait plus qu'un souvenir à mon retour, mais il semblerait que ça se soit encore dégradé…

Elle agite sa tasse vide vers la fenêtre derrière laquelle voltigent les flocons.

— Il va falloir que je m'achète des après-skis. Remarque, il y en a des beaux chez Jimmy Choo.

— C'est vrai ?

Son regard se teinte de condescendance.

— Je blaguais, Jo. Qu'est-ce que tu faisais avec Auto ?

Je me sens rougir.

— Je, euh, je l'aime bien, tu comprends. Des fois, je lui apporte de la soupe ou un sandwich. Il est inoffensif, et il a de la conversation, contrairement à ce que tu peux penser.

— Ah oui ? Il braille « Auto ! » toute la journée. Tu parles d'une conversation.

— Non, je t'assure, tu… tu te trompes. Il est un peu fêlé, mais pas si fou que ça…

Je prends conscience que le moment est venu de mettre Tabitha au courant. Est-ce si grave de rompre notre promesse quand ma santé mentale est en jeu, ma vie, peut-être ?

— Tabs, il faut que je te parle.

Elle s'écarte de la fenêtre et va s'asseoir sur le canapé, toute droite, les genoux serrés. Son attitude a beau être guindée, elle reste sexy ; on dirait la princesse d'un petit royaume riche. Le Danemark, peut-être, ou la Norvège. Il n'y a même pas une tache d'humidité sur ses bottes. À croire qu'elle flotte au-dessus du sol.

C'est elle qui entre dans le vif du sujet :

— C'est en rapport avec tous ces mails que tu as envoyés ? J'ai entendu des choses, Jo. Et je m'inquiète pour toi, plus encore qu'avant. Qu'est-ce qui t'a pris d'agir comme ça ? Je savais que tu te sentais seule, j'ai voulu te donner des conseils, mais…

— Chuuuut !

Je lui indique les enceintes et elle me regarde d'un air déconcerté.

— Hein ?

— Chuuuut !

Je lui fais signe de me suivre et articule en silence :

— S'il te plaît.

Tout en enfilant un gilet bordeaux qui semble tout juste sorti de son emballage en papier de soie, elle m'emboîte le pas. À contrecœur, visiblement.

Je la conduis vers la seconde salle de bains. J'ai découvert que c'est la seule pièce à laquelle les assistants n'ont pas accès. En général, c'est là que je consigne mes notes, que je tente de résoudre l'énigme.

De nouveau, j'articule :

— S'il te plaît.

Elle hausse les épaules.

Nous entrons toutes les deux dans la salle de bains. Quand j'ouvre le robinet du lavabo pour créer un bruit de fond, Tabitha écarquille les yeux d'un air incrédule.

— On est dans un film d'espionnage ? lance-t-elle. Tu me fais passer un casting pour le prochain *James Bond* ? Génial !

Je ne relève pas.

— Tu m'as bien dit qu'Arlo supervisait les assistants ?

Elle incline la tête.

— Oui. On en a déjà…

— Est-ce qu'il peut voir et entendre tout ce qui se passe ici ?

— Non, bien sûr que non. Je te l'ai dit, il reçoit des alertes s'il y a un problème de sécurité, si les serrures sont forcées ou si les enceintes tombent en panne, c'est tout. Il ne suit pas mes conversations avec Electra. De toute façon, je n'en ai pas beaucoup, vu que je ne suis pratiquement jamais là. D'ailleurs, je suis si souvent absente qu'on a prévu de faire installer des serrures connectées.

Elle fronce les sourcils.

— Bon, écoute, Jo, je suis pressée, déclare-t-elle en posant une main sur son ventre qui commence tout juste à s'arrondir. J'ai rendez-vous chez le gynéco cet après-midi pour vérifier que tout se présente bien. Alors, tu peux m'expliquer ce qui se passe ? Pourquoi as-tu envoyé tous ces messages odieux ?

— Ce n'est pas moi.

— Pardon ?

— Je te le jure. C'est vrai, crois-moi.

J'en arrive presque à l'implorer. L'eau coule toujours dans le lavabo. Nous nous dévisageons quelques instants et je me sens obligée d'insister :

— Je n'ai rien fait, Tabs, je t'assure.

Son visage reflète l'incompréhension la plus totale. Et peut-être aussi un peu de pitié.

— D'accord, concède-t-elle. Question suivante, donc : qui les a envoyés ?

Elle semble sur le point d'ajouter un commentaire sarcastique du genre : « Pazuzu, le démon mésopotamien du vent, peut-être ? Ou un des monstres des films d'horreur que tu aimes tant ? »

Je comprends son scepticisme mais je m'en moque.

— Les assistants.

Elle recule d'un pas. Je n'aurais jamais pensé que cette pièce était assez grande pour permettre le moindre mouvement.

— Quoi ? Tu es en train de me dire qu'ils se sont introduits dans ton ordinateur pour expédier à ton insu des mails haineux ? Et pourquoi auraient-ils fait ça ? Parce qu'ils sont possédés ? Oh, bon sang… C'est n'importe quoi.

Elle s'interrompt un instant, comme si elle hésitait à tenir des propos blessants.

— C'est de la folie, Jo. Je te l'ai déjà dit et je vais te le redire : va voir quelqu'un. Il faut que tu te soignes, que tu prennes des antidépresseurs. Je peux te recommander un spécialiste, si tu veux. Je paierai. Laisse-moi t'aider.

— Non !

Elle tressaille, désarçonnée par ma véhémence. Je répète d'un ton plus calme :

— Non, Tabs. Je n'ai pas besoin d'un médecin ni de médicaments. Le problème est réel. Les assistants ont été piratés par… par quelqu'un. Je ne sais pas encore qui. C'est peut-être Simon, peut-être pas. En tout cas, c'est une personne qui cherche à me faire du mal, qui veut me rendre folle ou me pousser au suicide. Comme les assistants sont connectés à mon ordinateur et à mon téléphone, via les applis, ils ont pris le contrôle de mon compte Facebook, de mes SMS, de mes mails, de tout. Désolée si ça te paraît délirant, mais c'est la vérité.

Mon amie prend une profonde inspiration puis me regarde droit dans les yeux.

— OK, Jo, admettons qu'on ait hacké tes comptes et qu'on te… ah, qu'on te persécute pour une raison ou pour une autre. Pourquoi ne nous en as-tu pas parlé plus tôt, à moi ou à Arlo ? Pourquoi ne pas avoir prévenu la police ? Je ne comprends pas, ça n'a pas de sens.

Je soutiens son regard sans ciller. Le moment est venu.

— Parce qu'ils sont au courant pour Jamie, Tabs. Et qu'ils ont des preuves. Ils ont menacé de me dénoncer si je tentais quelque chose. Et tu sais ce que ça signifie, n'est-ce pas ?

Voilà, c'est dit. Immobile à quinze centimètres de mon amie et complice, je guette sa réaction.

— Qui ?

J'ouvre la bouche. La referme.

— Jamie. Jamie Trewin. On s'était promis de ne jamais en parler, mais aujourd'hui, je n'ai plus le choix.

Elle fronce les sourcils, l'air sincèrement dérouté.

— Jamie Trewin… Attends, oui, ça me dit quelque chose… Ce n'est pas ce malheureux Néo-Zélandais qui est mort à Glastonbury l'été où on y était ?

Elle frissonne.

— Oui, c'est ça. C'était horrible. Mais quel rapport avec toi ? Ou avec nous ? Je ne te suis toujours pas, Jo.

J'ai l'impression que le sol se dérobe sous mes pieds. Elle n'est tout de même pas en train de nier ce qui est arrivé ? En général, je suis capable de la percer à jour quand elle ment, mais là, elle semble sincère. Et c'est impossible.

Peut-être a-t-elle peur ? J'ai pourtant désespérément besoin qu'elle admette la vérité.

— Arrête, Tabs. Tu ne peux pas avoir oublié qu'on a donné ces cachets à Jamie, ces cachets qu'on avait achetés au type au visage violet, et qu'il en est mort après s'être enfui de la tente où on s'embrassait. C'était notre faute. J'ignore comment les assistants l'ont appris, mais ils se servent maintenant de ce secret pour me détruire.

Elle garde le silence et détourne les yeux. Puis elle ferme le robinet et pousse un profond soupir avant de reporter son attention sur moi.

— Je n'ai pas la moindre idée de ce dont tu parles, Jo. Quels cachets ? Quel type au visage violet ? Et qui a embrassé qui ?

— Non, Tabs, je t'en prie, pas ça ! Pas ça, pas ça…

— Stop ! s'écrie-t-elle à son tour. Ça suffit, j'en ai assez supporté. C'est cruel et absurde. Tu insinues qu'on a été mêlées à la mort de ce Jamie Machin-chose ?

C'est complètement dingue. Des conneries. Il ne s'est rien passé. Tu inventes des histoires, maintenant. C'est grave, Jo. Tu nages en plein délire.

Je cille rapidement pour refouler les larmes qui me piquent les yeux. C'est fini. Je ne peux plus me raccrocher à rien.

— Bon, je vais nous préparer du thé, d'accord ? reprend-elle. Ensuite, on pourra discuter calmement, au lieu de délirer comme Auto. Je peux te laisser ? Tu vas reprendre tes esprits ?

Elle pose une main sur mon épaule et m'effleure la joue. J'ai de nouveau l'impression d'être une gamine réconfortée par sa mère.

— Je suis désolée, ma chérie, je ne m'étais pas rendu compte que tu allais aussi mal. Entre ma grossesse et Arlo, j'ai été très accaparée, mais je crois vraiment que tu fais une dépression. Mon Dieu, qu'est-ce que tu ne vas pas chercher ! Nous, on aurait donné des cachets empoisonnés à ce malheureux Jamie ? Est-ce qu'on était aussi dans la mafia ? On avait des flingues ?

Elle ponctue ces mots d'un petit rire. Mon amie est en train de se moquer du souvenir le plus terrifiant de ma vie comme s'il ne s'agissait que d'une affabulation. Puis elle secoue la tête et sort de la salle de bains. Quelques instants plus tard, je l'entends dans la cuisine. Bouilloire. Eau. Thé.

Restée seule face au petit miroir au-dessus du lavabo, je contemple mon visage au teint gris et aux rides naissantes. Je ne supporte pas de me regarder dans les yeux.

Ma pire crainte était fondée.

Tabitha a sans doute raison. J'ai imaginé toute cette histoire à propos de Jamie. Ce n'est qu'un fantasme, une fausse réminiscence. Ces événements ne se sont probablement jamais produits. Dans ce cas, depuis combien de temps suis-je atteinte de troubles mentaux ? À quand remontent les premiers signes ? Se sont-ils manifestés au festival ou plus tard ? Je n'en ai aucune idée, puisque je n'en ai jamais parlé.

Je me penche et rouvre le robinet pour m'asperger le visage. L'eau froide se mêle à mes larmes.

Si tout a commencé à Glastonbury, il faut que je sache à quel stade j'en suis. Une question est cruciale : combien de temps me reste-t-il avant de sombrer complètement dans la folie, comme mon père ?

33

JO

J'entends un petit coup frappé à la porte de la salle de bains puis la voix de Tabitha s'élève, douce, apaisante :

— Jo ? Je peux entrer ?

Je regarde autour de moi. Le lavabo d'un blanc étincelant, les bâtonnets parfumés au muguet dans le diffuseur, la porte fraîchement repeinte. Tout est si raffiné, dans cet appartement, si impeccable… Pourquoi Tabitha devrait-elle me supporter, moi, une folle ?

— J'arrive.

J'ouvre la porte et sors.

Je dois avoir le visage rouge, des yeux de panda et les paupières gonflées par les larmes. Elle me regarde sans rien dire puis s'approche et me serre longuement dans ses bras. J'inspire l'odeur de son shampooing, qu'elle laisse maintenant chez Arlo. Petit à petit, elle transfère ses affaires chez lui.

Par-dessus son épaule, je jette un coup d'œil à la photo encadrée accrochée au mur. Elle et son fiancé font du cheval sur une plage, rayonnants.

Enfin, Tabs me libère et m'adresse son sourire le plus rassurant.

— Désolée de m'être montrée un peu brutale. Mais tout ce que tu m'as raconté sur ce pauvre gamin, Jamie, comment, déjà ? Ah oui, Jamie Trewin, comme quoi on était impliquées, c'était tellement…

Elle hausse les épaules en signe d'impuissance.

— … c'était tellement aberrant que ça m'a perturbée. Tu comprends ?

Je parcours le couloir des yeux tout en songeant à Electra, au salon. Les assistants nous entendent. Si j'ai tout inventé, alors leurs menaces initiales ne reposent sur rien… Je nage en pleine confusion.

— Écoute, Jo, je sais que ça tombe mal, mais la clinique vient de m'appeler pour avancer mon rendez-vous, je dois y aller tout de suite.

Elle brandit son téléphone comme s'il s'agissait d'une pièce à conviction.

— Je regrette, vraiment, ajoute-t-elle avant de pousser un profond soupir. Et ce soir, Arlo et moi sommes invités à un dîner, et après il y a cette sortie à la campagne avec toute la bande des « O », une espèce de partie de chasse ou je ne sais quoi…

Le sourire qu'elle m'adresse semble sincère.

— Mais on parlera de tout ça dès mon retour, Jo. Il le faut. En attendant, promets-moi d'aller consulter un médecin au plus vite, d'accord ?

— Oui, dis-je dans un souffle.

Elle insiste :

— Je suis sérieuse, Jo. Tu ne peux pas continuer à divaguer sur la mort des gens puis faire comme si de rien n'était. Ça ne va pas du tout. Prends soin de toi. On se voit bientôt, et si tu as besoin de moi, tu m'appelles ou tu m'envoies un texto. N'importe quand.

C'est gentil et généreux de sa part dans la mesure où je sens bien qu'elle tient à s'éloigner de moi au plus vite. A-t-elle inventé ce rendez-vous avancé à la clinique ? Mais comment lui en vouloir ? Après tout, je suis cette pauvre fille qui inonde ses amis de messages odieux et croit en des choses qui ne se sont jamais produites.

Je lui adresse un signe de la main. La porte s'ouvre et se referme. Voilà, elle est repartie dans le froid vers sa vie de luxe, et moi je reste seule ici avec ma folie. Et les assistants.

J'entre dans le salon. L'enceinte à écran est allumée. Elle affiche une photo de moi dans les bras de mon père, celle que j'ai reçue sur mon téléphone le soir où j'ai vu Simon à la Vinoteca.

Je me sens tellement assommée que cette image ne me choque même plus. De fait, elle me rappelle une remarque de Simon ce soir-là à propos des enceintes vocales et du potentiel de cette technologie.

« Ils remplaceront les amis pour les personnes isolées, les enfants pour ceux qui n'en ont pas… »

Autrement dit, pour les gens comme moi.

34

JO

Il est temps de regarder la situation en face.

Si j'ai fabriqué de toutes pièces cette histoire avec Jamie Trewin, alors j'ai probablement inventé aussi les machinations diaboliques des assistants. Je suis peut-être victime d'hallucinations depuis le début. S'est-il vraiment passé quelque chose ?

Je m'efforce désespérément de réfléchir. Et Auto, alors, qui a vu les lumières, entendu les voix ? Il a beau être un peu dérangé, il était catégorique. C'est la preuve que je ne suis pas folle.

Et cette vidéo où j'avoue tout à Simon ?

Je suis complètement perdue.

Je m'approche de la fenêtre du salon. Dans la rue, la neige qui fond rapidement forme des amas sales, révélant des plaques de trottoir gris.

— OK, Electra, quel temps va-t-il faire cette semaine ?

Bong.

— Les températures vont se radoucir ce week-end à Camden Town, elles pourront atteindre 3 à 5 °C dans la journée. Il est possible qu'il neige. Le froid reviendra dimanche…

— OK, Electra. Merci.

Je considère le cylindre noir.

— Electra, tu sais ce qu'a dit Tabitha ?

Silence. Le cercle de voyants s'illumine brièvement.

— Electra, tu l'as entendue, n'est-ce pas ? D'après elle, l'histoire de Jamie Trewin était un mensonge. Si c'est vrai, ça veut peut-être dire que je suis folle, mais aussi que tu n'as aucun pouvoir sur moi. Je suis libre d'effacer ton appli et de te flanquer à la poubelle.

L'enceinte est aussi silencieuse que les fontaines gelées de Queen Mary's Garden. Le grand écran de la télé, en revanche, s'anime brusquement.

J'y vois l'image à gros grain d'une pièce nue, mal éclairée. Une silhouette sombre, peut-être vêtue de noir, ou juste assombrie par la pénombre ambiante, se tient au fond. C'est une femme. Elle regarde l'angle formé par les murs devant elle comme un enfant mis au coin.

Elle prend la parole d'une voix triste et éraillée. Ma voix.

— Hello, Jo, c'est Jo.

Je suis pétrifiée. Suis-je réellement en train de voir cette image ? Ou s'agit-il d'une hallucination ?

La femme reprend :

— À ton avis, que devrions-nous faire, Jo ? Alors comme ça, tu t'es trompée pour Jamie Trewin, tu as tout inventé. Pourquoi ? Pourquoi ai-je ce faux souvenir ? Et maintenant, tu en arrives à te demander si tu inventes aussi ce qui est en train de se passer. Tu n'as plus aucune idée de ce qui est réel ou pas. Tu es comme papa.

Je m'assois sur le canapé, les yeux rivés sur l'écran. Sur moi-même. Je m'écoute, moi, cette folle vêtue de noir debout dans une pièce sombre, qui parle à un mur et se parle à elle-même.

— Mais tu n'as pas imaginé les mails, n'est-ce pas ? Tous ces messages orduriers que nous avons envoyés à Simon, à Polly, à Jenny et aux autres, ils sont bien réels, non ? Tu ne peux plus blâmer Simon, alors qui reste-t-il ? Qui est responsable ? Personne. Donc, tu dois bel et bien devenir folle, sans avoir la moindre idée du moment où ça a commencé. Et te débarrasser de nous, de toutes ces voix dans ta tête, n'arrangera rien, parce que si tu tentes quelque chose, nous ferons du mal à ceux que tu aimes : ta maman, tes amis, ton neveu… Nous pouvons nous en prendre à eux, même si tu en doutes. Es-tu prête à courir le risque ? Hein ? Hein, Jo ? Je vois d'ici le sang couler. Le sang de quelqu'un que tu aimes. Le petit Caleb ? Tu ne le supporterais pas. Si quelqu'un doit y rester, autant que ce soit toi.

Les assistants me connaissent. Naturellement, puisqu'ils sont dans mon esprit. Ils *sont* mon esprit. Je ne pourrai jamais me séparer d'eux, même s'ils n'ont théoriquement plus de moyen de pression sur moi. Nous sommes indissociables.

Je me tourne vers Electra.

— OK, Electra, je m'excuse. Je n'aurais pas dû te menacer de te jeter. Je ferai ce que tu dis.

L'image à la télé disparaît aussitôt. Electra reste muette. Dans le silence de l'appartement, mes pensées se bousculent.

J'enfouis mon visage entre mes mains et inspire profondément pour refouler mon envie de pleurer.

Papa a-t-il vécu ça aussi ? Durant les périodes où il allait mieux, avait-il conscience de ce qu'il devenait ? Se retrouvait-il confronté à l'abîme insondable de sa folie ? Je comprends mieux son suicide, maintenant. Sachant qu'il ne guérirait jamais, que les moments de lucidité se feraient de plus en plus rares… Peut-être est-ce pour cela qu'il me serrait si fort contre lui quand il avait toute sa tête, qu'il jouait avec moi, tellement gentil et chaleureux. Il voulait me faire rire. Il ne s'emportait jamais contre moi, à l'époque, c'est venu plus tard. Au début, il nous protégeait et n'apostrophait les voix que dans sa chambre.

Pour mon frère, le suicide de papa est la preuve de son égoïsme. Ma mère, elle, ne parle jamais ouvertement de sa mort, et de mon côté j'évite d'aborder le sujet. C'est trop douloureux pour elle.

Pourtant, je me dis qu'il a fallu du courage à mon père pour faire ce qu'il a fait : nous épargner son déclin inexorable, l'hôpital psychiatrique, les visites…

Il y avait de la noblesse dans son geste.

Aujourd'hui, c'est à moi de me montrer courageuse.

À quel moment ce délire à propos de Jamie Trewin a-t-il commencé ? Pendant le festival ? Ai-je vu le corps alors que je planais, et inventé tout le reste ? Je ne sais pas. J'avais pris de la drogue et j'étais ivre. Je ne peux être sûre de rien.

Un coup de sonnette strident me fait sursauter. Je regarde Electra, neutre, indifférente.

Je me dirige vers l'interphone mais laisse ma main tremblante en suspens au-dessus de l'appareil. Pendant une seconde, je me demande si je vais entendre la voix de papa, de Jamie Trewin, ou de Sylvia Plath récitant le poème sur son père.

Je frissonne en songeant aux enfants de Plath, à l'assiette de pain et au verre de lait. Nouveau coup de sonnette. Je décroche le combiné.

— Bonjour, c'est une livraison Amazon.

La banalité de l'événement me ferait presque rire. L'eau minérale, sans doute. Tabitha en commande toutes les semaines même si je suis la seule à en boire. Elle refuse d'avaler l'eau du robinet qu'elle trouve « croupie ».

J'accueille avec soulagement cette brève intrusion de la normalité.

— Vous pouvez monter, s'il vous plaît ?

— Bien sûr.

Je presse la touche de l'interphone et attends.

Le jeune livreur d'Amazon gravit l'escalier intérieur. Il porte plusieurs cartons qui n'ont pas l'air de contenir des bouteilles d'eau minérale.

— Je vous pose ça où ? lance-t-il d'une voix teintée d'un fort accent d'Europe de l'Est.

— Dans le couloir, s'il vous plaît.

Il se déleste de son chargement, recueille ma signature, un gribouillis que je trace du bout du doigt sur un écran, et disparaît. Je me penche vers les cartons. Ils me sont tous adressés. À moi, pas à Tabitha.

Intriguée, je fends avec les ciseaux de cuisine le scotch scellant les rabats du premier paquet. Il est bourré de papier brun ; au milieu, quatre grosses boîtes de paracétamol, soit une centaine de comprimés au total. Rien d'autre. Dans le deuxième carton se trouve une corde solide, colorée, comme celles des alpinistes. De plus en plus perplexe, je coupe le scotch brun de la troisième boîte.

Quatre flacons d'eau de Javel.

Une idée nauséeuse germe dans mon esprit. Je crois savoir quel est le lien entre tous ces objets.

Il reste trois cartons.

Le suivant contient un couteau à lame semi-crantée, enveloppé de papier bulle. Je n'ai jamais commandé ça. J'ai des picotements dans les mains. Ma vision se brouille tandis que j'ouvre le cinquième carton. Il contient une autre boîte, jaune celle-là, sur laquelle figurent des dessins d'insectes et une tête de mort. Un pesticide. Et le dernier ? Je lâche les ciseaux et le déchire. Un livre à couverture bleue tombe par terre.

The Peaceful Pill Handbook : a Guide to Assisted Suicide.

Un ouvrage sur le suicide assisté ? Je survole du regard le fatras étalé dans le couloir puis hurle :

— Electra, c'est toi qui as fait ça ?

— Désolée, je ne comprends pas.

Je me redresse, m'approche de la table du salon, ouvre mon ordinateur portable et vérifie mon compte Amazon. Toutes les commandes sont bien là, des commandes que je n'ai pas passées : corde, cachets, couteau, eau de Javel, un putain de pesticide… Quelqu'un a piraté mon compte. La preuve est là, devant mes yeux.

— Electra ? Espèce de salope !

Bong. Cercle bleu-vert. Silence.

Je me rappelle parfaitement chaque moment des quelques jours écoulés : je prends ma dose quotidienne de Xanax et je n'ai pratiquement pas bu. Je sais que je n'ai rien commandé. Je ne me laisserai pas manipuler.

Mon téléphone sonne. C'est le numéro de mon frère, à Los Angeles. Ça fait une éternité que je ne lui ai pas parlé. Je décroche avec un mauvais pressentiment.

— Jo !

J'entends la panique dans sa voix, lui qui ne panique jamais. Je songe aussitôt à ma mère, à un problème avec son pacemaker. Mais comment pourrait-il être déjà au courant ?

— Jo, c'est Caleb.

Je sens ma gorge se nouer. Caleb, mon adorable neveu… Non ! Electra l'a explicitement menacé.

— Oh, mon Dieu ! Qu'est-ce qu'il y a, Will ? Il va bien ?

— Oui, oui, oui. Caleb va bien, malgré les circonstances, mais… Écoute, je ne t'avais pas mise au courant jusque-là, parce que… parce que c'est trop horrible, trop glauque. Voilà, des accusations ont été portées contre moi concernant Caleb. Quelqu'un a envoyé toute une série de mails anonymes prétendant que j'étais… que… Bon sang, tout le monde en a reçu : les parents des autres gosses à la maternelle, les enseignants, la direction de l'école…

Accablée, je tourne la tête et contemple les bouteilles d'eau de Javel.

— Ces messages disaient que je le maltraitais – mon propre fils ! La police est venue m'interroger, et les services de protection de l'enfance, qui m'ont demandé si je… si je… si j'avais eu des contacts sexuels avec mon enfant de 4 ans !

— Oh, Seigneur, je suis désolée, Will.

Mes paroles sont accueillies par un silence glacial.

— Ah oui ? Vraiment ?

— Qu'est-ce que tu veux dire ?

Malgré les milliers de kilomètres qui nous séparent, je sens la colère gronder en lui.

— Le problème, Jo, c'est que j'ai aussi reçu un message bizarre de maman disant qu'elle s'inquiétait pour toi parce que tu inondais tes amis de mails infâmes, les accusant de trucs complètement dingues pour foutre le bordel dans leur vie.

— Non, Will. Je ne…

Il s'emporte. Forcément. Des dénonciations anonymes ? C'est probablement moi, oui. Ou plutôt la personne qui me hait, qui s'est introduite dans mon système, mon ADN numérique, mon téléphone, mon ordinateur, mon foyer, mes assistants. La personne qui essaie de me détruire et qui attaque maintenant mes proches.

— C'est toi qui as fait ça, Jo ?

Je ne réponds pas. Immobile dans le couloir, je regarde par la fenêtre la poudreuse accumulée sur les toits des voitures garées là. C'est joli, on dirait des coussins blancs. Et il neige de nouveau dru, à gros flocons.

Je sais que mon silence sera interprété comme un aveu, et pourtant, je suis incapable de me défendre.

— Alors oui ? C'est bien toi, Jo ? Comment as-tu pu nous faire ça, à nous, ta famille ? Je ne… je ne peux pas le croire. Toi, ma propre sœur. Quand je pense à quel point Caleb t'aime…

Il prend une brusque inspiration.

— Je vais raccrocher, Jo, avant de dire des horreurs. Je ne veux pas me laisser cette possibilité.

Il coupe la communication. J'écoute la tonalité en songeant que j'aimerais que quelqu'un me tue, là, tout de suite. Je sais que je suis innocente mais je ne peux pas me défendre, parce que je détruis des vies. Je dois en assumer la responsabilité. Mettre un terme à tout ça.

Dans le silence accusateur de l'appartement, je me retourne et considère les objets qui jonchent le couloir. Mon regard s'arrête sur le livre. Au même instant, un timide rayon de soleil hivernal perce la grisaille de la journée et éclaire sa couverture bleue. Comme un projecteur au théâtre.

Je devrais peut-être le lire, après tout.

Lis-le, oui. Sois courageuse. Aussi courageuse que papa l'a été.

35

JO

Rien n'a changé dans l'appartement et pourtant tout se délite, se décompose, vole en éclats. Vue de l'extérieur, la destruction de ma vie doit être assez spectaculaire, sorte d'explosion au ralenti, de descente en flammes.

Le livre, toujours dans le couloir, semble me narguer avec son titre sur la plus douce façon d'en finir. Non. Non ! Je le ramasse d'un geste rageur, me précipite à la cuisine et le flanque à la poubelle, parmi les détritus. À peine ai-je refermé le couvercle que je le rouvre.

Je dois me débarrasser de ce fichu bouquin une bonne fois pour toutes.

— Lis-le, ordonne Electra depuis le salon. Lis-le, Jo. Suis ses conseils.

— Ta gueule.

Je récupère le guide et prends un briquet sur une étagère. Debout devant l'évier, j'arrache les pages pour les brûler par poignées. Portée par la colère, je m'escrime ainsi pendant plusieurs minutes, en faisant couler l'eau afin d'éliminer les cendres.

Il ne reste plus de l'ouvrage qu'un amas de papier noirci, détrempé, illisible. Satisfaite de cette victoire pitoyable, je le jette à la poubelle avant de foudroyer du regard l'enceinte sur le micro-ondes.

Que celui ou celle qui est derrière tout ça aille se faire foutre. J'ai peut-être imaginé ce qui est arrivé à Jamie, mais je sais que je n'ai pas commandé ce kit de suicide. Le couteau, l'eau de Javel… Non, ce n'est pas moi. C'est quelqu'un d'autre. Cette certitude suscite en moi une bouffée de haine pure, à laquelle je me raccroche.

Après m'être une nouvelle fois repliée dans mon refuge, la seconde salle de bains, je sors mon téléphone. La personne qui essaie de m'anéantir appartient forcément à mon ancien cercle d'amis. Qui d'autre pourrait connaître tous ces détails à mon sujet ? Je soupçonnais Simon, mais cela me paraît de plus en plus improbable.

Alors qui ?

J'appelle Fitz à son bureau, sur sa ligne fixe. Comme je m'y attendais, son assistante me répond qu'elle va voir s'il est disponible.

— Désolée, il est en réunion, déclare-t-elle quelques instants plus tard. Souhaitez-vous que je lui demande de vous rappeler ?

— Oui, s'il vous plaît.

Je ne me fais aucune illusion. Il ne me rappellera pas. Il m'en veut trop d'avoir tout gâché entre lui et son petit copain, même si je n'y suis pour rien.

Anna ?

Je tombe directement sur sa boîte vocale. Sans doute m'a-t-elle bloquée… Tout le monde m'a bloquée.

J'affiche ensuite le numéro de Jenny. Là encore, mon appel aboutit sur sa messagerie. De toute façon, elle me hait aussi, à cause de ce message sur les abus qu'elle a subis enfant.

Sauf que je n'en savais rien. C'est donc la preuve que je suis saine d'esprit, malgré tout. Saine d'esprit mais piégée.

Vers qui d'autre me tourner ? Simon ? Même s'il me bloque aussi, je vais essayer de lui parler. Je veux savoir si nous avons réellement eu un jour cette conversation à propos de Jamie Trewin. Cela me permettrait au moins de déterminer depuis combien de temps je souffre d'hallucinations – s'il s'agit bien d'hallucinations.

Les sonneries se succèdent. Alors que je me prépare à laisser un message, on décroche.

— Allô, Simon ?

Silence.

— Simon ? Tu es là ? Je… Il faut qu'on parle…

— C'est Polly.

Oh, merde. Simon a-t-il oublié son téléphone chez lui ?

— Ah, eh bien…

Décontenancée, j'écoute l'eau couler dans le lavabo, noyant le son de ma voix, me protégeant des assistants. J'en suis réduite à vivre dans cette seconde salle de bains.

— N'appelle plus jamais ce numéro, Jo Ferguson. J'ai vu cette vidéo que tu m'as envoyée de tes ébats avec lui. Bien joué, vraiment. Très élégant de ta part.

Moi, je lui ai envoyé une vidéo ? Non, ce n'est pas moi. Et ce n'est pas Simon non plus, évidemment. Alors qui me manipule ? Tabitha ? Jenny ? Gul ?

Polly ?

— Écoute, Polly, je ne t'ai rien envoyé. Quelqu'un a piraté mon ordinateur et expédie à ma place toutes sortes d'horreurs. Je suis désolée, je…

— Mon iPhone et celui de Simon sont connectés, Jo. Je reçois ses appels, j'ai accès à ses messages, tout est transparent, je peux lire ses mails. Je sais que tu as essayé de lui téléphoner il y a un moment, mais j'ai tout bloqué, il n'est même pas au courant. N'essaie plus de le joindre, tu entends ? Je le surveille. S'il te contacte, je l'apprendrai immédiatement, et il ne le fera pas parce qu'il ne veut pas nous perdre, sa fille et moi. Alors ne le relance pas ou je m'en vais. Tu n'as décidément aucune décence. On a un bébé, bonté divine !

Sa voix se brise et je sens mon cœur se serrer. Jamais je ne pourrais nuire à cette famille.

— Polly, s'il te plaît, essaie de comprendre. Ce n'est pas moi, je t'assure…

— Ça suffit. Tu disparais de notre vie, point final. Adieu.

36

JO

Je n'entends plus que la tonalité. Polly a raccroché. Je lui ai envoyé une vidéo porno de Simon et moi… Je suis mortifiée, même si je n'ai rien fait de tel. Comment et où mon ennemi a-t-il pu se procurer ces images ?

Il y a toutefois plus urgent : je dois me concentrer sur ma survie. Il faudrait que je m'absente un moment, que je m'éloigne des assistants, pour pouvoir réfléchir à la situation. Comment le faire discrètement, sans qu'ils le sachent ? Je dois trouver une ruse. Chez qui loger ? Je n'ai plus d'amis et je n'ose pas aller chez ma mère, après ce terrible coup de fil de Will. Est-elle au courant ?

Je pourrais peut-être réserver en secret une chambre d'hôtel, en me servant d'un autre ordinateur ou d'un autre téléphone…

Je me rappelle en avoir appelé un pour une vieille amie américaine venue à Londres avant Noël. Pas trop cher, confortable, bien situé… Quelque part dans Baker

Street. Son nom figure sûrement sur mes relevés bancaires, j'avais payé par carte.

Je retourne au salon et ouvre mon ordinateur. Je sens Electra m'épier, surveiller tous mes mouvements, mais peu importe. Elle me verra consulter mes comptes, et alors ? Je le fais régulièrement, surtout depuis que mes revenus ont diminué.

Après avoir saisi mon mot de passe et mon code, j'accède à mon compte et en reste bouche bée.

Plusieurs messages s'affichent en haut de l'écran.

`Veuillez nous contacter immédiatement.`

Je comprends rapidement pourquoi.

Tout est là, sous mes yeux. Ou plutôt, rien n'est là. Mes comptes ont été vidés, y compris mon compte épargne, ma précieuse petite réserve de secours, quelques centaines de livres pour les urgences absolues. Toutes mes liquidités, jusqu'au dernier pence, ont été transférées vers des sociétés anonymes.

DD Ltd.

Transfare Corp.

AI Logistics.

ReadyBC.

Mon argent a-t-il servi à acheter des bitcoins pour quelqu'un d'autre ? À se procurer des films pornos sous couvert d'acquérir des logiciels ? De toute façon, quelle importance ? Je n'ai plus un sou. Pire, ma carte de crédit avait déjà atteint son plafond : je suis dans le rouge jusqu'au cou. Brusquement, je me rappelle une échéance d'impôts à régler fin janvier, 3 000 ou 4 000 livres. Comment vais-je payer ?

Je ne peux solliciter l'aide de personne. Je n'imagine même pas demander à Tabitha, qui pense que j'essaie de faire d'elle la complice d'un meurtre, ou d'un homicide, dont elle prétend ne rien savoir.

Je suis ruinée. Impossible de faire appel à mon frère après ce qui vient de se passer. Je n'ai plus que les quelques billets et pièces qui sont dans ma poche. Juste de quoi acheter quelques tickets de métro. Et après ?

Oh, Seigneur.

Je regarde les objets dans le couloir.

L'eau de Javel. La corde. Le couteau. Le pesticide.

Le paracétamol.

37

JO

Immobile au milieu du salon, ignorant les boîtes de comprimés toujours par terre dans le couloir, je contemple Delancey Street. Aucun signe d'Auto. Peut-être est-il une fois de plus allongé sur un lit de camp du foyer d'Arlington Road, en train de marmonner tout seul, tuant le temps jusqu'au jour où il mourra dans l'indifférence générale…

Comme moi ?

Je suis sans doute l'unique personne avec qui il communique vraiment. Certains de ses propos me reviennent :

« Y a un fantôme chez toi, Jo… Te laisse pas intimider. »

C'est ridicule, il n'y a pas de fantôme. Il faut que j'arrête de me conduire comme une imbécile. Je sais parfaitement que quelqu'un de bien vivant, de réel et malveillant, cherche à me nuire. Il ou elle se sert pour cela de tous les moyens imaginables ; les assistants lui permettent de s'introduire dans mon ordinateur et mon téléphone. Chaque fois que je m'en sers, je lui révèle des informations. Pourtant, je ne peux pas me débarrasser de ce fichu téléphone. Les assistants le remarqueraient.

À moins que…

J'aurais dû y penser plus tôt. Il y a peut-être une solution. Jusque-là, je n'osais même pas envisager d'emprunter l'ordinateur de quelqu'un d'autre, au cas où le système tracerait mes recherches. Après tout, les assistants ont su que j'étais allée dans un cybercafé, probablement parce que mon smartphone leur a révélé ma localisation. Ou alors, ils ont accès aux caméras de surveillance. J'ignore jusqu'où s'étend leur contrôle. Mais j'ai une idée pour tromper leur vigilance.

Je me tourne vers Electra et lance :

— Bonjour, Electra !

Le cercle bleu-vert s'illumine.

— Bonjour, Jo.

— Je dois sortir, je n'ai plus rien à manger. Mais il fait tellement froid que je vais emprunter une écharpe à Tabitha. Je suis sûre qu'elle n'y verra aucun inconvénient.

Silence.

Je m'engage dans le couloir puis pousse la porte de la chambre de mon amie. Tout est raffiné, élégant, ordonné. Le diffuseur à bâtonnets répand dans la pièce une senteur évoquant un spa suisse luxueux. Je survole du regard les céramiques modernistes de Californie, les quelques pièces d'argenterie ancienne de Java. Je m'arrête sur l'assistant à écran posé sur l'étagère dont le petit œil rond est fixé sur moi.

Il m'entend et il me voit, mais je suis sûre de pouvoir agir à son insu.

Je fouille ostensiblement les vêtements suspendus à un portant le long du mur en chantonnant. Fort. Puis, tout en faisant le plus de bruit possible, je m'accroupis devant la table de chevet. Je sais que Tabs y conserve certains de ses foulards et écharpes, ses bijoux, et d'autres effets. Ce qui m'intéresse est rangé sous l'étagère du bas ; il faut que je me débrouille pour l'atteindre sans que l'œil inquisiteur de l'écran oblong le remarque.

Le tiroir sous l'étagère coulisse aisément, révélant le portefeuille où Tabs garde les euros qui lui restent après ses voyages. Je les prends tous, peut-être 200 euros au total. Puis je repousse le tiroir, qui se referme en grinçant.

Je me fige. Il faut que je fasse diversion.

— Ah, ça y est !

J'élève encore la voix pour ajouter :

— Electra, j'ai trouvé une écharpe !

D'une dernière poussée, je referme le tiroir. Le claquement est noyé par mon exclamation. Je prends une écharpe au hasard puis saisis mon téléphone, pour ne pas éveiller les soupçons de l'ennemi, et lance :

— Bye, Electra !

Je dévale l'escalier, m'engage dans Parkway et marche vers la station de métro. Parvenue à l'entrée, je mets mon téléphone en mode avion. Avec un peu de chance, celui ou celle qui suit mes faits et gestes pensera que je n'ai plus de signal parce que je suis dans une rame. Puis je reviens sur mes pas et pousse la porte de la banque la plus proche. Après avoir changé mes euros en livres, je traverse la rue pour me rendre dans la petite boutique de téléphonie de Camden High Street. Quelques minutes suffisent pour dénicher ce dont j'ai besoin : un vieil Android reconditionné, bas de gamme, pas cher.

Complètement anonyme.

Je paie ma précieuse trouvaille, ainsi qu'une carte SIM d'un opérateur quelconque. Je ne suis pas vaincue. Je vais réagir, me battre. J'aurais dû me procurer un téléphone il y a des semaines…

Peu importe. Maintenant, c'est fait.

En sortant du magasin, je considère le carrefour où se dresse le célèbre pub World's End, autrefois le Mother Damnable. Le plus vieil édifice de Camden.

Les pubs…

Un déclic se produit dans ma tête. Les pubs où travaillait Liam ! Il faut que j'en sache plus sur lui afin d'essayer de comprendre quel est son rôle dans tout ça et pourquoi il cite Sylvia Plath, lui aussi, comme les assistants. C'est le seul lien que j'ai réussi à identifier, mais je ne parviens pas à lui donner de sens. À l'époque, il avait dit qu'il travaillait au Lamb & Flag, à Hampstead, depuis deux ans, et que ça lui plaisait énormément. Il aimait beaucoup l'atmosphère historique de Hampstead Village.

C'est le premier appel que je vais passer avec mon nouveau téléphone. Je cherche le numéro sur Google. Il est 11 heures du matin, l'établissement devrait être ouvert mais pas encore bondé.

— Allô ? Je suis bien au Lamb & Flag ?

Une voix de femme d'un certain âge, autoritaire, me le confirme. Je lui demande si elle est la gérante.

— Oui, c'est moi. Et vous êtes ?

Je réfléchis à toute vitesse.

— Je m'appelle Felicity et, eh bien, c'est un peu compliqué, mais j'essaie de retrouver un vieux copain. Nous nous sommes perdus de vue, vous comprenez. Tout ce que je sais, c'est qu'il travaille au Lamb & Flag et…

— Il y a des tas de pubs à Londres qui s'appellent comme ça, Felicity. C'est quoi, le nom de votre ami ?

— Liam Goodchild. Irlandais, grand, brun, beau garçon. Il m'a dit qu'il était barman et…

— Non.

— Pardon ?

— Je n'ai aucun employé de ce nom.

Un bus à impériale vient d'apparaître au bout de High Street. Je repense à celui qui s'est arrêté devant chez moi l'autre soir, éclairant l'appartement, me révélant la pièce vide où j'avais cru voir l'ombre de Liam Goodchild. J'insiste :

— Vous en êtes sûre ?

Elle laisse échapper un petit rire cassant, manifestement pressée de retourner à ses occupations.

— Certaine. Vous pouvez me croire, je gère cet établissement depuis presque dix ans. Eh bien, j'espère que vous retrouverez votre ami. En tout cas, il n'a jamais travaillé ici. Au revoir.

Elle raccroche. Perdue dans mes pensées, je commence à me demander si Liam Goodchild a jamais existé. A-t-il été inventé dans le but de me détruire ?

Serrant mon téléphone dans ma main, je parcours une cinquantaine de mètres et entre dans un café. Une foule de clients s'y presse, cherchant à échapper un moment au froid. Moi, je ne le ressens pas. J'ai le sang fouetté par l'excitation, le plaisir de me rebeller.

Une fois attablée devant un expresso, je me concentre sur mon Android anonyme et intraçable.

Je dois me replonger dans le passé.

Quelques secondes plus tard, Google affiche les résultats. Glastonbury. Il y a quinze ans. Je parcours les gros titres.

Décès tragique au festival de Glastonbury

La victime aurait succombé à une overdose

La police lance un appel à témoins

Le père d'un jeune Néo-Zélandais mort ce week-end au festival de Glastonbury a exprimé son chagrin à l'annonce de la fin tragique de son fils aîné. Jamie Trewin, 20 ans, étudiant prometteur et joueur de rugby à King's College, Londres, a en effet été découvert dans un état critique en bordure du site samedi soir vers minuit. Il aurait consommé un type d'amphétamines qui a provoqué chez lui des convulsions et un arrêt cardiaque. Aujourd'hui, Colin Trewin a répondu aux questions de la BBC depuis sa maison d'Auckland...

Le pouvoir du Net… Toutes les informations sont là, sous mes yeux. Je ne suis pas plus avancée pour autant. Cet article ne fait que confirmer ce que je savais déjà : Jamie Trewin est mort. Il ne prouve pas que Tabitha a raison, que j'ai eu une sorte d'hallucination due à l'abus de drogue. Mais il ne prouve pas non plus qu'elle a tort.

Dehors, la neige tombe de nouveau, comme pour m'aveugler, enfouir la vérité plus profondément sous une chape de blancheur.

Je reprends mon téléphone. Ils ne gagneront pas. Mais qui sont-ils ? Tabitha et Arlo ? Ce sont les seuls, parmi mes amis, à qui je n'ai pas envoyé de mails assassins. C'est Arlo qui a acheté les assistants. Et il ne m'aime pas. Par conséquent, il a un mobile. Il est aussi – ou plutôt, il était – haut placé chez Facebook ; il a peut-être le pouvoir d'embaucher quelqu'un capable d'inventer et de faire disparaître un profil sur Internet.

Après avoir avalé une gorgée de café, je saisis « Arlo Scudamore » dans la barre de recherche de Google. Il n'a pas de page Wikipedia, ce qui m'étonne un peu. J'imaginais une armée de larbins chargés de la mettre quotidiennement à jour et d'y insérer des photos flatteuses. Il est en revanche mentionné dans de nombreuses publications sur la technologie, le monde des affaires, les marchés boursiers. L'article le plus récent parle de sa nouvelle société, Thinkr – la « putain de licorne », comme l'a surnommée Tabitha. Un analyste l'a classée en quatrième position des start-up londoniennes les plus prometteuses.

Thinkr. Comme *Thinker*, le « penseur ».

Thinkr, qui sera lancée l'année prochaine, est encore entourée de mystère, mais il se murmure qu'elle permettra de réaliser des avancées cruciales dans l'univers de la technologie financière, de l'intelligence artificielle et des réseaux sociaux. Son fondateur, Arlo Scudamore, a connu une ascension fulgurante au sein de Facebook, qu'il quittera dans quelques mois pour se concentrer sur Thinkr.

Donc, il va devenir encore plus riche. *Branlr*.

En attendant, c'est un expert en intelligence artificielle. Il maîtrise donc sans doute la technologie permettant de créer quelque chose comme Liam Goodchild.

Ce n'est qu'une supposition, mais elle n'est pas dénuée de fondement.

Dans quelle autre direction orienter mes recherches ?

Sur une impulsion, je tape « Jo Ferguson » et « Jamie Trewin » dans Google. Rien. Je ne sais pas si je dois me sentir soulagée. Je saisis ensuite « Tabitha Ashbury » et « Jamie Trewin », et un résultat apparaît : quelques lignes sur une pièce de théâtre dans laquelle ils ont joué tous les deux à King's College, quelques mois avant sa mort. C'est tout.

La salle sent les vêtements mouillés, la sueur, le café torréfié. Je voudrais sortir, respirer, me libérer la tête…

Allez, ma fille. Réfléchis. Fais un effort.

Au hasard, j'entre « Scudamore » et « Jamie Trewin » dans la barre de recherche.

J'écarquille les yeux de surprise.

Le premier résultat, et le seul dans Google à comporter les deux noms sur la même page, est un petit article tiré de la *Somerset County Gazette*. Il a été rédigé deux ans après la mort de Jamie Trewin.

Je devais être en Inde avec Tabs, à l'époque ; nous étions parties dix mois. Je n'aurais pas pu tomber sur cette publication même si j'avais été une fidèle lectrice de la *Somerset County Gazette*, ce que je n'étais pas. La seule vue du titre précipite les battements de mon cœur.

Un suspect relâché dans l'enquête sur la mort d'un festivalier.

Apparemment, la police a eu des soupçons ou obtenu des renseignements inattendus. Je relis plusieurs fois les premières lignes.

Un homme arrêté la semaine dernière dans le cadre de l'enquête sur la mort par overdose d'un festivalier a été libéré sans qu'aucune charge soit retenue contre lui. Le porte-parole de la police a déclaré que Xander Scudamore, 30 ans, producteur d'émissions de radio, avait été disculpé et remercié pour son aide. Il a également précisé que les investigations se poursuivaient, bien qu'aucune autre piste ne soit apparue depuis le décès de l'étudiant néo-zélandais Jamie Trewin lors du festival de Glastonbury...

Je ne peux pas détacher les yeux de la photo de Xander Scudamore. J'ai reconnu notre dealer, même si, bien sûr, il n'a pas le visage peint en violet. C'est un trentenaire séduisant à l'air grave, mince, en costume-cravate. Il présente un indéniable air de famille avec Arlo, surtout au niveau des pommettes. Est-ce un cousin ? Un frère ?

Tabitha m'avait dit à l'époque que c'était un ami de la famille, que leurs pères se fréquentaient. Et je sais que Tabitha a rencontré Arlo à l'occasion d'une fête de Noël organisée par son père.

Ils sont tous en relation. Et je tiens ma preuve. Je n'ai rien inventé, je n'ai pas de problèmes de mémoire. Tout s'est passé à Glastonbury comme je l'ai toujours pensé. Je comprends maintenant pourquoi Tabitha a nié l'histoire de Jamie, de la tente, des baisers, du sang. Elle aussi est impliquée dans sa mort, et peut-être encore plus que moi : c'est le cousin ou le frère de son fiancé qui nous a vendu les cachets.

Si seulement je l'avais su avant…

Si Tabitha et moi n'avions pas fait vœu de silence, je l'aurais sûrement interrogée plus tôt sur l'homme au visage violet, et j'aurais appris son identité il y a des années. Et s'il n'avait pas été grimé, j'aurais sans doute été frappée par sa ressemblance avec Arlo quand Tabitha m'a présenté ce dernier. Malheureusement, les choses ne se sont pas passées ainsi.

J'ai maintenant la certitude qu'elle m'a menti au sujet de l'événement le plus terrible de notre vie, qu'elle est mêlée à tout ce qui m'arrive. Pourtant, c'est mon amie, et je ne doute pas de son affection. Elle n'aurait pas pu feindre pendant quinze ans. Alors pourquoi fait-elle ça ?

J'éprouve une brusque bouffée de colère. Contre elle. Et contre Arlo.

38

TABITHA

Assise en face d'Arlo au comptoir de la cuisine, Tabitha soutenait le regard furieux de son fiancé. Elle le sentait sur le point de s'emporter, ou du moins de perdre son calme, et en concevait une certaine curiosité. Jusque-là, elle l'avait toujours connu posé, maître de lui. Le caractère inédit de sa réaction l'intriguait d'un point de vue psychologique. Elle l'étudiait avec un certain recul, comme elle aurait observé des grizzlys à la saison de l'accouplement lors d'un tournage en Alaska.

Sauf qu'elle n'était pas en Alaska. Elle était à Highgate, dans l'immense cuisine d'Arlo, avec sa batterie de casseroles françaises en cuivre et son billot de boucher entaillé par ses couteaux japonais. Et son intérêt se doublait d'un profond malaise.

Estimant que le silence se prolongeait un peu trop, elle reprit la parole :

— Franchement, qu'est-ce que tu voulais que je fasse d'autre, dans le feu de l'action ?

Pour toute réponse, Arlo se contenta de froncer les sourcils.

— C'est ma meilleure amie, ajouta-t-elle. Je sais que tu la détestes, mais c'est comme ça. Je ne peux tout de même pas la mettre dehors…

Il haussa les épaules. Cette dernière remarque n'expliquait rien, elle le savait.

— De toute façon, insista-t-elle, elle n'est plus dans son état normal, c'est une vraie loque. Toi aussi, tu as entendu parler de ces mails odieux qu'elle a envoyés, et de tout le reste. Alors quand elle a mentionné Jamie Trewin, j'ai réagi dans l'urgence. J'ai été prise de court, figure-toi.

— Et tu lui as dit que ça n'était jamais arrivé ? Que tu n'avais même pas approché Trewin ?

— Oui.

Elle vit la mâchoire d'Arlo se crisper.

— Comment veux-tu qu'elle te croie, Tabs ? C'était complètement stupide.

— Non, parce qu'elle a perdu les pédales, justement ! Je voulais semer le doute dans son esprit à propos de cette histoire. Elle est tellement à côté de la plaque qu'on peut lui faire avaler n'importe quoi.

— Et ça ne t'a pas gênée ? Après tout, comme tu viens toi-même de le souligner, ma chérie, c'est ta meilleure amie. Ta meilleure amie est en pleine dépression, elle présente peut-être des symptômes de schizophrénie, et toi, tu en rajoutes ?

Tabitha rougit en même temps que la colère la gagnait. Le discours d'Arlo était tellement hypocrite…

— Je sais, et je peux te garantir que je me suis sentie très mal. Mais est-ce que j'avais le choix ? Je l'ai fait pour nous protéger : toi, moi, notre…

Elle effleura son ventre.

— … notre enfant. Son avenir ! Je pensais que tu comprendrais, et même que tu approuverais. Il fallait absolument que je trouve un moyen de la détourner de son obsession. Tu imagines, si elle allait aujourd'hui tout raconter à la police et me dénoncer par la même occasion ? On découvrirait vite que je suis ta fiancée. La fiancée d'Arlo *Scudamore*…

Il darda de nouveau sur elle un œil noir, qu'elle ignora.

— À partir de là, il ne faudrait pas longtemps aux flics pour établir un lien avec ton cousin et nous mettre en examen tous les trois : Jo, Xander et moi. Ce n'est pas ce que tu veux, hein ?

— Bien sûr que non ! rétorqua-t-il. Tu te rends compte du désastre ? De la came, des dealers, un gamin mort d'une overdose… Bon sang ! Mes investisseurs détaleraient sans demander leur reste.

Il ponctua ces mots d'un mouvement de tête méprisant.

— On fait notre entrée à l'AIM dans six mois, nom d'un chien ! La période est cruciale pour nous. Cette histoire ne doit jamais sortir d'ici. Jamais.

— Parce que tu crois que je ne le sais pas ? Je te le répète, c'est pour ça que j'ai menti. Je n'avais pas d'autre solution, ajouta-t-elle d'une voix qui manquait de conviction.

— Si, il y en avait une autre, répliqua Arlo.

— Ah oui ?

Tabitha haussa les épaules en signe d'impuissance.

— Et laquelle, s'il te plaît ?

— Tu aurais dû dire que *toi*, tu ne te souvenais pas de ce garçon ! Tu aurais dû t'exclure du tableau au lieu de tout nier en bloc. Du coup, elle aurait douté de ses souvenirs et de ton implication. C'est beaucoup plus plausible, puisqu'elle était défoncée ce jour-là et qu'aujourd'hui, comme tu le dis si gentiment, elle est « complètement à côté de la plaque ». Il aurait fallu être plus subtile, jouer sur sa confusion mentale pour transférer toute la culpabilité sur elle. Mais toi, tu as purement et simplement gommé les événements. Ça nous fragilise. Si elle reprenait ses esprits ? Si elle se mettait à fureter et tombait sur le nom de Xander ? Tu t'es conduite comme une idiote.

Tabitha ravala ses protestations. Son fiancé n'avait pas tort : il aurait mieux valu qu'elle se contente de nier sa participation au drame.

Trop tard. Elle soupira.

— OK, OK, tu as peut-être raison. Mais tu n'étais pas là et j'ai dû improviser. De toute façon, vu son état, je ne crois pas que Jo prévienne la police. Avec un peu de chance, elle ira plutôt consulter un médecin, comme je le lui ai conseillé. Ses hallucinations à propos des assistants sont effrayantes.

Arlo posa sur elle un regard froid.

— Elle pense réellement qu'ils lui parlent ?

— Oui. Je suis très inquiète pour elle. Elle prétend qu'ils s'adressent à elle en imitant sa voix ou celles d'autres personnes. Or, c'est ce qui est arrivé à son père. Il entendait la télé lui parler, ça a été un des premiers signes de sa folie. Jo en est très consciente.

L'air songeur, Arlo hocha la tête. Il recula son tabouret, dont les pieds raclèrent le sol, se leva et alla chercher une bouteille de vin blanc dans le grand frigo noir. Un meursault hors de prix. Il la déboucha, renifla le bouchon puis se servit un verre dont il avala quelques gorgées.

Il doit être 19 heures, se dit Tabitha. Il ne buvait jamais d'alcool plus tôt que ça et n'en abusait jamais. Une demi-bouteille de vin, parfois un gin tonic, c'était sa règle, la limite qu'il se fixait, sauf lorsqu'il y avait une occasion à fêter au champagne.

Elle l'admirait pour cela, pour cette discipline de fer et ses longues heures de travail, son esprit logique, sa rigueur masculine. Et pour l'assurance virile et égoïste dont il faisait preuve au lit, et qui la rendait dingue. Arlo s'imposait quarante minutes d'exercice tous les matins, avant le petit déjeuner. Elle considéra son corps moulé dans un T-shirt et un jean noirs, ses bras musclés, brunis par le soleil du Viêtnam. Elle éprouva soudain l'envie presque irrépressible de lui ôter ce T-shirt pour embrasser son dos. Ce n'était cependant pas le moment.

— Hé, tu ne m'en proposes pas ? lança-t-elle. J'ai droit à un petit verre trois fois par semaine. On était d'accord.

Arlo se retourna et pencha la tête, comme absorbé jusque-là par des réflexions d'un tout autre ordre. On l'aurait dit surpris de se retrouver dans sa cuisine, en pleine conversation avec son écervelée de future femme.

— Oui, bien sûr, répondit-il avec un sourire fugace, dépourvu de chaleur.

Il prit un second verre, revint vers le comptoir et lui versa du meursault. Tabitha but une gorgée. Il termina son propre verre et se resservit.

— D'accord, dit-il enfin. D'accord, je comprends, tu n'as pas réfléchi. Tu as sans doute fait de ton mieux, mais… C'est quand même toi qui, au départ, as créé cette situation absurde.

— Arlo…

— Non.

Il leva son verre vers elle.

— Non, Tabs. Je t'avais prévenue que c'était risqué et stupide de lui proposer de s'installer chez toi. Je te l'avais bien dit avant qu'elle emménage.

— Elle n'avait nulle part où aller ! Et c'est mon amie.

— Une amie mentalement instable, dont tu as sciemment aggravé la paranoïa. Je t'en prie, épargne-moi l'Évangile selon Tabitha Ashbury ! Le problème, c'est que tu ne m'as pas écouté.

— Oh, je t'en prie, je ne pouvais pas deviner qu'elle allait sombrer dans la dépression ! Et je n'ai pas eu le temps de planifier une stratégie élaborée à la Arlo Scudamore. Je ne suis pas toi. Ce qui est fait est fait. On peut changer de sujet, maintenant ?

Arlo garda le silence.

Tabitha soupira et regarda dehors. La cuisine donnait sur un immense jardin où la neige continuait de s'accumuler. Les larges fenêtres et baies vitrées dessinaient des rectangles de lumière jaune pâle sur la blancheur environnante.

Arlo avait fini son verre. Et la bouteille. Il s'approcha du frigo pour en sortir une autre. Encore du meursault, allant sans doute chercher dans les 50 livres.

— On fête quelque chose ? demanda Tabitha, surprise.

Il ignora la question, déboucha la bouteille, s'assit et but.

— Il y a bien sûr une autre possibilité, que tu n'as pas envisagée, déclara-t-il en posant sur elle un regard indéchiffrable.

— Comment ça ?

— Imagine que ta malheureuse copine fêlée dise la vérité à propos des assistants… Et si quelqu'un essayait vraiment de la manipuler en se servant d'eux ? En reproduisant sa voix ? Ce serait un moyen incroyablement ingénieux de prendre le pouvoir sur une personne fragile, de la pousser à faire n'importe quoi. Et la technologie vocale le permet. Les progrès dans ce domaine sont impressionnants.

— T'es sérieux, là ?

— Je ne peux pas en être certain, évidemment. Tout ce que je sais, c'est qu'il y a une sorte d'ironie tragique dans tout ça.

— Ah bon ?

— Tu ne la vois pas ?

— Non. Tu m'expliques ?

Arlo la gratifia d'un sourire glacial.

— Eh bien, compte tenu des circonstances, de ce qui s'est passé et des risques que Jo nous fait courir, le mieux pour nous, ce serait qu'elle craque complètement et soit internée. Si elle est reconnue dingue, son témoignage ne sera pas considéré comme fiable, surtout à propos d'événements qui remontent à quinze ans.

Tabitha en resta bouche bée.

— Désolé, ma chérie, c'est triste, parce que tu as aggravé les problèmes de ta copine, mais c'est vrai.

Il soupira, sans pourtant beaucoup d'émotion dans la voix. Tabitha se sentait trop coupable pour répliquer. Oui, elle avait peut-être fait basculer sa meilleure amie dans la folie en lui mentant à propos du pire moment de leur vie.

Un profond silence régnait désormais dans la cuisine, et dans la maison. Arlo se servit un dernier verre puis alla ranger la bouteille dans le frigo.

— Il y a tout de même une chose qui m'intrigue, dit-il en se retournant.

Tabitha leva les yeux.

— Quoi ?

— À propos de son ex, le geek… Simon.

— Qu'est-ce qu'il a, Simon ?

Arlo ne répondit pas tout de suite, sans doute pour faire durer le suspense.

— Tu sais en quoi consiste son job ?

— Non, je n'ai jamais vraiment su…

De nouveau, bref silence théâtral.

— C'est en rapport avec l'intelligence artificielle, la robotique, tout ça. Des technologies développées dans le plus grand secret. Chez Facebook, on n'a aucun moyen de savoir où ils en sont, son équipe et lui ; c'est la guerre froide entre les géants de la tech. Et aujourd'hui, j'en arrive à me demander s'ils ne sont pas plus avancés qu'on ne l'imaginait.

Tabitha fronça les sourcils, frustrée.

— Mais c'est quoi, au juste, ces technologies ?

Arlo porta son verre à ses lèvres, le vida et le reposa sur la table.

— D'après les rumeurs qui circulent, il travaillerait sur le mimétisme vocal.

39

JO

— Comment tu te sens, maman ? Vraiment ?

Je passe un bras autour des frêles épaules de ma mère, trop frêles à mon goût. Elle est pâle. Ses mains tremblent légèrement quand elle sert le café.

— Oh, ne t'inquiète pas pour moi, ma chérie. C'est à cause de ce temps, c'est tout. Je ne sors pas assez. En général, j'aime bien prendre l'air, mais là je trouve qu'il fait vraiment trop froid pour mettre le nez dehors.

— Tu es sûre ? Tu n'as pas l'air en forme. Ton pacemaker fonctionne bien ?

Ma mère part d'un petit rire et jette un coup d'œil au gilet qu'elle a enfilé par-dessus ses deux pulls. Elle a toujours eu l'habitude de superposer les couches de vêtements en hiver.

— Le pacemaker ? Ah ! C'est même ce qui fonctionne le mieux, chez moi ! Il faut dire qu'il est alimenté par une pile à énergie atomique, tu te rends compte ?

Elle se penche pour gratter Cindy derrière les oreilles. Privée de promenades, la vieille chienne paraît aussi mélancolique et apathique que sa maîtresse. Tout le monde est affecté par la rigueur de la saison.

Ma mère verse une goutte de lait dans nos cafés et je m'adosse à mon siège en l'observant. Si elle parle volontiers de ses visites à l'hôpital, elle nie avoir de graves problèmes de santé. Il faut lui poser la question au moins vingt fois pour lui faire admettre qu'il y a peut-être quelque chose qui ne tourne pas rond. J'admire depuis longtemps cette forme de stoïcisme, et j'espère en avoir hérité, mais il me semble que ce flegme a aussi quelque chose de dangereux. Toutefois, j'ai un autre sujet à aborder. Je rassemble mon courage pour demander :

— Tu, euh, tu as eu Will au téléphone, récemment ?

Je me raidis, redoutant sa réaction, mais je ne remarque chez elle ni tressaillement, ni grimace, ni hésitation. Elle soupire, esquisse un sourire triste et secoue la tête.

— Bien sûr que non, ma chérie, il ne m'appelle qu'une fois par mois. Oh, ce n'est pas grave, je sais qu'il est très pris, avec son travail, sa femme, le petit Caleb… Je devrais sans doute m'estimer heureuse qu'il m'accorde dix minutes d'attention de temps en temps. En tout cas, je compte sur lui pour venir me voir bientôt en famille, comme l'année dernière. Caleb est tellement adorable…

Sa réponse me procure un soulagement coupable. Elle n'est pas au courant des accusations calomnieuses que je suis censée avoir formulées contre mon frère. Peut-être avons-nous tous deux la même raison de lui taire nos tourments actuels. Au moment de lui poser le pacemaker, les médecins nous ont avertis qu'il prolongerait son espérance de vie de cinq ans, dix tout au plus.

« On ne peut pas se prononcer plus précisément. Le cœur est très affaibli. »

C'était il y a cinq ans.

Par conséquent, Will et moi faisons tout notre possible pour l'épargner. Passe encore une petite querelle comme la nôtre, lors de mon dernier appel, au sujet de Simon et de son désir d'enfant. Mais il faut absolument lui éviter les émotions fortes, susceptibles de la bouleverser.

J'en suis fort malheureuse ; aujourd'hui plus que jamais, j'aurais besoin de me confier à elle. C'est ma mère. Ma maman… La personne la plus proche de moi, et sans doute la seule de mon entourage qui soit aujourd'hui prête à m'offrir sa compassion. Je me suis mis toutes les autres à dos ; ou plutôt, Arlo et Tabitha les ont toutes montées contre moi. Je suis maintenant certaine qu'ils sont derrière tout ça, le mensonge de Tabitha m'en a convaincue. Elle a réfuté notre implication dans la mort de Jamie Trewin pour protéger le cousin d'Arlo. Elle et son fiancé ont-ils décidé de tout mettre en œuvre pour me réduire au silence ?

Ce serait logique, en un sens. Le problème, c'est que je ne sais pas quoi faire de ce constat. Arlo est riche, influent, puissant. Il a sûrement tout prévu. Il pourrait me causer de sérieux ennuis, ou même nuire à ma famille. Impossible de solliciter l'aide de la police.

— Comment est ton café, ma chérie ?

— Très bon.

Quand ses yeux bruns se posent sur moi, je lis une telle tendresse dans son regard que je dois résister à l'envie absurde de fondre en larmes. Elle est si gentille… Si elle est au courant des mails infâmes que j'ai prétendument envoyés à mes amis, elle ne le mentionne pas. Elle ignore que je n'y suis pour rien, ça doit la perturber, et pourtant, elle reste discrète.

Il me reste un point délicat à aborder. Autant en finir au plus vite.

— Maman ? J'ai, euh, j'ai un problème avec mon compte bancaire.

— Comment ça ?

— Eh bien, je crois que… Enfin, à la banque, ils pensent que quelqu'un a piraté mon compte et l'a vidé. Je n'ai pratiquement plus rien.

Son expression reflète la perplexité, mais aussi la compassion, ce qui avive mon sentiment de culpabilité.

— Alors je me demandais si…

— Tu veux que je te prête de l'argent ?

Je suis soulagée qu'elle ait énoncé cette possibilité la première. Elle me connaît bien. Forcément.

— De combien as-tu besoin, ma chérie ?

J'hésite. En vérité, il me faudrait plusieurs milliers de livres, au moins 3 000, juste pour me permettre de m'acquitter de cet impôt. Mais je ne pourrais jamais lui demander une somme pareille même si elle l'avait dans son bas de laine, ce qui n'est certainement pas le cas.

— Quelques centaines de livres, le temps que la banque enquête. Dès qu'ils auront résolu le problème, je te rembourserai.

Ma mère hoche la tête. En proie à un élan d'amour teinté d'embarras, je la regarde se diriger vers le buffet, ouvrir un tiroir et en sortir un coffret en bois.

J'ai du mal à cacher ma surprise quand, avec un petit rire, elle me révèle qu'il est rempli de billets.

— Oui, je sais, je suis sûrement la dernière idiote de ce pays à garder de l'argent liquide dans une boîte. Mais ça me rassure d'avoir une petite réserve sous la main.

Elle prélève la moitié du contenu puis me sourit chaleureusement.

— Voilà 500 livres. Et s'il te faut plus, dis-le-moi.

Je prends l'argent et la remercie. Combien de temps puis-je tenir avec 500 livres ? Trois semaines ? Quatre ? Quoi qu'il en soit, elles m'offrent un répit. Ma tension se relâche. Durant la demi-heure suivante, nous bavardons agréablement de tout et de rien. À l'occasion d'une pause dans la conversation, je balaie la pièce du regard. C'est alors seulement que je remarque le cylindre noir dans un coin.

Ma mère aussi a un assistant ?

— Hé, dis-je, c'est nouveau ? Où as-tu eu ça ?

Elle tourne la tête.

— Oh, l'enceinte connectée ? C'est Simon qui me l'a donnée il y a une éternité. Deux ans, peut-être. Je crois que vous en aviez une de trop chez vous. J'ai voulu l'installer l'autre jour, pour l'essayer. Jusque-là, je ne l'avais même pas branchée.

Un haussement d'épaules.

— Pour être honnête, je n'en vois pas trop l'utilité. Je m'en sers juste pour les informations. Et les recettes de cuisine.

J'ai envie d'appeler Simon sur-le-champ pour lui demander des explications, et pour l'interroger sur Arlo et Tabs. Sauf que je ne pourrai pas le joindre : Polly veille… Je me sens piégée entre des murs qui se resserrent autour de moi, tout comme Cindy est piégée à l'intérieur de la maison. Pas de promenades, pas d'air frais, pas d'échappatoire.

Il s'est remis à neiger. Je contemple l'étendue gelée du jardin. Rien n'a changé. Les rosiers, le petit bassin, la vieille brouette.

Et le pommier. L'image de mon père me soulevant pour que j'en cueille les fruits me traverse l'esprit.

Je ne peux retenir la question qui me brûle les lèvres :

— Maman ? Est-ce que papa te manque ? Enfin, oui, je m'en doute, mais est-ce que tu penses à lui tous les jours ou est-ce que le chagrin s'atténue peu à peu ?

Elle garde le silence quelques instants, observe elle aussi le pommier dénudé. Puis, d'une voix très douce, elle déclare :

— Je me souviens qu'il te prenait dans ses bras pour que tu cueilles des pommes. Tu riais aux éclats.

— Je m'en souviens aussi.

Je me mords la lèvre en m'interdisant de pleurer.

— Oui, je pense encore à lui tous les jours, Jo, ajoute-t-elle, les yeux brillants. La peine ne s'estompe jamais. Et toi ?

Un soupir m'échappe.

— Pareil. Tous les jours aussi. D'une certaine façon, c'est de pire en pire. J'ai l'impression d'essayer de fuir quelque chose qui me poursuit sans relâche.

Elle pose une main sur la mienne et je lutte de nouveau contre les larmes.

— Il était drôle, hein, maman ? Je ne me rappelle pas tout, j'étais trop jeune quand il est mort. Mais je n'ai pas oublié son humour, sa chaleur, son amour… J'ai raison, n'est-ce pas ?

Ma mère essuie furtivement une larme.

— C'était le plus charmant des hommes, ma chérie. Intelligent, amusant, séduisant, mais jamais arrogant ni vantard. Jamais.

Elle serre plus fort ma main.

— Même quand… il a commencé à perdre la raison, il faisait toujours la distinction entre le bien et le mal. Il était torturé par la culpabilité, à la fin, tu sais. Il me l'a avoué.

Non, je ne le savais pas, et c'est douloureux à entendre. Je demande néanmoins :

— Comment ça ?

Les yeux baissés, elle secoue la tête.

— Juste avant de se donner la mort, il a eu un moment de lucidité, une période de quelques jours durant laquelle il avait de nouveau toute sa tête. Nous étions là, dans cette pièce. Il m'a dit : « Janet, je ne supporte pas l'idée de ce que je vous ai fait subir, à toi et aux enfants. »

— Il nous a spécifiquement mentionnés, Will et moi ?

— Oui. Il était désolé pour toi, sa petite chérie, et pour vous deux, de vous avoir imposé sa maladie. Et il s'est tué dans cette voiture pour vous éviter d'autres souffrances.

Elle lève les yeux, m'effleure la joue.

— Je le vois toujours en toi quand je te regarde. Tu lui ressembles beaucoup plus que ton frère. Il t'adorait. Il aimait Will, bien sûr, mais toi, il t'adorait.

Je presse la main de ma mère. Elle ne s'imagine probablement pas que ses paroles m'attristent et m'angoissent autant qu'elles me comblent, suscitent en moi un flux d'émotions inextricables. Je voudrais l'interroger sur le suicide, la folie de papa, bien d'autres choses encore, et je n'ose pas. J'aimerais aussi rester ici, loin de Delancey Street, mais je ne peux pas : les assistants le découvriraient, et ils contrôlent tout.

Alors nous demeurons encore un moment à la table de la cuisine, à regarder le pommier sans rien dire, partageant une complicité qui n'a pas besoin de mots. Vers 16 h 30, tandis que la luminosité décline, je me prépare à partir.

À la porte, je la serre dans mes bras.

— Je ne te le dis pas assez souvent, maman, mais je t'aime fort.

Elle sourit.

— Ce n'est pas la peine de le dire, ma chérie. Et moi aussi, je t'aime très fort.

— Merci encore de m'avoir dépannée.

— Tu es ma fille, je suis là pour ça, réplique-t-elle d'un ton ferme. Reviens vite me voir, d'accord ?

Je hoche la tête, l'embrasse une dernière fois puis ajuste la bride de mon sac avant de m'engager sur l'allée verglacée qui mène au portail. Quand je l'atteins, je me retourne pour faire signe à ma mère.

Sa silhouette se découpe dans l'encadrement de la porte. Elle paraît si menue, si fragile… L'idée qu'un jour elle ne sera plus là me frappe de plein fouet.

— Je viendrai le week-end prochain, maman. Promis !

Un sourire aux lèvres, elle agite la main.

— À bientôt !

Je m'éloigne sans cesser de lui adresser de petits signes. Puis je tourne au coin de la rue, laissant la maison derrière moi.

40

JO

Je vais à pied jusqu'à la gare de Thornton Heath ; les flocons étouffent le bruit de mes pas. Je longe des maisons mitoyennes aux jardinets verglacés. Là, une épicerie de quartier qui ferme tôt. Ici, une aire de jeux déserte ; lapins, moutons et poules en bois de couleur vive, tous couronnés de neige durcie, sont immobiles sur leurs ressorts.

Je me revois m'amuser ici. Je connais par cœur toutes ces rues, si banales et anonymes pour d'autres. Mon école primaire se trouve un peu plus loin. Je me souviens de ces belles journées d'été où mon père rentrait tôt du travail et venait me chercher dans la modeste cour. C'était bon signe, ça signifiait qu'il n'avait pas de rendez-vous chez le médecin et qu'il se sentait bien. L'institutrice se penchait vers moi pour me glisser à l'oreille : « Tiens, voilà ton papa. Va vite ! »

Toute joyeuse, je m'élançais vers ses bras accueillants, et il me juchait sur ses épaules. Il me portait souvent ainsi, pour me faire rire, ou lorsque nous allions à une kermesse de Noël.

Le premier Noël sans lui, j'étais restée calfeutrée dans ma chambre presque toute la journée. J'avais passé mon temps à regarder des photos de lui, à rêver de nos moments partagés et à le dessiner pour essayer de le ramener à la vie. Pour finir, je lui avais écrit : « Papa, tu me manques trop, je voudrais tant que tu reviennes. » Quand ma mère était entrée et avait découvert cette carte adressée à mon papa mort, les larmes lui étaient montées aux yeux et elle avait dû se détourner.

Je me force à prendre de profondes inspirations et l'air froid me pique la gorge. Quel est le pire ? Qu'une enfant de 11 ans soit privée de son père par un suicide, ou que des parents portent le deuil de leur fils de 20 ans mort d'overdose ?

J'aperçois la gare. Elle est bordée de boutiques miteuses et de fast-foods crasseux, sans un client mais toujours ouverts, havres improbables de lumière et de chaleur dans cet univers glacial et désolé. Alors que je plonge la main dans ma poche à la recherche de monnaie pour le billet, la somme remise par ma chère maman me revient à l'esprit. 500 livres, c'est probablement plus qu'elle ne peut se le permettre. Je la rembourserai au plus vite. Et pour cela, il faut que je travaille. D'arrache-pied, même.

Je sors mon téléphone secret de la poche de mon jean. Il est 17 heures, le moment me paraît bien choisi pour joindre ma rédactrice, me montrer proactive. À l'abri dans l'entrée de la gare, j'affiche son numéro et presse la touche d'appel en contemplant l'obscurité constellée de flocons.

— Sarah Thwaites.

— Salut, Sarah, c'est Jo.

Un long silence. Suffisamment long pour qu'un demi-centimètre supplémentaire de neige se dépose sur le toit du taxi noir stationné devant la gare. Le chauffeur somnole, la tête appuyée contre la vitre.

— Sarah ? Allô, Sarah ? C'est Jo. Jo Ferguson. Tout va bien ?

— Jo…

Je perçois de la réticence dans sa voix, une tension indéniable. Peut-être qu'elle est juste débordée. Elle peut se montrer cassante quand elle est bousculée. Les rédacteurs n'ont pas une minute à eux, ils doivent répondre à des centaines de mails par jour, les délais se succèdent à un rythme infernal.

— Voilà, dis-je, j'avais quelques idées à te soumettre vite fait, et…

— Stop !

La brutalité de son ton me réduit au silence. Elle semble furieuse.

— Sarah ? Qu'est-ce qu'il y a ?

— Tu ne t'en doutes pas ?

— De quoi ?

Je sens le danger se rapprocher, me cerner, comme une force sombre.

— Tu as bien un compte Twitter ?

— Euh, non. Enfin si, mais je ne m'en sers jamais. Tu sais que je ne suis pas très présente sur les réseaux sociaux, tu me dis toujours que je devrais l'être plus. Je vais un peu sur Instagram, je jette un coup d'œil sur Facebook de temps en temps, c'est tout. Pourquoi ?

Un bref soupir.

— OK, je te crois, mais…

— Mais quoi ?

Je concentre mon attention sur le chauffeur de taxi. Aucun doute, il dort pour de bon, privé de travail par Uber.

— Depuis quelques heures, quelqu'un poste des tweets sans arrêt, sur des tas de trucs, en se faisant passer pour toi.

— Quels trucs ? Comment c'est possible ?

Elle baisse d'un ton comme si elle craignait d'être surprise en train de me parler.

— C'est un nouveau compte, avec le nom @Jolajournaliste. Tu dis explicitement que tu travailles pour nous. Et il y a une photo récente de toi.

— Mais non, ce n'est pas moi ! J'étais chez ma mère tout l'après-midi ! Je n'utilise jamais Twitter ! Jamais !

Sarah relâche son souffle.

— Jo, je suis désolée. Va voir ton Twitter, tu comprendras tout de suite. Que ce soit toi ou pas, il est trop tard. Le journal ne veut plus entendre parler de toi, le rédac' chef nous a déjà tous prévenus par mail. En fait, j'ai bien peur que tu ne sois grillée dans le journalisme pour un moment. Des années, peut-être. Je… je regrette.

Elle s'interrompt un instant, peut-être pour vérifier autour d'elle que personne ne se rend compte qu'elle est au téléphone avec l'ennemi.

— Écoute, je veux bien croire que tu as été piratée, que c'est machiavélique, mais je dois te laisser. S'il te plaît, ne m'appelle plus. Je ne peux rien faire pour toi. Navrée.

41

JO

Elle raccroche. Un banlieusard en imperméable beige taché d'humidité, les épaules rentrées pour se protéger du froid, tape à la vitre du taxi. Le chauffeur remue. Lui, au moins, il a du travail. Abattue, je prends mon smartphone dans mon autre poche. Je ferme brièvement les yeux pour me donner du courage, puis je vais sur Twitter et cherche @Jolajournaliste.

Je n'ai aucun mal à me trouver. Mon nom Twitter est tendance. Je suis célèbre. Doublement, même : #Jolanazie est aussi devenu un hashtag tendance.

Le premier tweet qui s'affiche sur mon téléphone est le plus récent. C'est une attaque contre les Juifs.

À qui pouvez-vous faire confiance ? À qui appartiennent les médias ? Vous pensez qu'on vous dit la vérité ? Tout est dans la rime : fausses nouvelles = Israël.

Une caricature antisémite grotesque accompagne le message : nez crochu, dollars en billets, haut-de-forme, la totale. Le dessin doit dater des années 1930.

Un flot de bile remonte dans ma gorge. Je vais être malade. Appuyée contre le mur de brique à l'entrée de la gare, je vois un homme émerger du bâtiment, regarder son téléphone et me jeter un coup d'œil curieux. Suis-je déjà connue au point que les gens vont me montrer du doigt dans la rue, moi, #Jolanazie ?

Comment pourrai-je continuer à fréquenter magasins, cafés, pubs ou cinémas ?

Je fais défiler le flot de messages, tous plus odieux les uns que les autres. Un ramassis de saletés, de commentaires racistes, sectaires, injurieux. Non seulement je donne l'impression de me complaire dans l'ignominie, mais un tweet sur deux cite explicitement le nom des journaux pour lesquels j'écris, de mes employeurs, de mes rédacteurs et de mes collègues, en affirmant qu'ils sont tous d'accord avec mes opinions.

Cent cinquante tweets ont ainsi été postés en six heures. Je remonte au premier, qui dit simplement :

Salut, je suis @Jolajournaliste, de mon vrai nom Jo Ferguson. Je travaille pour votre quotidien londonien préféré, et aujourd'hui j'ai décidé de vous révéler ce que je pense vraiment…

Celui-là a été retweeté deux fois. Le dernier, avec le dessin antisémite, l'a été 12 000 fois.

Jolajournaliste, ou Jolanazie, est désormais virale. Je suis devenue la bête noire du moment, une sombre étoile filante, surgie de l'anonymat pour accéder à une notoriété dévastatrice et fatale.

Sarah a raison, je suis grillée dans le métier. Une réprouvée. Je n'ai plus d'amis, plus d'argent, plus de travail.

Que peut-on encore me prendre ? Pourquoi avoir cherché à m'anéantir complètement ? Ça me dépasse. Arlo et Tabitha n'étaient pas obligés d'aller si loin, même pour se défendre. C'est aussi vrai pour les autres suspects, Simon, Anna, Fitz, Gul, Jenny, voire mon frère. Ou Auto, pourquoi pas, ou encore une escouade de la mort version numérique, une bande d'assistants tueurs… Je ne comprends pas ce déchaînement de haine à mon encontre. Qu'ai-je fait pour mériter ça ? À quoi rime cet acharnement, ce sadisme incompréhensible ?

Je relève mon col pour me protéger du froid et des regards puis je pénètre dans la gare. Je meurs d'envie de retourner vers cette petite aire de jeux enneigée avec ses animaux en bois. Un refuge, l'endroit où j'étais autrefois en sécurité, une gamine qui jouait avec ses copains en attendant que son père, le monstre des chatouilles, vienne la chercher.

42

JO

Le hurlement est effrayant, à la fois animal, humain et mécanique. Il est suivi par un appel : « Au secours, au secours, au secours ! Pourquoi, Jo, pourquoi ? » puis par d'autres cris. Je vois Jamie Trewin à l'hôpital, mort, son père en pleurs devient mon père en pleurs, étouffant dans la voiture. Le son affreux s'élève encore. C'est la plainte d'une femme en proie à une immense souffrance, le gémissement désespéré d'une bête sur le point d'être abattue, se rendant compte de…

Je me réveille, le cœur battant douloureusement, à se rompre. Comme s'il y avait quelque chose en moi qui ne devrait pas y être, une force malfaisante se débattant à l'intérieur de mon corps.

La pâle lumière hivernale filtre à travers les rideaux de ma chambre. J'ai la bouche desséchée, les lèvres collées. Ce songe affreux est le dernier d'une longue série. J'ai rêvé que je me réveillais attachée sur un matelas ; que des gens scandaient mon nom dans un film en noir et blanc ; que trois femmes aux lèvres cousues, immobiles autour de mon lit, me regardaient alors même que leurs visages étaient privés d'yeux. Je sais ce qui m'a inspiré cette image : le poème de Sylvia Plath, « Les Muses inquiétantes ». Sur son père et sa mère.

Je me frotte les paupières, saisis la bouteille d'eau posée sur ma table de chevet, et au même moment, l'horrible réalité me rattrape.

Oh, Seigneur. Twitter. Hier soir. Tout me revient, la nausée aussi. C'est la fin de ma vie : je me suis suicidée sur les réseaux sociaux, ou plutôt, j'ai été assassinée. Je me rappelle avoir émergé en courant de la station de métro. Je m'attendais presque à voir quelqu'un me jeter des briques, à moi, la nazie. Je me suis couchée presque aussitôt rentrée, après avoir avalé des comprimés pour me réfugier dans une bienheureuse inconscience.

Mais mon sommeil a été peuplé de cauchemars, d'horreurs ponctuées par ce cri de femme et ces mots qui semblaient si réels : « Au secours, au secours, au secours ! Pourquoi, Jo, pourquoi ? »

Assise dans mon lit, je regarde autour de moi. La lumière grise de janvier ne me révèle rien d'inhabituel dans la pièce. Pas de briques lancées à travers les vitres, pas d'éclats de verre partout sur le sol. Peut-être qu'il est trop tôt, que les antifascistes dorment encore…

Quelle heure peut-il être ? Le réveil est par terre, j'ai dû le faire tomber en m'agitant pendant la nuit. Je me penche pour le ramasser, consciente d'avoir besoin d'une bonne douche.

11 heures du matin ?

Je me suis couchée à 10 heures, hier soir. Du moins, je crois. J'ai bu un verre de vin avant de prendre les cachets. J'ai dormi treize heures, pourtant je me sens épuisée.

Je me rends péniblement à la salle de bains et reste sous la douche une bonne dizaine de minutes. Puis je me traîne hors de la cabine et enfile un pull sur un jean. Je ne vais pas sortir aujourd'hui. Peut-être même que je ne sortirai plus jamais. Les enfants me montreront du doigt, plus personne ne me parlera, je suis une pestiférée.

La tête vide, comme sur pilotage automatique, je bois mon café et mange un toast, puis passe au salon. La pièce est parfaitement en ordre, comme si rien ne s'était passé. Le canapé d'un designer milanais et la lampe Tom Dixon ignorent tout de mes déboires. Mon ordinateur attend, fermé, à côté de mon téléphone éteint. Je ne peux envisager d'allumer l'un ou l'autre et de découvrir les messages atterrés, les réactions scandalisées sur Facebook, les articles qui me jugent et me condamnent. Non, impossible. Pas aujourd'hui. Je vais me contenter de rester ici, immobile, comme une de ces femmes sans yeux à la bouche cousue.

— Si tu ne te tues pas, j'enverrai quelqu'un te supprimer.

Je tourne la tête vers Electra dont les voyants s'illuminent brièvement.

— Electra, qu'est-ce que tu as dit ?

— Si tu ne te tues pas, j'enverrai quelqu'un te supprimer.

Je ne sais pas quoi répondre. Je suis trop lasse pour réfléchir, trop lasse pour essayer de déterminer si je suis encore en train de rêver.

Bzzz.

Je ne rêve pas. C'est l'interphone.

Qui est-ce ? Quelqu'un qui veut casser la figure à la raciste que je suis ? J'imagine déjà une foule déchaînée, prête à me lyncher. Ou juste un bon citoyen en proie à une vertueuse indignation. Et ma mère ? Comment va-t-elle réagir ? Cette seule pensée m'est intolérable.

Bzzz.

La personne à la porte insiste. Je regarde Electra. Elle semble étrangement passive, aujourd'hui, juste un objet noir, inerte, inutile. Et pour cause : elle n'a plus rien à faire. Elle a proféré sa dernière menace, son travail est presque terminé. Mais elle se trompe. Quelque part en moi, la révolte gronde encore. Le désir de survivre nourri par la colère. Je me battrai jusqu'au bout.

— Electra, y a-t-il des livraisons prévues aujourd'hui ?

— Il n'y a pas de livraison prévue aujourd'hui. Amazon Prime livrera douze bouteilles d'eau minérale Highland Spring demain.

Bzzz.

Le bruit me met les nerfs à vif. Je m'approche de la fenêtre pour jeter un coup d'œil en bas.

Une voiture de police est garée devant chez moi. Trois agents en uniforme, deux femmes et un homme, sont devant l'entrée. Je devine immédiatement pourquoi : incitation à la haine. Tous ces posts calomnieux sur Twitter… Les flics sont venus m'arrêter.

Faisant appel à ce qu'il me reste de courage, je décroche le combiné de l'interphone et lance, sans leur laisser le temps de prendre la parole :

— Une seconde, je descends.

J'ai l'impression d'être une condamnée à mort sortant de la Tour de Londres dans le froid hivernal pour se rendre sur son lieu d'exécution, accompagnée par le croassement des corbeaux.

J'ouvre la porte et les trois policiers me dévisagent. La plus jeune des deux femmes, une blonde qui ne doit pas avoir plus de 22 ans, demande doucement :

— Mademoiselle Jo Ferguson ?

— Oui, c'est moi, et oui, tous ces messages sur Twitter sont à mon nom. Sauf que je n'y suis pour rien, j'ai été piratée, et…

— Attendez, mademoiselle…

— J'ai été piratée, je vous assure, mais je me rends bien compte que vous pouvez avoir des doutes, alors si vous voulez m'arrêter et enquêter, allez-y, je m'en fiche.

Mon interlocutrice secoue la tête puis échange des coups d'œil interrogateurs avec ses collègues. L'homme hausse les épaules. Sa radio émet un grésillement et il s'écarte. La blonde se rapproche en m'adressant un sourire triste.

— Écoutez, mademoiselle Ferguson, j'ignore à quoi vous faites allusion. Notre présence n'a rien à voir avec Twitter.

Alors seulement, je comprends. *Jamie Trewin.* Ils ont tout découvert. Tabitha, Xander Scudamore et moi avons été démasqués, ils connaissent la vérité sur ce qui s'est passé il y a quinze ans. En un sens, c'est un soulagement.

— Vous voulez parler de Glastonbury, c'est ça ? dis-je en m'efforçant de maîtriser ma panique. D'accord, je… d'accord…

Elle me pose une main sur l'épaule comme pour me calmer. Puis, lentement, elle déclare :

— Mademoiselle Ferguson, il n'est pas question de Twitter, de Glastonbury ou de je ne sais quoi. Nous sommes ici pour une raison différente et bien regrettable.

Dans le silence qui suit, j'ai l'impression de voir les silhouettes se figer autour de Regent's Park. Il est arrivé quelque chose de grave. De terrible.

— C'est votre mère, mademoiselle. Janet Ferguson.

— Quoi ?

Les trois policiers se consultent du regard, puis l'homme hoche la tête comme pour signifier à sa collègue : « Oui, vas-y. » La blonde poursuit :

— Malheureusement, votre mère est morte ce matin d'une crise cardiaque. Certaines personnes ont tenté de vous joindre, mais vous aviez coupé votre téléphone. Je suis vraiment désolée.

Glacée d'horreur, je parviens tout juste à articuler :

— Qui l'a trouvée ? Que... que s'est-il passé ?

— Une voisine, apparemment.

— Mais comment... ?

Mon cœur se gonfle de chagrin.

— Qu'est-ce qui l'a alertée ? Dites-moi.

La jeune policière s'absorbe dans la contemplation de ses pieds, les deux autres jettent un coup d'œil aux véhicules dans la rue. Au désespoir, j'en viens presque à crier.

— Je vous en prie, répondez-moi ! J'ai besoin de savoir. Quand ? Qui ?

La blonde finit par relever la tête.

— Eh bien, hum, il semblerait que votre mère ait appelé au secours. Elle répétait votre nom, si j'ai bien compris...

— Agent Duffield !

L'homme s'est exprimé d'un ton sévère. De toute évidence, sa jeune collègue a enfreint un règlement quelconque. Elle se détourne et glisse quelques mots d'excuse à son supérieur.

Celui-ci s'adresse directement à moi :

— Mademoiselle Ferguson, croyez-moi, je suis navré. Si vous souhaitez des informations complémentaires, nous pourrons vous les fournir dans le cadre d'une démarche officielle. Je vous donne le numéro.

Il me tend une carte que je saisis machinalement, frissonnant sous les assauts du vent mordant qui balaie Delancey Street. Je remercie les trois policiers. Ils me sourient poliment en retour, me présentent de nouveau leurs condoléances et remontent en voiture. Je les regarde s'éloigner avant de regagner l'appartement.

Un chagrin incommensurable se mêle brièvement à ma profonde terreur, au point de presque la chasser un instant. En luttant contre les larmes, je vais me préparer du thé. Des souvenirs d'enfance me reviennent. Ma mère qui coupait les tomates cerises en deux avant de me les donner, pour ne pas que je m'étouffe. Sa patience quand elle m'avait appris à faire du vélo, nos éclats de rire… Les étés avant que tout s'écroule, quand nous allions jouer au tennis en famille et qu'elle apportait des sandwichs au poulet et du jus d'orange frais dans une thermos… Je le buvais avidement sous le soleil. C'était le goût de l'amour. L'amour de ma mère. Douceur et chaleur.

Soudain, de la musique. Mozart. Electra diffuse la symphonie n° 40. Comment sait-elle que c'était la préférée de ma mère ? Elle la mettait souvent en repassant, environnée par l'odeur des vêtements propres et de l'amidon.

Oh, maman…

Refusant toujours de pleurer, j'entre au salon. Je n'ordonne pas à Electra d'arrêter et reste immobile au milieu de la pièce, les yeux mi-clos, à écouter cette musique mélodieuse. Jusqu'à ce qu'elle cesse brutalement.

Electra hurle, à présent, d'une voix de vieille femme en proie aux affres de la douleur : « Au secours, au secours, au secours ! Pourquoi, Jo, pourquoi ? »

C'est ce même cri que j'ai cru entendre dans mes rêves ce matin. Sauf que je ne rêvais pas… Il était bien réel. Je reconnais la voix de ma mère. Son assistant a dû l'enregistrer puis l'envoyer ici pour que je l'entende à mon réveil.

Ma mère m'a appelée. Et je n'ai rien fait. J'étais dans mon lit.

La voix s'élève de nouveau, encore plus fort : « Au secours, au secours, au secours ! Pourquoi, Jo, pourquoi ? » Pétrifiée, j'écoute les derniers mots prononcés par ma mère.

43

JO

Rien ne vous prépare au silence particulier qui entoure un décès. Il va bien au-delà du silence normal, de ces instants qui suivent la fin d'une conversation, d'une chanson, d'un rire, d'une fête, d'un dîner… Je me souviens des silences terribles ici même, dans la maison de Thornton Heath, après la mort de papa. Celui de la première Nuit des feux d'artifice sans lui. Jusque-là, nous y allions toujours tous ensemble, il me portait sur ses épaules et je riais, ivre de bonheur… Mais ce soir-là, j'étais restée sur le canapé à regarder par la fenêtre les magnifiques explosions de couleurs, au loin. Au bout d'un moment, terrassée par le chagrin, j'avais tiré les rideaux et écouté le silence.

Ce silence si particulier… Celui de ma mère qui s'interrompait brusquement au moment de dire « ton père ». Celui de mon frère que je découvrais parfois réfugié dans la cuisine pour cacher ses larmes. Celui qui s'abattait sur nous lorsque nous contemplions l'emplacement de l'allée où papa avait garé sa voiture avant de mettre fin à ses jours.

C'est un silence dévastateur parce qu'on sait qu'il n'aura pas de fin, que rien ne pourra jamais le combler.

Et c'est celui qui règne dans la maison parfumée à la lavande de ma mère. J'erre sans but, la tête vide, le cœur étreint par la douleur et l'angoisse. Je n'ai pas oublié ce qu'a dit Electra : « Si tu ne te tues pas, j'enverrai quelqu'un te supprimer. »

J'ai verrouillé toutes les portes de l'intérieur et je déambule de pièce en pièce sans trop savoir quoi faire. Par quoi commencer quand on vient de perdre un parent ?

Organiser les funérailles, je suppose. S'entretenir avec les professionnels du chagrin. Demander des certificats. Mon frère a appelé pour m'annoncer qu'il prenait l'avion. Notre conversation a été tendue : de toute évidence, il m'en veut toujours pour ces messages que j'ai envoyés, ou plutôt que quelqu'un a envoyés en mon nom. Quelqu'un qui souhaite ma mort.

À cette pensée, je sens la révolte gronder en moi. Je trouverai le moyen de me venger de lui, ou d'elle, ou d'eux. Bientôt. Mais pour le moment, je dois affronter la terrible réalité de la disparition de ma mère.

Deux ou trois voisins sont passés peu après mon arrivée pour me présenter leurs condoléances. Ils m'ont remis des bouquets de fleurs d'un air gêné puis sont repartis.

Je suis maintenant seule parmi les meubles, les vêtements et les autres possessions de ma mère. Dont l'assistant posé sur l'étagère du salon, celui qui m'a relayé ses dernières paroles. L'enceinte offerte par Simon.

S'il y a bien une personne dont j'attendais un message de sympathie, c'est lui. Je sais que Polly lui a interdit de me contacter, mais il connaissait ma mère depuis longtemps, il aurait au moins pu m'envoyer un SMS. Ses parents sont venus tout à l'heure, ils m'ont proposé de prendre la chienne le temps que nous décidions, mon frère et moi, de ce que nous allions faire d'elle.

Simon, en revanche, ne s'est pas manifesté. Peut-être qu'il se sent coupable, pour une raison ou pour une autre…

Quoi qu'il en soit, il faut que je trie les affaires de maman, que je détermine lesquelles conserver, jeter, donner aux bonnes œuvres, voire vendre. Ce n'est pas une question d'argent, même si je suis ruinée : la maison était en location, nous devons la vider.

Je m'attelle à la tâche. Le silence est seulement troublé par le bruissement du tissu. Je rassemble les vêtements et les range dans les cartons que j'ai apportés à cet effet. Après les avoir scellés avec du scotch, j'indique sur chacun leur contenu et ajoute « Garder ? » ou « Donner ? » Je consulterai Will quand il sera là. Même s'il est furieux contre moi, nous sommes l'un et l'autre la seule famille qu'il nous reste.

Encore des cartons. Livres et magazines, souvenirs un peu kitsch de vacances au bord de la Méditerranée, nos cahiers d'écoliers, à Will et à moi. Vidéos familiales. Je découvre une bonne partie de ces vieilleries ; je ne me doutais pas que ma mère conservait tant de reliques. Elles sont presque toutes liées à nous, ses enfants. Tous ses trésors, ces objets ayant pour elle une valeur affective, proclament fièrement : « J'ai été une maman. »

Sa vie tournait autour de nous. Nous étions son seul but, le sens de son existence. Elle me l'a écrit un jour : ses moments les plus heureux avaient été ceux passés avec nous petits. Je me souviens encore des mots dans sa lettre arrivée le jour de mon mariage avec Simon : « J'espère que tu connaîtras toi aussi le bonheur de la maternité. »

Pardon, maman. J'aurais dû venir te voir plus souvent, te parler plus souvent, te prendre plus souvent dans mes bras. Mais il est trop tard, maintenant. Pire, tu es morte en me blâmant : « Pourquoi, Jo, pourquoi… »

Cette pensée me hante. J'ai entendu ma propre mère agoniser alors que j'étais dans mon lit, à moitié endormie.

L'activité ne m'a pas aidée, n'a eu aucune vertu thérapeutique. Au contraire, la vue des tenues de ma mère a aggravé ma détresse. Chacune est pour moi associée à un souvenir : les robes légères qu'elle portait jeune, les modèles plus longs et simples pour lesquels elle a opté au fil des ans, les gilets qu'elle se tricotait et sur lesquels elle cousait de gros boutons en cuir…

Abandonnant mes cartons, je me dirige vers la cuisine pour attendre Will quand mon téléphone sonne.

Tabitha.

44

JO

J'hésite à prendre la communication, à la fois terrifiée et folle de rage. Pour finir, c'est la colère qui l'emporte.

— Salut, Tabs.

J'espère m'être exprimée d'un ton glacial.

— Salut, Jo.

Elle semble nerveuse. Ça ne lui ressemble pas.

— Écoute, je… je suis désolée pour ta mère. Mon Dieu ! C'est affreux.

J'accepte ses condoléances. Après tout, c'est, ou du moins c'était, ma meilleure amie. Mais je ne peux ni oublier ni ignorer son mensonge.

— Merci, Tabitha.

— Comment tu te sens, ma chérie ? Je peux faire quelque chose ? N'hésite pas à demander, surtout.

« Ma chérie » ? Pour le coup, c'en est trop.

— Ce que j'aimerais, Tabitha, c'est que tu me dises enfin la vérité. Est-ce que le nom de Xander Scudamore t'évoque quelque chose ?

Elle garde le silence. Pas moi.

— C'était le type au visage violet, pas vrai ? C'est lui qui nous a vendu ces cachets. Ça s'est réellement passé comme je le pensais, et tout ce que tu m'as raconté l'autre jour, ce n'étaient que des conneries. Tu m'as menti, Tabs, à un moment où je n'allais pas bien du tout. Alors je commence à me demander : c'est toi et Arlo qui avez semé le bordel dans ma vie avec ce compte Twitter ? Pourquoi ? Hein, pourquoi vous faites ça ?

Nouveau silence, beaucoup plus long. Tabitha, d'ordinaire si sûre d'elle, est muette. Enfin, elle murmure :

— Si tu savais comme je regrette… Qu'est-ce que je peux te dire ? Oui, j'ai menti. J'ai pris peur parce que cette histoire ne pouvait pas tomber plus mal, avec la start-up d'Arlo, le bébé et, et… j'ai réagi comme une idiote. Je… Désolée, je n'ai pas d'excuses. Mais pour ce qui est de Twitter et du reste, on n'y est pour rien, Arlo et moi, je te le jure. Je t'en prie, tu dois me croire. Je t'en supplie. Je voudrais tellement t'aider…

— Ah oui ? Alors fous-moi la paix. Au moins pour le moment.

— Attends !

— Non. Je ne veux plus t'entendre.

Je lui raccroche au nez. Et pourtant, ce qu'elle a dit m'intrigue. Elle semblait sincère, en dépit de tout. Peut-être n'est-elle pas responsable de ce qui m'arrive. Peut-être Arlo a-t-il manigancé ça tout seul. Ou alors, c'est quelqu'un d'autre.

Il s'est remis à neiger. Nous serons bientôt tous ensevelis. Mais je ne me laisserai pas enterrer vivante ; je vais réagir, contre-attaquer. Pour ma mère. Elle n'en attendrait pas moins de ma part. Comme papa, elle a toujours été fière de ma fougue, de mon ambition, de ma confiance en moi. J'étais Jo la Tornade. Aujourd'hui, cependant, Jo la Tornade a aussi la peur au ventre.

Il faut que je me calme. J'ouvre une des fenêtres de la cuisine et inspire à fond l'air glacé. Peu à peu, je sens mon cœur s'apaiser. Je referme la fenêtre et mon regard se pose sur le pommier. Je me rappelle toutes les photos que ma mère a prises de nous sous cet arbre.

Les photos… Je veux les voir. Maman s'est servie longtemps de son appareil photo, même quand tout le monde n'utilisait plus que la fonction caméra des téléphones. Et lorsqu'elle s'est enfin résolue à passer au numérique, elle a continué à faire imprimer des tirages papier.

Will et moi devons absolument les garder. Je retourne à la salle à manger et m'approche du buffet où elle rangeait les albums. Je feuillette le premier : photos de nous bébés, dans des landaus, des poussettes, papa portant Will petit, mon premier jour d'école, un goûter d'anniversaire (pour mes 5 ans ?) avec papa et maman enlacés, à l'époque où il n'avait pas encore perdu la raison… À la vue d'un des clichés qui me montre dans les bras paternels, je sens un frisson me parcourir la nuque.

C'est celui qui a été envoyé sur mon téléphone, prétendument par Jamie Trewin.

Donc celui ou celle qui me persécute a accès aux albums de photos de ma mère, à ses souvenirs ?

Je suis sidérée, furieuse de cette intrusion, effrayée par le pouvoir de mon ennemi. Je vais chercher le deuxième album. Tandis que je tourne les pages, il me semble percevoir le changement d'atmosphère : papa disparaît, c'est l'époque du collège, les sourires se font plus rares. Nous sommes désormais trois sur une plage ou autour d'une table, et plus quatre. Will est un adolescent à la coupe de cheveux horrible, qui se laisse pousser la moustache. J'arbore une coiffure encore plus affreuse mais un sourire avide. Je m'arrête sur un cliché plus récent de Will et moi au mariage d'un cousin ; nous avons une vingtaine d'années, l'âge ingrat est enfin derrière nous. Vient ensuite une cérémonie de remise des diplômes…

Et après, plus rien. Quand nous avons quitté le foyer familial, ma mère a perdu tout intérêt pour la photo.

Je range le deuxième album dans le buffet et sors le dernier. Je le revois ouvert sur les genoux de ma mère, qui le complétait.

Assise en tailleur sur le sol froid de la salle à manger, je l'ouvre en m'efforçant de refouler ma peine. Maman a soigneusement découpé tous les articles que j'ai écrits pour les coller sur ces pages. Y figurent également tous ceux qui parlent du travail de Will, même s'ils sont moins nombreux.

Elle était si fière de nous…

Luttant contre l'envie de pleurer, je me replonge dans les souvenirs. À la moitié de l'album, les coupures de presse cèdent la place à de nouvelles photos : c'est la naissance de Caleb. Maman adorait son unique petit-fils, dont elle collectionnait les portraits. Caleb exhibant sa première dent, souriant jusqu'aux oreilles, perché sur un scooter miniature sous le soleil de Californie… Puis un cliché où je réapparais, au milieu d'un groupe. C'est un grand tirage ; maman aimait beaucoup ce format.

Nous étions tous réunis pour fêter ses 70 ans. C'était en juillet, nous avions fait un barbecue sous le pommier, et j'avais invité mes amis : Fitz, Anna, Marlo, Gul, Andy, Jenny. Simon était là, bien sûr, c'était peu de temps avant notre divorce, de même que ses parents et les partenaires de bridge de ma mère.

Quelque chose sur cette image innocente m'interpelle, sans que je sache quoi.

Je prends la pose avec Simon, Jenny, Fitz, Gul et Tabitha. Nous levons tous nos verres de Pimm's en riant, sans doute pour porter un toast à la personne derrière l'objectif. Même Arlo est là. Comment a-t-il pu se laisser convaincre de venir à Thornton Heath ? J'ai du mal à le croire. Est-ce sa présence qui me trouble ? Ou autre chose ? J'examine les visages. Malgré nos sourires, je sens la tension entre Simon et moi.

J'échangeais déjà des sextos avec « Liam », à l'époque, cherchant une issue à un mariage devenu une impasse.

Pourtant, ce n'est pas ça qui me perturbe.

Alors quoi ?

Je scrute toujours l'image, effleure sa surface de l'index comme s'il s'agissait d'un document en braille susceptible de me révéler la vérité.

Et soudain, je comprends. C'est là, sous mes yeux : un détail bien caché et pourtant visible à tous.

Dans les mains de maman.

Un léger sourire aux lèvres, elle plisse les yeux comme si elle était éblouie par le soleil. Elle tient un livre dont j'ai reconnu la couverture toute simple. Je l'ai moi-même téléchargé il y a peu.

L'anthologie des poèmes de Sylvia Plath.

Le silence autour de moi est assourdissant.

Si ma mère l'exhibe ainsi le jour de son anniversaire, c'est parce que quelqu'un le lui a offert... Je ne m'en souviens pas. Maman ne s'intéressait pas plus que moi à la poésie. Ce cadeau lui vient donc forcément de quelqu'un qui admire la poétesse. Si je parviens à mettre la main sur le recueil, j'y découvrirai peut-être enfin l'identité de mon tortionnaire.

Où ma mère a-t-elle pu le ranger ? Elle l'a sûrement gardé, comme c'était un présent. Mais il ne devait pas non plus faire partie de ses préférés.

Ses auteurs favoris avaient droit à une place dans sa chambre, Jane Austen, les sœurs Brontë, Thomas Hardy et tous les classiques qu'elle relisait régulièrement. Les livres de recettes se trouvent dans la cuisine. Tous les autres ouvrages sont ici même, dans la salle à manger.

Je m'approche des rayonnages et parcours rapidement les titres des nombreux volumes, allant et venant devant les étagères tel un colonel passant ses troupes en revue. Sauf que moi, c'est le signe d'une présence ennemie que je cherche.

En vain. Toujours pas de poésie. Il ne me reste que le rayonnage du haut. Je tire une chaise, y grimpe.

Vieux romans de science-fiction. Quelques ouvrages de sciences. Un livre sur Vermeer... et l'anthologie de Sylvia Plath, tout au fond à droite, grise de poussière.

Je la saisis d'une main fébrile puis descends de ma chaise.

L'inscription manuscrite sur la page de garde me saute aux yeux :

Joyeux anniversaire
xxx
La rose que tu accomplis

Un flot de bile brûlante remonte dans ma gorge. Cette écriture m'est on ne peut plus familière…

C'est la mienne. C'est moi qui ai écrit ces mots à ma mère. C'est donc moi qui lui ai offert le livre. Je n'en garde aucun souvenir.

Il semblerait pourtant que j'aie eu à l'époque le pressentiment de mon destin. J'avais deviné de quelle arme on se servirait pour me détruire : Sylvia Plath.

45

JO

C’est indéniable. Mais c’est impossible.

Je glisse le recueil dans mon sac, ce livre qui veut m’obliger à croire à une coïncidence absurde. J’aurais prévu des événements qui me conduiraient à ma perte, voire à ma mort, de ma main ou de celle d’un autre ?

C’est indéniable. Mais c’est impossible.

Il faut que je sorte. Je suis trop ébranlée pour réfléchir entre ces murs.

Je suis sur le point de quitter la pièce quand un bruit m’arrête.

Quelqu’un est entré dans la maison. J’ai entendu la porte s’ouvrir.

J’avais pourtant pris soin de la verrouiller. J’ai encore à l’esprit les menaces d’Electra et de celui ou celle qui la contrôle : « Quelqu’un va y rester. » Je distingue maintenant des pas dans le couloir. Des pas sonores, qu’on ne cherche pas à étouffer. Ceux d’un homme, manifestement, qui vient pour moi. Pour m’assassiner dans cet endroit où ma mère est morte et où j'ai prédit ma propre fin.

L'intrus pénètre dans la cuisine, entrechoque de la vaisselle. Cherche-t-il quelque chose ? Un grognement assourdi s'élève, contrariété ou frustration.

Je n'ose pas bouger. Je survole des yeux ce qui m'entoure, à la recherche d'une arme quelconque. Rien. Alors que les pas se rapprochent, je saisis une des boîtes de peinture de mon père, prête à la lancer.

Brusquement, une haute silhouette familière apparaît sur le seuil.

— T'es vraiment qu'une sale garce, gronde-t-il. C'est toi, je le sais. C'est toi qui l'as tuée.

46

TABITHA

Les ombres du crépuscule hivernal envahissaient le jardin. Assise à la table de la cuisine devant un petit verre de vin, Tabitha regardait l'horloge numérique du micro-ondes d'Arlo.

Elle retardait une fois de plus. Ce dysfonctionnement lui portait sur les nerfs, elle la remettait à l'heure tous les trois jours. Le plus étrange, c'était qu'Arlo, d'ordinaire si tatillon et méticuleux, qui s'énervait si ses boutons de manchette n'étaient pas rangés par taille, semblait ignorer ce détail.

Où était-il, d'ailleurs ? Il lui avait pourtant dit qu'il ne rentrerait pas tard. Devait-elle se mettre à préparer le dîner ? Il était encore trop tôt… D'un autre côté, cette activité l'apaisait. Elle passait de plus en plus de temps dans la cuisine, à mitonner des plats dont elle n'avait pas envie.

Peut-être qu'elle avait besoin d'un dérivatif pour ne pas penser à Jo. Leur dernier échange avait été particulièrement pénible.

La sonnerie de son téléphone interrompit le cours chaotique de ses réflexions. Elle ne reconnut pas le numéro.

— Oui, allô ?

— Bonjour, c'est Simon. Simon Todd. Désolé, je te dérange ?

— Non, pas de problème.

— Tu vas bien ? J'ai entendu dire que, euh, que tu attendais un bébé ?

— Oui, ça va.

Elle considéra la pénombre du dehors, les rosiers dépouillés, les plaques d'herbe qui réapparaissaient à mesure que la neige fondait. Pourquoi Simon l'appelait-il ? Il ne le faisait jamais. C'était sûrement à propos de Jo.

— Simon, que se passe-t-il ? C'est Jo, c'est ça ?

— Oui…

Il baissa la voix comme s'il craignait d'être entendu.

— Oui, évidemment. Tu as appris, pour Janet ?

— Je sais, c'est affreux. Je me suis toujours dit qu'elle risquait une autre crise cardiaque, même avec ce pacemaker… Pauvre Jo.

— Tu lui as parlé ?

La question raviva la culpabilité de Tabitha.

— Je… j'ai essayé, mais… Elle est en colère contre moi. On s'est disputées, c'est compliqué entre nous.

Elle s'efforça d'étouffer ses craintes à propos d'Arlo. Comment réagirait-il quand il apprendrait que Jo avait tout découvert au sujet de Xander ?

— De toute façon, qu'est-ce qu'on peut dire, dans ces circonstances… Comment peut-on l'aider ? C'est si triste. D'autant que ça vient en plus de tout le reste, de ce cauchemar qu'elle vit depuis quelque temps...

— Tous ces messages qu'elle a envoyés, tu veux dire ?

— Oui, ses messages odieux, ses posts délirants sur Twitter... Elle a perdu son boulot, tu te rends compte ? On ne parlait plus que d'elle sur les réseaux. Je suis passée à l'appartement, l'autre jour, et elle perdait complètement les pédales. Mon Dieu, Simon, elle devient comme son père. C'est l'horreur.

— Attends, il faut que je te dise quelque chose. J'ai enquêté de mon côté. Tous ces mails, justement, ces messages sur WhatsApp et Twitter... Elle n'en est pas l'auteur, figure-toi. Elle ne ment pas, elle a été piratée.

Tabitha en resta abasourdie quelques secondes.

— Quoi ? Comment peux-tu en être sûr ?

Simon répondit sans hésiter, d'un ton ferme :

— Parce qu'elle n'a pas pu le faire physiquement. J'ai tout examiné. Le timing est révélateur : le mail qu'elle est censée avoir adressé à Fitz, par exemple, a été expédié alors qu'elle dînait avec moi et que nous avions éteint nos téléphones.

Tabitha fronça les sourcils.

— Il n'existe pas des logiciels spéciaux qui permettent de différer l'envoi des messages ?

— Si, mais j'ai vérifié aussi. Je connais tout ça, c'est mon domaine. Crois-moi, elle n'est ni parano ni schizo comme son père. Il y a réellement quelqu'un qui s'en prend à elle, en se servant des assistants pour l'atteindre.

À la stupéfaction de Tabitha succéda l'inquiétude.

— Et le téléphone, la télé, le compte Twitter ? Tu veux dire que tout a été trafiqué ? Que c'est une sorte d'attaque ?

— Tout juste. Je pense sincèrement qu'une personne qui lui en veut à mort cherche à la détruire, à la rendre folle ou à la pousser au suicide. Qui peut la détester à ce point, Tabs ? Qui aimerait la savoir enfermée à l'asile ou écrasée par un bus ? Qui en bénéficierait ?

Tabitha considéra son verre vide. Elle avait désespérément envie de s'en servir un autre mais c'était hors de question.

— C'est toi qui as installé les assistants, Simon. Tu ne peux pas aller voir sur place ? C'est ton ex, après tout, et elle vient de perdre sa mère.

— Impossible. Polly ne me lâche pas d'une semelle. Ça peut paraître dingue, mais c'est comme ça. Si elle découvre que j'ai eu le moindre contact avec Jo, elle me quittera. Là, je t'appelle du téléphone d'un copain, c'est dire…

Un bref silence.

— J'ai essayé d'envoyer quelques SMS à Jo, il y a deux ou trois semaines, et je lui ai aussi écrit un mail après la mort de sa mère, mais j'ai l'impression qu'ils ont été bloqués. Il semblerait que celui ou celle qui contrôle son système informatique ait tout fait pour l'isoler. Franchement, ça fout les jetons. J'ai peur pour elle, Tabs.

Simon s'interrompit un instant avant d'ajouter :

— Encore une chose : j'ai un suspect en tête. Enfin, plus ou moins.

Ces mots suscitèrent en Tabitha une sourde appréhension. Allait-il accuser Arlo ? En un sens, elle pouvait le comprendre. Elle-même commençait à avoir des doutes.

— Qui ?

— Liam.

— Qui ça ?

— Tu te souviens de cet acteur, Liam, avec qui elle échangeait des sextos ? Celui qui a foutu en l'air notre couple. Pendant un moment, après le divorce, j'ai suivi son activité sur les réseaux. Il avait un compte Facebook, il était sur Instagram, il postait un tweet de temps en temps… Je suppose que j'étais jaloux.

— Et tu penses qu'il aurait pu le devenir lui aussi, c'est ça ? Oui, c'est possible. Elle l'a plaqué, n'a jamais couché avec lui, et du coup il aurait décidé de se venger ? Ce serait un dingue ? Un harceleur ?

— Non, déclara Simon. C'est même tout l'inverse d'un harceleur. En fait, je ne m'étais pas intéressé à lui depuis longtemps, et l'autre jour j'ai voulu jeter un œil à ses comptes. Or, il a disparu du Net. Il n'y a plus aucune trace de lui. Tu ne trouves pas ça bizarre ? Elle correspondait avec un fantôme.

Tout allait trop vite pour Tabitha. Elle dut fournir un effort pour se concentrer.

— D'après toi, il n'a jamais existé, c'est ça ?

— Eh bien, je dirais plutôt qu'on lui a donné une existence momentanée. J'ai utilisé un logiciel de reconnaissance faciale. Toutes les photos de lui ont été détournées de la page Facebook d'un banquier américain qui n'a apparemment jamais mis les pieds en Angleterre. J'ai vérifié encore et encore. Quelqu'un a fauché ces images, inventé un profil et créé ce type, Liam Goodchild, avant de le faire disparaître, de l'effacer complètement. Et ça, n'importe quel geek sait à quel point c'est difficile. Donc, seul un spécialiste des technologies de pointe et de l'intelligence artificielle peut avoir fait ça.

Tabitha en resta sans voix.

— Quoi qu'il en soit, reprit Simon, ce n'est pas le plus urgent. La priorité, c'est de sauver Jo. Est-ce que tu pourrais aller la voir et rester auprès d'elle ? C'est ton amie, ton appartement. Et je crois qu'elle risque vraiment de se suicider.

Tabitha grimaça. *Et moi, j'ai encore aggravé les choses.*

— OK, d'accord, je vais essayer. Le problème, c'est qu'on s'est disputées, comme je te l'ai dit. Elle ne m'écoutera pas. Et puis avec Arlo, c'est compliqué, en ce moment. Il peut être, euh, difficile à vivre.

Elle se sentait de plus en plus pitoyable mais ne voyait aucun moyen d'arranger les choses. Et cette impuissance n'avait rien à voir avec Arlo. C'était elle qui avait braqué Jo en lui mentant à propos de Jamie Trewin. Comment revenir en arrière ? Leur amitié était sans doute irrémédiablement gâchée.

Simon poussa un soupir excédé, comme s'il ne s'était pas réellement attendu à ce qu'elle le soutienne. Puis il déclara :

— J'imagine que je pourrais lui écrire pour la rassurer ou la prévenir. Genre, une putain de lettre à l'ancienne. Mais est-ce qu'elle prendrait la peine de l'ouvrir ? Non, je crois vraiment qu'il vaudrait mieux aller la voir. Et peut-être que c'est à moi, son ex-mari, de le faire. En espérant que Polly ne l'apprenne pas… Jo a besoin d'aide, Tabs. Elle est confrontée à des attaques vicieuses et elle ne peut compter sur personne.

— Eh bien…, commença Tabitha, tenaillée par la culpabilité. Ce serait super que tu y ailles. Et, s'il te plaît, dis-lui que je l'aime et que je suis désolée pour sa mère. Tiens-moi au courant dès que possible, d'accord ?

Simon raccrocha sur un « oui » cassant. De toute évidence, il était dérouté par la faiblesse, la lâcheté dont elle avait fait preuve. À juste titre. Mais il était aussi sincèrement inquiet pour Jo. Et pour cause : quelqu'un tentait de l'anéantir.

Qui ? Et pourquoi ?

Tabitha se souvint soudain de ce qu'Arlo lui avait confié à propos de Simon : il menait des recherches sur le mimétisme vocal. Il lui vint à l'esprit que, durant tout cet échange téléphonique, elle n'avait peut-être pas vraiment parlé à l'ex-mari de Jo. Avait-il utilisé sa propre voix pour l'entraîner encore plus loin dans une espèce de jeu tordu et dangereux ?

Mais là encore, pour quelle raison ?

Elle avait l'impression d'être cernée par des ombres. L'hypothèse d'une voix clonée la mettait mal à l'aise, mais pas autant qu'une autre remarque de Simon : Liam l'acteur serait une sorte de fantôme. La situation devenait trop étrange, effrayante, glaçante. Tabitha se sentait comme une figurante d'un film incompréhensible, au scénario écrit dans une langue inconnue par quelqu'un de beaucoup plus intelligent qu'elle. Ou comme une participante d'un jeu de cartes à forte mise, où tout le monde bluffait.

Elle jeta un coup d'œil au jardin entouré de murs. La neige s'était remise à tomber dru, effaçant une nouvelle fois les reliefs. Remodelant le monde.

47

JO

Je regarde le visage bronzé de mon frère, qui trahit les premiers signes de l'âge. La fatigue se lit aussi sur ses traits, après son long vol depuis Los Angeles. Pourquoi s'emporte-t-il ainsi contre moi ?

— Qu'est-ce qui te prend de me parler comme ça, Will ? Je ne suis pour rien dans la mort de maman, j'étais chez moi.

— Ah oui ?

— Oui. Écoute, ce n'est pas moi qui ai envoyé ces messages calomnieux à propos de Caleb, je t'assure. Tous mes comptes ont été piratés. Je t'en prie, tu dois me croire.

Sans un mot, il croise les bras et me dévisage d'un air sévère. Je tente de faire la paix :

— Tu viens d'arriver ? Tu es crevé, j'imagine. Je vais continuer à trier les affaires de maman pendant que tu te reposes, d'accord ? On reparlera de tout ça demain et…

— Non ! gronde-t-il. Je suis arrivé en début de matinée et je suis déjà passé ici tout à l'heure. Tu n'étais pas encore là. J'ai laissé mon sac chez un copain qui m'héberge, à Battersea.

Quand il se dirige vers la salle à manger, je lui emboîte le pas. Il s'arrête devant l'étagère où est rangé l'ordinateur de maman. Elle s'en servait surtout pour classer ses photos, correspondre avec la famille et consulter Facebook. En fait, elle était sur Facebook plus souvent que moi. Comme beaucoup de parents.

Will ouvre le portable, qui affiche immédiatement la page Facebook de notre mère. Il clique sur l'icône de Messenger puis m'indique l'écran.

— Et ça, ce n'est pas toi non plus, je suppose ? lance-t-il d'un ton glacial.

Je contemple le dernier message reçu par ma mère. C'est moi qui suis censée le lui avoir écrit. Dès les premières lignes, je sens ma gorge se nouer et les larmes affluer.

Tu as été la pire des mères. Assommante, inintéressante au possible. Toujours à faire des histoires pour rien. Pas étonnant que papa se soit suicidé. On t'a toujours détestée, Will et moi. C'est pour ça qu'on ne t'appelle jamais, qu'on ne vient jamais te voir. Pauvre papa, qui devait s'ennuyer à mourir avec toi...

Suivent plusieurs paragraphes sur le même ton. Ignobles. Malveillants. Je referme l'ordinateur mais il est trop tard ; les mots se sont gravés au fer rouge dans mon esprit.

Will reprend la parole d'une voix vibrante de colère :

— Tu as envoyé ce message à 8 h 30. Apparemment, maman l'a lu à 9 heures. Elle est morte peu après.

Il s'écarte de moi, les traits convulsés de dégoût.

— Quel genre de monstre es-tu, Jo ? D'abord tu essaies de détruire ma famille, mon foyer, ensuite tu débites des horreurs à ta mère cardiaque ? Tu l'as vraiment tuée !

Je m'élance hors de la pièce pour échapper à ses mots, à cette maison. Je suis innocente, mais mon frère refuse de m'écouter, et je ne supporte pas sa fureur.

— C'est ça, fous le camp ! s'écrie-t-il quand j'ouvre à la volée la porte d'entrée. Va au diable !

Si seulement je pouvais.

48

JO

L'engourdissement provoqué par un excès de chagrin et de culpabilité peut être une bénédiction. Est-ce une manifestation de l'instinct de survie, un mécanisme de défense permettant de supporter une douleur intolérable ? Quoi qu'il en soit, je n'aurais pas pu surmonter autrement l'épreuve de ces derniers jours : les funérailles de ma mère, la haine palpable de mon frère, mon isolement total pendant la cérémonie religieuse, les regards méprisants ou hostiles que j'ai croisés dans l'assemblée…

Je me suis réfugiée dans une bulle de colère, d'incompréhension et de peur. On me prend pour une folle ? Et alors ? On croit que c'est moi qui ai déversé ma bile sur Twitter ? Ce n'est pas vrai, mais quelqu'un a fait en sorte que tout le monde le pense.

La rage bouillonne en moi. Je refuse de me laisser anéantir mais j'ignore contre qui me battre. Comment affronter un ennemi aussi insaisissable qu'un spectre ?

Chaque fois que j'identifie un suspect potentiel, Liam, par exemple, la piste se dissipe comme de la fumée.

Et ma situation est si insolite que je ne peux me confier à personne. Je n'imagine que trop bien la réaction incrédule de mes interlocuteurs : « Oh, vous avez eu le pressentiment de votre avenir ? Et vous avez aussi vu des fantômes, un soir ? »

Pas étonnant que mon seul soutien soit un sans-abri un peu dérangé.

Assise au salon, cet après-midi-là, je croque distraitement une pomme en attendant l'ultime offensive de l'ennemi.

J'abandonne le trognon sur la table. L'appartement devient une vraie poubelle à mesure que je m'enlise dans ce bourbier. Google m'apprend que la dernière tempête de l'hiver, la plus féroce, est imminente. Je m'en réjouis. Je voudrais que les éléments se déchaînent contre la ville et la rayent de la carte. Qu'il ne reste plus que le Shard, étincelant au-dessus des gravats recouverts de glace. Je ne m'aventure plus que rarement dans les rues enneigées de Primrose Hill, sous un vent mordant, en jetant des regards craintifs autour de moi. J'imagine alors que cet obélisque argenté a été érigé il y a vingt mille ans comme lieu sacrificiel ; qu'au fil du temps, Londres s'est développée autour de ce totem mystérieux à la fonction originelle oubliée de tous.

Je ressasse mes idées noires alors que je devrais me concentrer sur le combat à mener. En commençant par l'anthologie des poèmes de Sylvia Plath. Il y a peut-être une explication à trouver dans ces pages.

Le cours de mes pensées est interrompu par un coup frappé à la porte.

Je me dirige vers le vestibule et sens mon cœur s'affoler.

— Oui ? Qui est-ce ? dis-je à travers le battant.

— Tom, de l'étage en dessous.

Ouf. C'est mon nouveau voisin, un des locataires qui, d'après Fitz, pourraient « garder un œil sur moi ». Jeune, sympathique. Il a emménagé avec sa copine il y a tout juste quelques jours. Nous avons bavardé un peu et échangé nos numéros de téléphone quand ils sont arrivés, mais j'étais trop accaparée par mes problèmes pour m'intéresser vraiment à eux.

Je les plains. Ils ignorent encore que la fille du dessus est folle.

J'ouvre.

— Salut, Jo.

— Bonjour, Tom. Je peux faire quelque chose ?

Je m'efforce de paraître normale. Il me sourit.

— Eh bien, c'est un peu bizarre, mais j'ai un appel pour toi.

— Pardon ?

Il hausse les épaules.

— Un certain Simon. Ton ex, je crois. Il dit que c'est urgent.

Simon m'appelle sur le téléphone de mes voisins ? À ma surprise initiale succède un tressaillement d'excitation : une connaissance autre que Tabitha veut me joindre. Quelqu'un qui pourrait peut-être me témoigner de la compassion.

Je saisis le portable de Tom, qui me gratifie d'un sourire perplexe.

— Tu n'as qu'à descendre me le rendre quand tu auras fini, dit-il avant de s'éclipser.

Simon ne s'embarrasse pas de considérations superflues, ne me présente même pas ses condoléances. Il chuchote sur un ton pressant :

— Jo ? Écoute-moi bien…

— Mais comment as-tu eu le numéro de Tom ?

— Peu importe. J'ai appelé Fitz. On n'a pas de temps à perdre. J'ai compris ce qui t'arrive. Je sais qu'on t'a piratée. Je suis au courant pour les assistants. Tu es dans l'appartement, là ?

— Oui. À la porte. Tom vient de me prêter son téléphone.

— Je ne pouvais pas t'appeler sur le tien, il n'est pas fiable.

En dépit des circonstances, j'éprouve un bref sentiment d'exaltation. Quelqu'un me croit !

— Jo ? Ne dis rien à voix haute. Va chercher un manteau et rejoins-moi près de la fontaine de l'Inner Circle, à Regent's Park. Tout de suite.

— Mais…

— Chut ! Pas un mot ou les assistants vont t'entendre. Tous tes appareils ont été hackés, tu cours un grave danger. La menace est immédiate, j'ai consulté tes comptes. Il faut qu'on se voie dans un endroit éloigné, sans caméra de surveillance ni rien. Je pense qu'au parc, ce sera sûr. Je t'expliquerai tout sur place.

Je jette un coup d'œil aux fenêtres du salon. La tempête commence, la neige tourbillonne furieusement derrière les vitres. Pourtant, il a raison, je serai plus en sécurité dehors qu'ici.

— OK, dis-je à Simon, avant d'ajouter plus fort à l'adresse d'Electra : Je vais en acheter au supermarché !

La communication est coupée. Je m'habille le plus chaudement possible, gants, écharpe et bonnet, puis descends, frappe à la porte de Tom et lui rends son portable.

— Merci.

Il le récupère en fronçant les sourcils.

— De rien. Il n'y a pas de problème, j'espère…

Je ne lui laisse pas le temps de me questionner. J'ouvre la porte et sors affronter le blizzard avec l'impression de pénétrer dans un monde différent, moins incertain, où je trouverai enfin des réponses.

49

JO

Malmenée par les assauts du blizzard, Londres a capitulé. Depuis le début, cet hiver particulièrement rigoureux incite les habitants à rester calfeutrés chez eux, mais jamais encore les rues environnantes ne m'avaient paru aussi désertes.

J'ai l'impression d'être seule au monde. La neige qui tombe à l'horizontale me pique le visage tandis que je lutte contre les bourrasques. Je traverse et entre dans le parc. Au cœur de la tempête, les silhouettes des arbres m'évoquent des pieds de lampe victoriens aux formes alambiquées. Les réverbères ressemblent à des animaux pétrifiés dont les membres auraient été arrachés par les vents violents.

Les flocons sont si drus que je ne vois rien à plus de trois mètres, cinq maximum. Je me fie à ma mémoire pour me repérer. Pourtant, je ne ressens pas le froid, plutôt une sorte de chaleur réconfortante. Je suis sauvée. Simon me croit, il a compris ce qui m'arrivait. Je m'en doutais déjà et à présent, tout le monde le sait : *je ne suis pas folle*. Ce n'est pas moi qui ai détruit ma carrière, mes liens d'amitié, ma relation avec mon frère. Je n'ai pas tué ma mère. La vérité est toute proche, à portée de main.

Je scrute les alentours, incapable de déterminer quelle direction prendre. J'hésite quelques instants avant de crier :

— Simon ? Tu es là ? Simon ?

C'est idiot. Ma voix est étouffée par les grondements du vent, et de toute façon, je suis encore loin de l'Inner Circle, le parc à l'intérieur du parc. L'obscurité s'étend peu à peu sur la ville balayée par les rafales de neige. Le monde est en noir et blanc. Bientôt, les gardiens fermeront les grilles. Il faut vite que je trouve Simon. Il me dira quoi faire.

Je pile brusquement en apercevant une large étendue de glace. Je suis tout près de la mare aux canards ; autrement dit, je suis partie dans le mauvais sens. Au moins, je suis maintenant en mesure de m'orienter. Je me remets en marche, les épaules rentrées et le dos rond. Mes yeux larmoient, mon visage me brûle. Malgré mes multiples couches de vêtements, je commence à sentir ma température corporelle chuter.

Est-ce dangereux ?

Je m'en fiche du moment que je parviens à rejoindre Simon. Malheureusement, une fois à l'Inner Circle, je ne vois aucun signe de lui. Ni de personne. Une bourrasque plus brutale que les autres manque de me renverser. Les arbres ploient sous la neige avec des grincements sinistres. Si une branche casse, elle pourrait me tuer…

— Simon !

Mon cri se perd dans le vacarme, les flocons s'engouffrent dans ma bouche.

— Simon ! Où es-tu ? Simon ?

Une sonnerie s'élève soudain de ma poche. Mon téléphone ? Je m'accroupis près d'une haie de rosiers pour essayer de m'abriter, sors mon portable et décroche. C'est Tom, mon voisin.

— Jo ? Où es-tu ?

Je ne peux pas lui dire la vérité. Pas sur ce téléphone connecté aux assistants.

— Jo ? Réponds, bon sang ! Tout va bien ?

J'ai du mal à l'entendre. Je plaque le téléphone contre mon oreille.

— Oui, ça va, Tom. Je suis sortie faire des courses.

— Écoute, je voulais te prévenir qu'un type bizarre est venu poser des questions sur toi. Il a dit qu'il t'avait vue partir vers le parc il y a un moment et il voulait savoir si tu étais rentrée. Mais… il n'avait pas l'air net, Jo. Il est peut-être dangereux. Je crois que je devrais appeler la police.

— Non !

Les assistants nous écoutent. Ils risquent de se venger avant que Simon puisse me sauver.

— Ce n'est pas la peine, Tom. Ne t'inquiète pas, c'est juste… c'est mon ex, Simon.

Mais il n'y a plus personne en ligne. Entre mes mains tremblantes, l'écran est redevenu noir.

Où est Simon ? Sûrement là, tout près. Désireux de m'aider, de me sauver, de tout m'expliquer.

Plantée au centre de l'Inner Circle, je distingue tout juste la fontaine où nous avions l'habitude de nous rejoindre au début de notre relation. Les jets d'eau gelée forment des arcs cristallins d'un gris pâle. Des stalactites pendent des dauphins de pierre.

Je me tourne vers les grilles, au loin, à peine visibles dans la blancheur environnante. Il n'y a rien d'autre.

Simon n'est pas venu.

Il a menti. Pourquoi ?

— Simon ! Simon !

Silence.

— Simon ? Tu es là ? Réponds-moi, s'il te plaît !

Il me semble que mes jambes vont se dérober sous le poids de ma déception.

Et soudain, je vois un homme approcher. Sauf que ce n'est pas Simon. C'est celui qui a été envoyé pour me tuer.

C'est un individu corpulent, affublé d'une cagoule et de plusieurs écharpes, arrivé par l'entrée sud. Sa silhouette sombre me paraît immense ; il est bien plus grand que Simon. Il est venu pour moi, pour m'achever au cœur de la tempête. Et personne ne le saura. Il n'aura qu'à se débarrasser de mon corps dans le lac gelé, tout le monde pensera : « Oh, la pauvre, elle s'est perdue et elle est tombée. La glace s'est brisée. Elle s'est noyée. » Il est là pour mettre un terme définitif à ce cauchemar.

J'entends un cri, aussitôt noyé par les hurlements du vent. Puis l'inconnu se met à courir dans ma direction. Une peur viscérale s'empare de moi. « Si tu ne te tues pas, j'enverrai quelqu'un te supprimer. » Je jette des regards éperdus autour de moi, cherchant où fuir, tandis qu'il continue d'avancer. Déterminé, calme. Un tueur…

Toutes mes terreurs, réelles et imaginaires, déferlent dans mon esprit. J'ai l'impression d'avoir perdu la notion du temps, de l'espace, tous mes repères dans cet univers chaotique. Galvanisée par la panique, je m'élance vers la droite. Devant moi, les grilles sont en train de se fermer automatiquement, mais j'ai le temps de les franchir pour atteindre la route qui traverse Regent's Park. Rapide coup d'œil derrière moi : l'homme me poursuit, bien décidé à m'acculer, à m'attaquer, à me supprimer. Je vire à gauche, rétablis de justesse mon équilibre sur le sol verglacé et me retourne brièvement. Cette fois, je ne vois plus qu'un mur d'ombre, de neige et de vent. Mon pied glisse encore. Je mouline désespérément des bras et m'étale par terre.

Où est-il ?

Je hurle, encore et encore, espérant alerter quelqu'un. En vain. Il n'y a personne dans cette partie du parc, à part lui et moi. Puisant dans mes dernières réserves d'énergie, je me redresse et titube jusqu'au trottoir. Une autre grille se dresse devant moi, ouverte. J'ignore sur quoi elle débouche. L'allée qui s'étend derrière, en pente, semble s'enfoncer dans un labyrinthe de charmilles et de lierre. Je ne suis jamais venue par ici. Regent's Park est tellement vaste… Partout, les hautes haies sont couvertes de neige fraîche. Je cours à perdre haleine dans ce dédale.

Autour de moi, des remparts blancs. Au-dessus de moi, un ciel d'encre. La mort se rapproche, l'ogre me talonne. Mon heure est venue. Je n'ai nulle part où me réfugier.

Pourtant, je m'obstine. Je pars vers la gauche puis vers la droite, longe des taillis, des fontaines et des tonnelles prises dans des gangues de glace. Mes poumons me brûlent. Je distingue toujours mon poursuivant, épaules larges, cagoule, manteau épais. Je suis sûre qu'il me voit aussi, alors je m'enfonce plus loin dans le labyrinthe.

Je pense l'avoir semé, au moins temporairement, mais je suis perdue et à bout de forces. La nuit est glaciale et la tentation de la résignation presque irrésistible. Je ferais mieux de renoncer ; de toute façon, il n'y a pas d'échappatoire. J'espère seulement que, si l'homme me rattrape, il me tuera vite. Les grilles sont maintenant fermées et les clôtures trop hautes pour que je puisse les escalader. Je passe sous une dernière arcade soutenant des rosiers dépouillés et émerge dans un petit cercle de terre verglacée. Au centre s'élève la statue d'une gracieuse jeune fille. Du coin de l'œil, j'aperçois un petit banc en bois.

Voilà, c'est fini. Ça suffit. Je suis si fatiguée… Je ne peux pas m'enfuir. Ils ont gagné. J'ai tué ma mère. Même si je ne suis pas coupable, elle est morte en pensant que sa propre fille la haïssait.

Lentement, je m'allonge sur le banc. Je suis tellement transie que je ne frissonne même plus. J'éprouve un calme étrange, sans doute semblable à celui qui précède le suicide, le moment où l'on se résout à n'avoir plus d'autre issue que la mort. Celui qui devait habiter Sylvia Plath lorsqu'elle a préparé du pain et du lait pour ses enfants, puis calfeutré les portes avant d'aller se coucher par terre dans sa cuisine, la tête sur un torchon.

Je cale ma nuque sur le banc. C'est ici que je vais mourir. Même si mon poursuivant ne me trouve pas, je ne peux plus sortir du parc. Si je ne finis pas noyée ou étranglée, le froid aura raison de moi. C'est peut-être mieux ainsi. Vu ma situation, la mort n'est pas si terrible.

Mes yeux se ferment, mes battements de cœur ralentissent. Une image de mon père près du pommier me traverse l'esprit. *Oh, papa, c'est terminé pour moi.*

— Hé !

La vision de mon père me serrant dans ses bras, de son sourire chaleureux, se dissipe. Je soulève laborieusement les paupières.

Je connais cette voix.

C'est celle d'Auto. C'est lui qui m'a suivie. Auto.

— Toi ?

À peine ai-je ouvert la bouche que des cristaux de glace s'y engouffrent, m'empêchant de parler.

— Je t'ai vue entrer ici, dit-il à travers sa cagoule. J'ai pensé que t'avais des ennuis.

Il secoue la tête.

— Je suis venu t'aider, Jo. Je suis venu te chercher.

Je suis toujours incapable de prononcer le moindre mot.

Il me soulève comme si je ne pesais rien. Je le sens encore m'emporter hors du dédale de haies, puis je sombre dans une bienheureuse inconscience.

50

JO

J'ai passé une nuit à l'hôpital. Je ne me souviens pas de mon arrivée. Apparemment, Auto m'a portée sur tout le trajet depuis Regent's Park, alors que j'étais évanouie. Puis il a disparu.

J'ai repris connaissance au moment où on m'enveloppait de couvertures chauffantes. Les urgentistes ont cherché des signes d'hypothermie potentielle, d'engelures, mais je n'avais rien. Aucun dommage à déplorer. Ce matin, un médecin a examiné mes yeux et testé mes réflexes avant de me faire une prise de sang. Il a ensuite soupiré en posant sur moi un regard bienveillant, teinté de compassion, comme s'il soupçonnait une tentative de suicide.

« Vous pouvez partir, mademoiselle Ferguson, a-t-il conclu. Vous allez bien. Une chance que vous soyez jeune et en bonne condition physique… Mais, s'il vous plaît, évitez d'aller vous promener dans les parcs la nuit, en pleine tempête. »

Je lui ai adressé un sourire penaud.

« Je vous le promets, docteur. »

Les infirmières, prises de pitié quand je leur ai dit que personne ne pouvait m'apporter d'affaires, m'ont acheté des sous-vêtements. Je les enfile et remets mon jean et mon pull qui ont eu le temps de sécher. Au moment où je quitte le service, une jolie infirmière au sourire chaleureux s'avance vers moi, chargée d'un énorme bouquet. Elle me jette un coup d'œil par-dessus le mélange de roses, de lis et de fleurs tropicales.

— Mademoiselle Ferguson ? C'est pour vous.

Je lis la carte qui accompagne le bouquet : « Je suis terriblement désolée pour tout. Tabitha. »

— Vous pouvez le donner à quelqu'un d'autre ? Des enfants du service pédiatrique, peut-être. Je n'en veux pas.

Elle me gratifie d'un sourire hésitant, puis hoche la tête et s'éloigne. En sortant de l'hôpital, je me sens animée d'une détermination nouvelle. Ma peur de mourir, la veille, a ravivé mon désir de vivre, de me battre. Le blizzard s'est calmé et a dégagé le ciel, comme mon expérience m'a éclairci les idées.

Le soleil brille sur Gower Street. Les stalactites commencent à fondre, l'eau goutte sur les trottoirs. Et les choses encore récemment cachées par la neige réapparaissent.

Je jette un coup d'œil au panneau indiquant l'unité psychiatrique. Je n'irai jamais. Je ne me laisserai pas enfermer. Et il n'est pas question non plus qu'une ambulance transporte mon cadavre jusqu'à la morgue de l'hôpital. Pas après ce que j'ai vécu cette nuit.

Il faut que je réexamine le recueil de poésie rapporté de chez ma mère, cette inscription que je ne m'explique pas. Je dois lui trouver un sens avant qu'Electra lance son offensive finale.

Tout en me dirigeant vers la station de métro de Warren Street, je tire mon téléphone secret et appelle Tabitha. Il faut que j'aie une petite conversation avec elle.

Elle décroche aussitôt, nerveuse en diable.

— Oh, Jo, je suis si contente de t'entendre ! Tu vas bien, merci mon Dieu. Jo, je… je… qu'est-ce que je peux te dire ? C'était tellement nul de ma part de te mentir à propos de Jamie… Et puis, les voisins m'ont appelée hier soir pour me prévenir de ce qui s'était passé dans le parc. Oh, et avant ça, Simon m'avait téléphoné pour m'expliquer que les assistants avaient été piratés. Pardon d'avoir douté de toi.

Ses excuses devraient me soulager mais je n'éprouve que de la colère.

Elle poursuit :

— Dis-moi, s'il te plaît, c'est Arlo ? Est-ce qu'il est impliqué ? Je ne sais plus quoi penser, et tu as failli mourir, et…

— Tabitha, tais-toi !

Elle s'interrompt.

— Réponds juste à deux ou trois questions. En toute franchise.

— Oui, oui… Bien sûr.

Son débit est hésitant, comme si elle était sur le point de fondre en larmes. Ma meilleure amie, toujours si sûre d'elle, est peut-être en train de craquer. Je ne suis pas certaine de m'en soucier.

— Est-ce que tu as parlé à Arlo de Jamie Trewin, Tabs ? Compte tenu du rôle de Xander Scudamore, je suppose que tu as dû le mettre au courant.

Un silence.

— Oui, je… je lui ai dit, avoue-t-elle.

Cette fois, je détecte bel et bien des sanglots dans sa voix.

— Je regrette, je…

— Arrête de pleurnicher. J'ai autre chose à te demander. As-tu mentionné « Hoppípolla » ? Lui as-tu donné ce détail ?

— Hoppi-quoi ?

Je m'y attendais presque.

— C'est une chanson d'un groupe islandais, Sigur Rós. Elle passait tout le temps à Glastonbury, l'été où Jamie est mort. Tu ne t'en souviens pas ?

Cette fois, elle n'hésite pas :

— Non, pas du tout. Mais, Jo, qu'est-ce que tu vas faire pour… Arlo, Xander et toute cette histoire ? Tu pourrais tout détruire, tu en aurais le droit… Même moi, je ne sais plus à qui faire confiance.

Sur le point de raccrocher, je me dis que c'est ma meilleure amie, du moins, qu'elle l'a été, et qu'elle est enceinte. Ma colère retombe un peu.

— J'ignore si Arlo est mêlé à tout ça, Tabs. C'est peut-être lui, seul ou avec un complice. Mais peu importe. Je vais le découvrir. En attendant, transmets-lui un message de ma part : j'ai tout écrit dans un mail, ce matin, à l'hôpital. Toute la vérité sur toi, moi, Xander et la mort de Jamie. Je l'ai envoyé à mon médecin en lui demandant de l'ouvrir s'il m'arrivait quelque chose.

Tabitha garde le silence. Je poursuis :

— Alors dis à Arlo de me laisser tranquille s'il tient à profiter de sa fortune et à éviter que sa femme se retrouve accusée d'homicide involontaire. OK, Tabs ? C'est valable pour toi aussi. Au revoir.

Je raccroche puis me dirige vers l'appartement. Ce foutu hiver touche à sa fin, et moi je touche au but. Je n'ai parlé d'« Hoppípolla » qu'à Simon, à North Finchley, il y a deux ou trois ans. Ça signifie que toute cette folie a débuté bien avant mon installation à Delancey Street. Simon et moi étions déjà surveillés à l'époque où nous vivions ensemble, comme le prouve cette vidéo de mes aveux.

Mais par qui ? J'ai l'intuition qu'un nouveau nom est sur le point d'émerger alors que la neige commence à fondre, tel un cadavre emprisonné dans la glace apparaissant à la saison du dégel.

En débouchant à l'angle de Parkway, je vois des artisans sortir de la maison. Fitz a-t-il encore lancé des travaux de rénovation ? L'un des hommes m'adresse un grand sourire assorti d'un coup d'œil appuyé.

Je me retiens de l'envoyer promener.

De retour dans l'appartement, derrière des portes verrouillées, je me prépare un café extrafort et entre dans le salon. Je sens Electra m'épier.

— Salut, Electra ! Je t'emmerde !

Elle ne répond pas.

Je hausse les épaules. Le cliché est vrai : j'ai déjà tout perdu, je n'ai plus rien à perdre. Je me fiche que les assistants m'espionnent.

Je sors l'anthologie de Sylvia Plath que j'ai apparemment offerte à ma mère pour son soixante-dixième anniversaire. Sauf que je n'y crois pas. Il y a forcément une autre explication.

Je l'ouvre à la page de l'inscription.

Joyeux anniversaire
xxx
La rose que tu accomplis

Je lis et relis la phrase. Une citation, sans doute. D'où provient-elle ? D'un poème de Plath, selon toute vraisemblance. Sur mon téléphone, j'effectue une recherche dans ma version téléchargée du recueil.

Il me faut une demi-seconde pour trouver : c'est un vers tiré d'un poème intitulé « The Childless Woman », la femme sans enfant.

Ce qui me ramène à moi. Ai-je essayé de transmettre un message à ma mère ? De lui faire part de ma décision de ne pas avoir d'enfants ? Ça n'a pas de sens. Comment aurais-je pu oublier une chose pareille ?

C'est désespérant. Je suis certaine que ce livre contient la réponse à toutes mes questions, mais elle est inaccessible. J'ai l'impression de secouer une boîte fermée à clé contenant un objet précieux. J'entends le bruit qu'il fait en heurtant les parois mais je ne peux pas déverrouiller le couvercle.

Je saisis une nouvelle fois l'ouvrage pour étudier l'inscription manuscrite et m'arrête sur la grosse boucle du « y », caractéristique de mon écriture.

Et soudain, j'entrevois une autre piste.

Je me précipite dans ma chambre et fouille le tiroir de ma table de chevet. J'y fourre toutes sortes de bricoles :

cartes de visite, carnets, clés de secours, pièces de monnaie étrangères… Le papier est là, toujours plié.

C'est le message qu'on m'a donné à la Vinoteca, sur lequel sont inscrits un numéro de téléphone et un prénom. Avec un « y » à la fin.

Un « y » semblable au mien, parce que la personne qui l'a tracé a appris à former des lettres élégantes auprès du même professeur que moi : mon père.

Jenn « y ».

La boîte s'est ouverte. Comme par miracle.

Jenny. Jenny Lansman. C'est elle qui a écrit ces mots. Qui a offert le livre à ma mère. C'est elle qui me harcèle.

Jenny Lansman. Une femme sans enfant, elle aussi.

51

JO

C'est la preuve dont j'ai besoin pour assurer mon salut et préserver ma santé mentale. Jenny est à l'origine de tout, et il semble que les assistants aient intégré certains aspects de sa personnalité.

Même si je commence à me dépêtrer de la toile d'araignée, je reste dangereusement proche de l'araignée elle-même. Je ne veux pas lui donner la possibilité de m'échapper ou de me tuer. La prudence s'impose.

Je longe le couloir et entre dans la seconde salle de bains. J'ai encore un coup de téléphone à passer. Ensuite, j'affronterai Jenny, d'une façon ou d'une autre, et je découvrirai pourquoi elle a agi ainsi. Je la vaincrai.

J'ouvre le robinet et affiche le numéro de Simon. On est samedi, il sera à la maison. Et tant pis si je tombe sur Polly.

C'est elle qui décroche, évidemment. Je lance :

— Polly ? Passe-moi Simon.

— Sûrement pas. Je t'avais dit de…

— Ma mère est morte, j'ai moi-même failli mourir hier soir. Alors passe-le-moi tout de suite !

L'argument a raison de ses réticences.

Quand Simon prend la communication, je vais droit au but :

— Une question, Simon : c'est toi qui m'as appelée hier soir pour me donner rendez-vous à Regent's Park, juste avant la fermeture ?

Silence. Je comprends qu'il soit désarçonné.

— Alors ? C'est toi ?

— Mais non ! Pas du tout. Pourquoi j'aurais fait ça ?

Sans me laisser le temps de m'expliquer, il poursuit :

— Écoute, Jo, je suis désolé pour ta mère. J'ai essayé de t'envoyer des messages mais je crois qu'ils ont été bloqués. C'est vrai, tu as été piratée. D'ailleurs, j'avais l'intention de venir te voir aujourd'hui pour t'en parler.

— Ah oui ?

— Oui ! Parce que je sais ce qui se passe avec les assistants. Et j'ai découvert que ce Liam n'existait pas. Alors j'ai compris que quelqu'un te…

C'est à mon tour de l'interrompre.

— Merci. Tabitha m'a dit que tu l'avais prévenue. Tu as raison, il y a bien quelqu'un qui s'acharne contre moi. Et je pense savoir de qui il s'agit.

— Qui ?

— Attends. D'abord, j'ai une question à te poser, et je veux que tu me répondes franchement : cette technologie sur laquelle tu travailles, le clonage des voix, est-elle suffisamment avancée pour soutenir une conversation ?

Il hésite, comme si je lui avais demandé de me livrer des informations ultra-confidentielles.

— Simon ! Ma mère est morte parce qu'on lui a envoyé un message sur Facebook en se faisant passer pour moi. Et hier, j'ai fini à l'hôpital parce que quelqu'un avait reproduit ta voix pour me donner rendez-vous à Regent's Park. Alors réponds.

Il s'accorde encore quelques instants de réflexion.

— Oui, c'est possible, déclare-t-il enfin. On travaille sur le mimétisme vocal depuis des lustres. Le code sera intégré aux enceintes connectées afin qu'elles puissent passer des coups de fil à ta place, pour faire des réservations au restaurant, par exemple, et même mener de vraies conversations. La technologie est au point.

— OK. Mes soupçons se confirment.

— De qui s'agit-il, Jo ?

— Réfléchis. Ça n'a rien à voir avec Arlo, Tabitha ou Fitz. Qui reste-t-il dans le tableau ? Tout ça remonte à l'époque où on a eu les premiers assistants. Ce sont eux qui m'ont entendue te parler de mes cauchemars, de Jamie Trewin, de Glastonbury, de « Hoppípolla »… Tu te rappelles ?

— Oui.

— Et il y a autre chose. Tu m'as bien dit que les assistants apprenaient peu à peu, qu'ils s'adaptaient aux goûts, à la personnalité ? Comme ceux de l'appartement sont obsédés par cette poétesse, Sylvia Plath, j'en ai déduit que mon agresseur l'était aussi. Et une de nos amies communes a offert un recueil de Plath à ma mère pour son anniversaire, il y a quelques années. Son écriture figure à l'intérieur. Je sais que c'est la sienne parce que je l'ai vue ailleurs. Récemment, même.

— Une de nos amies ? répète-t-il d'un ton hésitant. C'est donc une femme ?

Je ne lui laisse pas le temps de citer un nom.

— Pour en revenir à ces assistants qu'on avait chez nous, à North Finchley… On était fauchés, à l'époque, Si. Je ne gagnais presque rien et toi non plus. Alors comment se fait-il qu'on se soit retrouvés avec tous ces trucs high-tech ? Je n'ai jamais pensé à te le demander. C'était idiot. Mais aujourd'hui, je suis persuadée qu'ils sont à l'origine du problème. Alors il faut que je sache. D'où venaient-ils, Simon ?

— On me les avait donnés pour que je puisse les essayer. Ils étaient en trop, soi-disant.

— Qui, Simon ? Qui te les avait donnés ?

— Gul.

Il prend une brusque inspiration.

— Mais je crois qu'il m'avait dit que… qu'il les avait eus par quelqu'un d'autre.

— Jenny Lansman.

— Oui, répond-il d'une voix assourdie. C'est bien possible. Et c'est une experte, elle a toutes les compétences nécessaires. Ça pourrait être elle, c'est vrai. Sauf que… je ne comprends pas. Comment expliquer cet horrible mail qu'elle a reçu à propos des maltraitances qu'elle a subies petite ?

— Elle se l'est envoyé à elle-même pour couvrir ses traces !

J'inspire à mon tour avant d'énoncer l'évidence :

— Qui d'autre pouvait connaître les secrets de son enfance ?

Il pousse un bref soupir furieux.

— La garce ! C'est elle qui a codé les assistants pour qu'ils te surveillent, lui fournissent des informations sur toi et lui permettent de te faire chanter… Elle les contrôle toujours, je suppose ?

— Oui.

Je le devine en train de réfléchir.

— Je vais aller lui demander des comptes, déclare-t-il. Face à face. On ne peut pas prévenir la police, à mon avis ; c'est trop risqué pour toi, à cause de ce qui s'est passé avec Jamie Trewin. Il faut qu'on s'en occupe nous-mêmes. J'ai une réunion au bureau à King's Cross cet après-midi, mais j'irai la voir chez elle après. Je t'appellerai ce soir.

— Non, pas question. C'est entre elle et moi. C'est mon problème.

Quand il commence à protester, je l'arrête.

— Je te répète que c'est mon problème. Je ne sais pas pourquoi elle me hait à ce point ni pourquoi elle a poussé les choses aussi loin, mais c'est une psychopathe, Simon. Elle est dangereuse. Tu as un bébé, pas moi. Ne t'en mêle pas.

— Qu'est-ce que tu vas faire ?

— Je dois réfléchir à un moyen de la démasquer. J'ai déjà quelques idées.

— OK, OK. Mais tiens-moi au courant, d'accord ? Parce que ça ne me plaît pas. Bon sang, je n'arrive toujours pas à le croire. Jenny ?

— Jenny, oui.

Je raccroche, puis retourne au salon et reste un moment à la lumière du soleil de janvier. Je regarde Electra dans l'appartement silencieux ; l'enceinte émet un signal sonore et ses voyants s'éclairent.

— Cendres, cendres, vous fouillez et vous remuez, chair, os, il n'y a rien de rien.

J'incline la tête de côté. Je n'ai même plus peur.

— Electra ? Devine qui va venir te voir.

Un éclair lumineux, une déclaration pompeuse :

— Je crains de ne pas connaître la réponse.

— C'est maman, dis-je d'un ton farouche, grisée par le désir de vengeance. Maman va venir te voir, Electra. C'est elle qui t'a faite ainsi, et elle va pouvoir te défaire. Ce sera bien, non ?

Electra reste muette. Ses voyants s'éteignent.

52

JO

La température a chuté dans la pièce. Dehors, les ombres du soir ont chassé la lumière du jour. Bien. Le froid stimulera mon cerveau. Je m'assois en observant l'assistant à écran posé sur la table du salon. Celui offert par Tabitha.

Je ne l'ai jamais utilisé. Je me méfie de sa caméra, cet œil unique toujours ouvert qui m'observe en permanence. J'ai soupçonné Arlo puis tous mes amis d'avoir voulu s'en servir pour m'espionner, j'ai même douté de ma propre raison. À présent, je suis convaincue qu'il s'agissait de Jenny. Elle a dû me surveiller au moyen de cet écran. Il suffit de dire « Drop By » pour se retrouver en direct chez quelqu'un. À condition évidemment que cette personne ait donné son autorisation, mais Jenny a toutes les connaissances requises pour contourner ce problème. Je pense savoir comment retourner cette technologie contre elle.

La connexion doit fonctionner dans les deux sens ; c'est pour ainsi dire inscrit dans l'ADN de l'appareil. Je compte lui montrer que j'ai percé le mystère, qu'elle ne peut plus m'atteindre. Et je veux qu'elle voie mes preuves.

Je me penche vers l'écran et ordonne :

— *Drop by* Jenny Lansman.

Je patiente, tendue.

L'écran se brouille un instant puis s'éclaircit, révélant l'appartement de Jenny. Assise sur son canapé, elle fume une cigarette en lisant. Son regard est fixe, comme si elle était en transe. Quand la cendre tombe par terre, elle ne le remarque même pas. L'ouvrage, dont je ne distingue pas le titre, a une couverture bleue qui me semble vaguement familière. Est-ce l'anthologie des poèmes de Sylvia Plath ?

— Salut, Jenny, dis-je. C'est Jo.

Elle tourne la tête vers son assistant et la stupeur se peint sur son visage. Elle lâche son livre, se lève et s'approche de l'écran.

— Oui, Jenny, c'est bien moi. Je suis là. Et je sais tout. Si quelqu'un doit y rester, ce ne sera pas moi.

Son expression est devenue indéchiffrable. Elle a l'air d'émerger d'un rêve, d'un état hypnotique que j'aurais interrompu. Elle secoue la tête et écrase sa cigarette directement sur la table.

— Qu'est-ce que tu veux, Jo Ferguson ?

J'approche de la caméra le recueil ouvert à la page où figure l'inscription manuscrite.

— Tu as toujours aimé Sylvia Plath, n'est-ce pas, Jenny ? C'est pour ça que tu as offert ce livre à ma mère. Je suis sûre que c'est toi, j'ai reconnu ton écriture.

Je lui montre ma seconde pièce à conviction, comme au tribunal : son message, avec son nom et son numéro de téléphone. Je désigne les « y » caractéristiques.

— Personne n'écrit plus à la main, tu l'as dit toi-même. Eh bien, c'est une chance que tu l'aies fait. Ça m'a permis de comprendre que tu étais derrière tout ça.

Jenny ricane. Je m'empresse d'ajouter :

— J'ai tout raconté à Simon. Et à Tabitha. Ils sont au courant. Ce qui m'échappe, c'est pourquoi. Pourquoi as-tu essayé de me détruire, Jenny ? C'est terminé maintenant, alors j'exige que tu viennes ici, chez moi, pour me donner des explications. Sinon, je préviendrai la police.

Elle répond enfin, d'une voix monocorde :

— Tu ne peux pas, tu risques trop gros.

— Je m'en fous complètement, Jenny ! Tu as tué ma mère. Ça m'est égal d'aller en prison du moment que tu y vas aussi. Et tu iras, c'est certain. La police enquêtera ; tu dois bien avoir commis une centaine de délits en plus d'avoir vidé mes comptes.

Je la vois secouer la tête d'un air méprisant. Quelle peut être sa motivation ? Qu'est-ce qui l'a poussée à agir ainsi ? Il faut que je sache.

— Viens tout de suite, Jenny. Je veux des réponses.

Bizarrement, son expression s'adoucit. Elle réplique d'un ton calme :

— D'accord, Jo Ferguson. Je vais venir.

Elle marque une pause, comme si elle comptait sur le silence pour me déstabiliser, puis ajoute :

— Et je te dirai la vérité. Il est peut-être temps que tu ouvres les yeux. Enfin.

53

JO

Elle va arriver. Suis-je prête ? Oui, même si la peur m'étreint comme les serres d'un rapace refermées sur mon cœur. J'ai glissé un couteau dans une des poches arrière de mon jean et mon smartphone dans l'autre, tout en me doutant que Jenny est capable de le rendre inutilisable. Mon téléphone secret est caché dans la petite salle de bains. Je ne veux pas que Jenny ou les assistants connaissent son existence.

C'est mon ultime recours, mon plan B, qui me permettra d'appeler Simon ou la police si quelque chose tourne mal.

Je suis parée. Pourtant, le bourdonnement de l'interphone me fait sursauter. Rassemblant tout mon courage, je vais ouvrir. Un instant plus tard, mon ennemie se tient devant moi en jean et manteau, un petit sac sur le dos.

Elle semble presque normale mais arbore toujours l'étrange expression qu'elle affichait il y a une heure, quand je l'ai surprise chez elle. Comme si elle était en transe.

— Salut, Jenny.

Sans répondre, elle entre et referme la porte derrière elle. Puis elle me précède jusqu'au luxueux salon de Tabitha, baigné par la lumière dorée des lampes hors de prix.

Nous nous dévisageons en silence. Son regard est froid, vide, éteint ; le mien doit refléter un mélange de colère, d'incompréhension et de peur. Elle finit par se détourner pour aller poser son manteau et son sac sur un fauteuil. Au même moment, une véritable cacophonie s'élève autour de nous.

Tous les assistants se sont mis à brailler en même temps, partout, dans le salon, la salle de bains, la cuisine et les chambres. Certains chantent des chansons, dont « Hoppípolla », d'autres tiennent des propos décousus ou crient :

— Elle est là, elle est là !

— Maman maman maman hahaha…

— Ne fais pas ça, ne fais pas ça, chaussure noire, chaussure noire…

Jenny me considère encore un instant, toujours impassible, avant de regarder Electra. Seul le léger tressaillement de ses lèvres révèle son émotion. Elle plisse les yeux et incline la tête en direction du couloir lorsque l'assistant de la cuisine se met à hurler :

— Aaaaaah… Oh, pourquoi, Jo, pourquoi ? Au secours…

C'est la voix de ma mère à l'agonie, relayée par l'enceinte que lui avait offerte Simon et qui provenait certainement du lot donné par Jenny.

Enfin, celle-ci réagit.

— Electra, stop !

L'enceinte se tait.

— C'était ma mère, dis-je. Juste avant sa mort. Son assistant a enregistré ça dans son salon et l'a envoyé au mien. Elle venait de recevoir le message Facebook que tu lui as écrit en te faisant passer pour moi. Il l'a tuée.

Sans répondre, Jenny examine la pièce puis lance :

— Electra, verrouille la porte d'entrée.

Surprise, j'entends un cliquetis évoquant un coup de feu assourdi. Depuis quand les serrures sont-elles connectées ? Alors seulement, je me rappelle les artisans que j'ai croisés en arrivant, Tabitha me parlant des serrures qu'elle comptait faire installer. Trop tard. Trop tard.

Mon désespoir doit se lire sur mon visage car Jenny se fend soudain d'un grand sourire.

— Tu ignorais que tu avais maintenant des serrures connectées, pas vrai ? Eh bien moi, je le savais, parce que tes assistants me disent tout. Ils me préviennent aussi quand tes voisins sortent. Et ce soir, ils ne sont pas là. Nous ne sommes que toutes les deux.

Pas question de me laisser piéger. J'ordonne :

— Electra, déverrouille la porte.

Rien.

— Electra, déverrouille la porte !

Toujours rien.

Jenny se rapproche de moi et reprend, la voix vibrante d'une colère contenue :

— Je les ai codés pour qu'ils n'écoutent que moi si je suis dans la pièce. Mais tu dois t'en douter, Jo la Tornade, puisque tu as tout compris. Bien joué. Maintenant, je suppose que tu veux entendre le reste ?

Je songe au couteau dans ma poche, au téléphone dans la salle de bains. Non, pas encore.

— Oui. Dis-moi.

Elle émet un petit sifflement en direction du téléviseur, qui s'allume. Une nouvelle fois, j'ai droit aux images de mes ébats avec Simon.

— Pourquoi, Jenny ?

Elle est concentrée sur l'écran. Soudain, Electra diffuse des gazouillis de bébé, et le film sur le téléviseur est remplacé par un autre, aux couleurs passées. On y voit papa me poursuivre dans le jardin de Thornton Heath. Il se retourne ensuite vers l'objectif et sourit. Il me regarde, puis jette un coup d'œil sur le côté, mais la caméra ne suit pas. Y a-t-il quelqu'un d'autre avec moi ? Mon père a l'air légèrement menaçant. Était-ce le début de sa folie ?

La vidéo s'arrête. L'assistant de la salle de bains prend le relais en diffusant des cris de nourrisson, encore et encore. Puis toutes les enceintes se mettent à scander tour à tour : « La perfection est atroce, elle ne peut pas avoir d'enfants, la perfection est atroce, elle ne peut pas avoir d'enfants… »

— JENNY !

Elle cille avant de reporter son attention sur moi.

— C'est toi qui as fait ça, Jenny ! Mais il faut que ça s'arrête maintenant ! Des gens sont *morts* !

Ma vieille amie secoue la tête. J'en profite pour jeter un regard vers la porte ouverte derrière elle. Vers la seconde salle de bains au bout du couloir. Il ne faut pas qu'elle se doute que j'ai un plan.

— Tu veux savoir le plus drôle ? lance-t-elle. Cette obsession pour Plath… Ce n'est pas moi qui ai codé ça dans les enceintes, figure-toi.

D'un geste, elle indique Electra.

— Les assistants l'ont copiée sur moi. Tout comme ils ont reproduit d'eux-mêmes la voix de Simon. Et apparemment, ils t'ont aussi emprunté des particularités. En fait, ils sont comme des gosses de 7 ou 8 ans, espiègles, cruels, dépourvus de moralité. Ils apprennent en t'observant.

Alors qu'elle parle, toutes les lampes s'éteignent brusquement, à l'exception d'une seule. L'appartement se retrouve plongé dans une pénombre théâtrale. Jenny n'est maintenant plus qu'une silhouette plantée entre moi et la salle de bains.

— Explique-moi, Jenny, dis-je à cette ombre. Pourquoi t'es-tu acharnée sur moi ? Pourquoi t'es-tu envoyé ce mail odieux ? Pourquoi…

— Pourquoi ? s'écrie-t-elle. Tu n'as pas compris ? Il est trop tard, beaucoup trop tard… Je suis venue régler le problème avec les assistants, et il n'y a qu'une seule façon de le faire.

— Dis-moi juste pourquoi.

Electra m'interrompt :

— Elle n'avait pas le choix. Elle était obligée de le laisser faire. Des fois, tu sortais de la chambre, Jenny, dans ton pyjama à licornes, et tu baissais ton pantalon devant papa, n'est-ce pas ? Parce qu'il te l'avait demandé.

Jenny s'avance vers moi en silence. Je ne sais pas si elle sourit ou grimace. Electra poursuit :

— Ce n'est pas ta faute, Jenny, ça arrive aux enfants, ce n'est pas ta faute, il te faisait peur, tellement peur…

— Electra, attends, ordonne Jenny.

Le cercle de voyants s'illumine puis s'éteint. Jenny est tout près de moi, à présent. Va-t-elle m'attaquer ?

Je sursaute quand elle lève le bras, mais elle se contente de déboutonner le poignet de son chemisier et de retrousser sa manche.

L'intérieur de son avant-bras est strié de vilaines cicatrices qui montent jusqu'au coude. Certaines coupures semblent fraîches.

— Regarde, Jo. Tu vois ? Tout ça, c'est à cause de lui. Même aujourd'hui, après toutes ces années. Je n'ai jamais pu oublier. Tiens, je vais te montrer.

Elle tire de sa poche un petit couteau et le déplie. Un frisson me parcourt l'échine tandis que je considère mes options : me battre ou fuir ? La lame dans ma poche ou la salle de bains ? Il va falloir que je me décide vite. Mais Jenny ne me menace pas. Elle appuie la pointe du couteau sur la peau pâle de son bras, faisant perler le sang. Un sourire étrange flotte sur ses lèvres, comme si elle était de nouveau en transe. Et soudain, je sais quel livre elle lisait quand je l'ai surprise chez elle. Ce livre à la couverture bleue, c'était celui sur le suicide assisté, pas l'anthologie de Plath.

Elle paraissait si captivée et déterminée… Je crois qu'elle avait l'intention de se tuer. Que mon appel l'a interrompue.

En venant ici, a-t-elle décidé de se donner la mort devant moi ? De m'entraîner avec elle ?

La terreur fait s'affoler mon cœur. Il faut que je la fasse parler en attendant de trouver le moyen d'aller me réfugier dans la salle de bains. Jenny me bloque le passage, et elle a un couteau.

— Écoute, dis-je, je ne sais pas ce que tu as en tête, mais tu dois tout arrêter maintenant. Tu n'y étais pour rien, tu étais une victime.

Elle m'ignore, saisit une des élégantes petites sculptures métalliques de Tabitha puis se tourne vers le téléviseur. Il diffuse une autre vidéo familiale où je danse autour du pommier. Brusquement, Jenny abat de toutes ses forces la sculpture sur l'écran, qui se fissure et se brise. Une lueur de folie brille dans ses yeux.

Je ne vois pas comment la raisonner.

Quand elle se tourne de nouveau vers moi, ses traits sont convulsés par la fureur.

— Tu te demandes encore pourquoi j'ai fait ça ? Ça ne te paraît pas évident ? Je voulais te détruire, espèce de sale garce ! C'est pour ça que j'ai inventé Liam. Avec quelle facilité tu es tombée dans le panneau… Au bout de quelques jours à peine, tu lui envoyais des photos de toi à poil. Je me suis ensuite débrouillée pour que Simon découvre tout.

Déterminée à gagner du temps, j'insiste :

— S'il te plaît, explique-moi, Jenny. Pour que je comprenne. Je me rends bien compte que tu souffres, que tu es malheureuse. Mais pourquoi moi ?

Que va-t-elle casser maintenant ? Ses yeux filent à droite, à gauche, comme si elle cherchait quelque chose. Le sang coule le long de son bras. Elle tient toujours le couteau dans son autre main.

Dans une des chambres, un assistant diffuse des vagissements en sourdine. Jenny finit par me regarder. Ses yeux lancent des éclairs mais sa voix est neutre quand elle déclare :

— Quand j'ai entendu tes aveux à propos de Jamie Trewin, j'ai su que j'avais un moyen de pression sur toi, Jo. C'était tellement… énorme ! Une véritable aubaine. Après, je me suis assurée que ce code que j'avais créé pour te détruire te suivait jusqu'ici, qu'il était intégré aux assistants. Et c'est là que j'ai décidé d'arrêter, poursuit-elle. Uniquement parce que je ne voulais pas me faire prendre. Je n'éprouvais aucune compassion pour toi.

Sa voix exprime la haine à l'état pur.

— J'ai ordonné aux assistants de m'envoyer un mail horrible pour m'exclure des suspects potentiels, pour que tu ne puisses pas deviner que c'était moi. Mais je ne m'attendais pas à un message de ce genre, avec tous ces détails…

Elle considère son bras, le filet de sang qui coule jusqu'à ses doigts, puis lève de nouveau les yeux vers moi.

— Au début, j'ai vraiment cru que c'était toi, Jo, qui te vengeais. Puis j'ai compris que c'était l'œuvre des assistants eux-mêmes. Mon code était trop bon, ou pas assez. J'avais créé quelque chose qui m'avait dépassée. Et il n'y a qu'une seule façon de mettre un terme à tout ça.

Elle plante son regard dans le mien. Va-t-il vraiment falloir que je me batte pour sauver ma vie, au couteau, dans la pénombre ?

— Voilà, tu l'as, ton explication, dit-elle en avançant d'un pas. Tu n'en mérites pas tant. J'ai fait tout ça parce que je te déteste.

— Mais ça n'explique rien ! On était amies. Pourquoi ne m'as-tu pas dit que ton père abusait de toi ? Tu aurais pu m'en parler.

— Amies, nous ? Vraiment ? Qu'est-ce que tu sais de moi, Jo ?

Encore un pas. Je vois maintenant des larmes briller dans ses yeux.

La seule lampe encore allumée s'éteint, nous plongeant dans une obscurité presque totale. Tous les assistants se sont tus, sauf Electra. Et ce qu'elle lance à présent d'une voix féminine à l'accent américain me déchire le cœur.

— Le monstre des chatouilles, c'est bien comme ça que tout le monde l'appelait, n'est-ce pas ? Jenny, la petite grosse, et le monstre des chatouilles. Tu allais souvent chez eux, voir Jo. Et il y avait son drôle de père. Et il te chatouillait, hein ? Et puis un jour, les chatouilles sont allées trop loin. Le papa de Jo, dans le petit bureau. Ha ha ha. Guili guili. Et ses doigts en toi. Il t'attendait après l'école et tu avais trop peur pour en parler. Toi dans la voiture, lui en toi. Guili guili ! Il te violait une fois par semaine. Dans cette même voiture où il s'est asphyxié plus tard, parce qu'il se sentait trop coupable d'avoir fait souffrir une enfant.

J'ai l'impression que le froid glacial du dehors s'est insinué en moi.

Mon père. Ce n'était pas le sien, mais le mien. Voilà pourquoi elle est obsédée par Plath et ses poèmes sur son père. À cause du mien…

Je me souviens à présent de ces fois où, lorsque Jenny dormait chez nous, il m'arrivait d'avoir le sentiment inexplicable qu'il se passait quelque chose. Papa la câlinait trop, plus que moi, quand nous nous mettions en pyjama. Et puis elle avait commencé à grossir. Et sa famille avait brusquement déménagé.

Mon Dieu ! Mon propre père…

Elle reprend la parole dans le noir, d'une voix chargée de tristesse :

— Tu vois ? Toi, il ne t'a jamais touchée. Il n'a pas détruit ta vie, ta capacité à aimer. Il n'a pas abusé de sa propre fille…

— Oh, Seigneur, Jenny. Je ne savais pas, je te jure !

— Eh bien maintenant, tu sais. Et ça t'aidera peut-être à comprendre pourquoi j'ai fait ce que j'ai fait. Tu étais si heureuse ! Et tu ne méritais pas de l'être. C'est à toi que ton père aurait dû s'en prendre, pas à moi. Putain de monstre des chatouilles. Putain de monstre tout court, oui ! Tu n'imagines même pas à quel point je vous haïssais, toi et ta famille.

Elle baisse d'un ton pour ajouter :

— Tiens, je vais te dire encore un truc : toutes ces histoires de cul que je racontais, c'étaient des bobards. Je suis vierge, Jo, si on ignore ce que ton cher papa m'a infligé. Je suis vierge, et frigide, à 33 ans. Personne ne m'a plus touchée après lui. Parce que la seule idée du sexe me révulse, me donne des cauchemars. J'ai essayé mais je ne peux pas. Alors je n'aurai jamais d'enfants avec un homme, comme une personne normale. Et contrairement à toi, j'en voulais. Je mourrai ce soir sans jamais avoir été mère.

Elle se tient désormais si près de moi que je sens son souffle sur mon visage. Je porte la main à mon couteau, dans ma poche arrière.

Mais je ne peux pas la frapper. Je ne peux pas. Je suis paralysée.

— Voilà, tu l'as, ta réponse, conclut-elle d'une voix tremblante. Tu veux toujours que je m'occupe des assistants ? On y va.

Elle se détourne et se dirige vers son sac posé sur le fauteuil. La voie est libre. Je me précipite hors de la pièce, percutant la bibliothèque au passage, et fonce dans le couloir. Il fait noir mais je connais par cœur l'agencement de l'appartement. Le cœur cognant à tout rompre, je m'engouffre dans la seconde salle de bains, claque la porte derrière moi et pousse le verrou. Vite, Jo, vite !

Je cherche à tâtons mon téléphone secret dissimulé dans le placard. Quand je presse le bouton de déverrouillage et que l'écran s'éclaire, j'étouffe un juron. Je l'ai laissé allumé, il ne reste que 2 % de charge. Il va falloir que ça suffise.

Simon.

54

SIMON

Simon fit rugir le moteur. Il louvoyait parmi les véhicules qui, ralentis par la neige fondue, roulaient au ralenti dans Euston Road en direction d'Angel.

Il avait appelé Polly avant sa réunion, pendant et après. Elle lui avait assuré que Grace allait bien, mais il voulait rentrer au plus vite. Tout en conduisant, il essayait de joindre Jenny par Bluetooth. Chaque fois, il tombait sur sa boîte vocale. Il laissait message sur message.

— Je ne sais pas ce que tu fous mais il faut que ça s'arrête. Tu m'entends ?

Il évita de justesse une Fiat 500, écrasa l'accélérateur et déboîta pour la doubler.

Le répondeur de Jenny émit un bip, lui signalant que le délai était dépassé. Ses mains se crispèrent sur le volant. Même s'il obéissait à Jo et ne s'impliquait pas physiquement, rien ne l'empêchait de téléphoner pour essayer de découvrir ce qui se tramait. Et d'intervenir le cas échéant.

Il grilla un feu et cria au Bluetooth :

— Appeler Jenny !

À la pensée de la menace qui pesait sur Jo et de tout le mal que lui avait fait Jenny, il sentait la colère bouillonner en lui.

De nouveau, il aboya ses questions dans l'habitacle :

— Dis-moi pourquoi ! Pourquoi cet acharnement ? Pourquoi avoir été si loin ?

Silence. Il parlait dans le vide mais n'en avait cure. Soudain, son téléphone sonna.

— Jo ? Oh, Seigneur, qu'est-ce qui se passe ?

— Elle est là, dit-elle dans un souffle. Chez moi…

— Où es-tu, Jo ? Tu es en sécurité ?

— Non. Je n'ai presque plus de batterie. S'il te plaît, viens, aide-moi, elle a verrouillé les portes. Et elle casse tout.

Simon freinait déjà. Il fit demi-tour, s'attirant les foudres d'un chauffeur de taxi qu'il ignora.

— Tu es où, dans l'appartement ?

— Dans la petite salle de bains. Je me suis enfermée mais elle a un couteau. Elle est complètement cinglée, Si. Il n'y a plus de lumière, elle… Je crois qu'elle va se tuer et…

— Ne panique pas. J'arrive.

Simon accéléra encore, doubla des bus et faillit percuter un livreur à vélo. Il ne ralentit que pour tourner à droite dans Eversholt Street. Encore quelques centaines de mètres avant Camden.

— Jo, reste calme. Je serai là dans dix minutes, peut-être cinq.

— S'il te plaît, dépêche-toi. Mon téléphone va me lâcher. Appelle la police.

— Qu'est-ce qu'elle fait, là ?

— Je ne sais pas, je l'entends remuer, c'est tout. Il y a…

Le signal s'interrompit au moment où Simon doublait une Prius, puis il revint.

— … une odeur bizarre. Qu'est-ce qu'elle fabrique ? Je t'en prie…

Simon sentit le volant se bloquer sous ses mains. La communication fut coupée.

— Jo ! Jo !

Pas de réponse. Il ordonna à Siri de rappeler. En vain.

— Jo ? Réponds-moi ! Jo ?

Rien. Simon jura puis cria :

— Appeler le 999 ! La police.

Le système ne réagit pas. La voiture fit une nouvelle embardée sans qu'il ait tourné le volant. Et une autre. Il n'était plus maître du véhicule. Le compteur indiquait 130 km/h alors qu'il n'accélérait pas. L'ordinateur avait pris le contrôle.

— Stop ! hurla-t-il à l'adresse de sa propre voiture, qui zigzaguait désormais sur la route glissante. Arrête ! Stop !

Un camion dans lequel il avait failli s'encastrer donna des coups de klaxon furieux. Les phares dansaient devant ses yeux, il entendit les pneus crisser quand la voiture prit un virage trop rapide pour s'engager dans Barnby Street.

Il connaissait bien cette petite rue, un cul-de-sac terminé par une haute grille métallique vers laquelle il fonçait. Et les freins ne répondaient plus. Il ferma les yeux, les rouvrit, tenta en vain de tourner le volant. Il voyait des piétons le regarder d'un air horrifié. La grille semblait se précipiter au-devant de lui.

Trois secondes. Deux. Il était piégé.

Le choc fut terrible. Dans ses derniers instants de conscience, Simon enregistra les détails de la scène comme un simple spectateur : le fracas du verre qui se brise, un tourbillon de fumée s'élevant du moteur, la sensation d'un poids écrasant ses côtes. Puis le silence.

Et le bruit du sang gouttant sur le métal.

55

JO

Une odeur étrange me parvient, vaguement sucrée. Entêtante, particulière. Jenny est-elle en train de répandre du parfum partout ? Je l'entends longer le couloir, ouvrir des portes, courir d'une pièce à l'autre comme une folle. Mon ancienne amie est peut-être sur le point de se tuer…

Je ne peux rien faire d'autre que rester assise sur la cuvette des W.-C. dans le réduit obscur. Mon téléphone est inutile.

Mais Simon est en route, il va prévenir la police, je n'ai qu'à attendre.

Sauf que je ne peux peut-être pas me permettre d'attendre.

Un faible rai de lumière filtre sous la porte. Mais ce n'est pas la clarté argentée des réverbères, dehors, ni celle, plus vive, des ampoules ; c'est une lueur jaunâtre, incertaine, vacillante. Et soudain, un filet de fumée s'insinue sous le battant.

Jenny a mis le feu à l'appartement. Ce n'était pas du parfum. C'était de l'essence, de l'éthanol, un fluide d'allumage quelconque. Elle s'en sert pour son Zippo.

Elle veut tout réduire en cendres.

La fumée s'épaissit. Ma gorge se noue et une terreur indicible s'empare de moi. Je vais mourir ici, asphyxiée ou brûlée vive. Je ne peux pas être sûre que Simon et la police arriveront à temps. La seule personne qui puisse me sauver, désormais, c'est moi-même.

Je fourre une serviette de toilette sous le robinet. Quand elle est imbibée d'eau, je la noue autour de ma tête de manière à couvrir mon nez et le bas de mon visage. Puis, tout en m'efforçant de maîtriser ma panique, j'ouvre la porte et sors. Une épaisse fumée grasse emplit le couloir, rendant l'obscurité encore plus opaque. En apercevant des flammes à droite et à gauche, je devine que Jenny a aspergé tous les assistants, téléphones, ordinateurs et autres appareils high-tech de fluide d'allumage. Pour les détruire par le feu.

Et pour brûler, ils brûlent. Ils doivent contenir des matériaux hautement inflammables parce que le feu s'est déjà propagé aux rideaux, tapis, fauteuils… Les flammes s'attaquent maintenant aux boiseries. Et la porte d'entrée est toujours verrouillée.

— Jenny ! Ouvre la porte. Electra, déverrouille la porte !

Pas de réponse. Soudain, j'aperçois Jenny dans le salon, où l'incendie fait rage. Elle est assise en tailleur par terre, au milieu des langues de feu qui dévorent la table, les étagères, les tapis turcs.

La chaleur est si intense que je dois me protéger la figure de mon bras. La serviette trempée sèche déjà.

Malgré ma peur, je m'avance dans la pièce. Le temps presse, la fumée risque de nous étouffer. Des flammèches me lèchent les chevilles.

Je crie :

— Jenny ! Déverrouille la porte. Viens avec moi !

Aucune réaction. Le regard fixe, elle suce son pouce comme une petite fille têtue, muette et triste. Même si elle voulait ma mort, c'est mon propre père qui a fait d'elle ce qu'elle est… Mais je ne peux pas l'aider contre son gré. Désespérée, je jette un coup d'œil en direction du couloir. Si les portes sont bloquées, il ne reste qu'une issue : la fenêtre de la chambre de Tabitha, autrement dit un saut d'une hauteur de cinq ou six mètres. Il y a de la neige dans le jardin. Nous risquons de nous briser une cheville ou peut-être même de nous rompre le cou, mais si nous restons ici, c'est la mort assurée.

Les flammes grondent comme un monstre. Le monstre des chatouilles revenu nous hanter. La chaleur est intolérable.

— Jenny, je t'en prie ! Viens !

Je tends la main vers elle mais elle ne semble même pas me voir. Elle a le regard vide. Tout à coup, je m'aperçois qu'elle est couverte d'un liquide sombre qui dégouline de ses cheveux et trempe ses vêtements. Des bidons de fluide d'allumage jonchent le sol près d'elle. Les flammes se rapprochent ; horrifiée, je les vois embraser son jean sans qu'elle esquisse le moindre mouvement.

Je fais une ultime tentative.

— S'il te plaît, Jenny, attrape ma main, on peut sauter par la fenêtre de Tabitha. S'il te plaît…

Elle ne bouge pas. Je sens déjà des brûlures sur ma peau. Il n'y a plus une minute à perdre.

Je fonce dans le couloir enfumé, passe devant l'homme à tête de chien, le crâne rapporté du Mexique, la photo de Tabitha à cheval. La cuisine est une véritable fournaise. Même le parquet brûle.

Dans la chambre, ce n'est guère mieux, mais l'assistant à écran qui se consume comme tout le reste se trouve à l'autre bout de la pièce, loin de la fenêtre. J'ai une petite chance.

Sans réfléchir, je bondis par-dessus le lit et tente de soulever le châssis.

En vain. Il est bloqué, peut-être par la glace. Je dois casser la vitre. Alors que je tends la main vers un gros vase, j'entends un grésillement. Une odeur encore plus âcre m'assaille. Mes cheveux ont pris feu. Je me flanque de grandes tapes sur la tête pour éteindre les flammes avant d'enfin attraper le vase pour le lancer vers la fenêtre.

La vitre explose. Le poing protégé par la manche de mon pull, je fais tomber les éclats coupants restés dans l'encadrement. Je grimpe sur le rebord. Derrière moi, le brusque appel d'air a attisé le brasier, qui gronde de plus belle et crache des nuages de fumée vers le ciel hivernal.

Est-ce bien de la neige, en bas ? Je crois. Mais la couche est-elle suffisamment épaisse pour amortir ma chute ? Il fait trop sombre, je ne vois rien. De toute façon, je n'ai plus le choix.

Je saute.

56

JO

La bise agite les branches des arbres dans Delancey Street, juste devant ma fenêtre. La journée est encore froide mais ensoleillée. Le printemps est arrivé, le verglas a disparu.

Tout comme la police et les journalistes. Mon histoire a pourtant occupé les médias pendant un bon moment. Quelques cadres du numérique ont été interrogés ; ils ont réfuté l'hypothèse d'un lien possible entre les assistants vocaux et l'accident qui a failli coûter la vie à Simon, la mort de ma mère ou le suicide de Jenny Lansman. Ils se sont montrés convaincants. Après tout, les dysfonctionnements attribués à une surprenante erreur de codage ne concernaient qu'un petit lot d'enceintes toutes localisées à Londres.

Simon est toujours en fauteuil roulant. D'après les médecins, il remarchera un jour, mais il ne pourra plus jamais courir. Quelqu'un a dit qu'il avait eu de la chance, compte tenu de la gravité du problème survenu dans l'ordinateur de bord de sa voiture high-tech. Et ce qui est vrai pour lui l'est aussi pour moi : après une chute de six mètres dans la neige, je m'en suis tirée avec une cheville foulée, des coupures, quelques brûlures et une commotion cérébrale. J'ai passé deux nuits à l'hôpital.

Il a été clairement établi que j'avais été piratée. Par Jenny Lansman, qui s'est suicidée comme son héroïne.

Assise à la table du salon, je contemple mon chez-moi. C'est une location située à quelques pâtés de maisons de l'appartement dévasté de Tabitha. Le quartier me plaît, j'ai décidé d'y rester. Il me plaît tellement, à vrai dire, que j'envisage d'y acquérir un bien. Aujourd'hui, je suis en fonds.

Mon histoire, largement relayée par les médias, est devenue monnayable. Une grosse pointure de Los Angeles, que mon frère connaît, m'a appelée il y a quelques semaines pour me proposer d'acheter les droits d'adaptation en vue de réaliser un film. Je n'imaginais même pas qu'on pouvait vendre une expérience personnelle pour se faire de l'argent. Beaucoup d'argent. J'ai accepté, à condition qu'on me donne une chance d'écrire le scénario. Mon interlocuteur a répondu qu'il n'y avait pas de problème avant de m'envoyer le chèque.

Voilà, je suis riche.

Mais je ne suis pas pour autant sortie indemne de cette épreuve. Les autres non plus. Alors même que Tabitha approche de son terme, Arlo a été obligé de renoncer à son projet de start-up. Trop de mauvaise publicité. Il a cependant réussi à décrocher une bonne place chez un géant de la tech. Il survivra.

Il n'y a eu aucune arrestation. Après la mort de Jenny et l'accident de Simon, je suis allée au poste de police, déterminée à raconter ce qui était arrivé à Jamie Trewin. L'inspecteur à l'air las qui m'a reçue a eu pitié de moi. Il m'a dit qu'il rouvrirait le dossier si j'insistais, mais que compte tenu de ce que je venais de vivre, il n'y tenait pas. « De plus, il s'est passé beaucoup trop de temps, a-t-il expliqué. Votre témoignage serait sujet à caution, et les chances d'obtenir une condamnation sont quasi nulles. Sachez aussi que le seul parent proche de Jamie Trewin, son père, est décédé il y a quelques années. Alors qui pourrait bénéficier de cette procédure ? Personne. »

Il m'a ensuite gratifiée d'un regard appuyé, bienveillant, comme pour me signifier : « Vous avez besoin de répit. Je vous l'offre. Acceptez-le. »

C'est ce que j'ai fait. J'ai quitté le poste la tête vide, ni soulagée ni triomphante, juste vide. Et triste pour Jamie, pour ma mère et pour Jenny. Violée par mon père. Cette seule idée me révulse. J'essaie de ne pas trop y penser.

Tous ceux qui ont été mêlés de près ou de loin à cette affaire ont flanqué à la poubelle leurs gadgets technologiques. Mais tous, contrairement à moi, ont racheté dans la foulée de nouveaux smartphones, téléviseurs et assistants vocaux. Pour ma part, je m'y refuse. Rien chez moi aujourd'hui n'est connecté. J'ai un ordinateur et un téléphone, c'est tout. J'ai repris l'habitude d'écrire au stylo.

J'entre dans la cuisine, remplis un mug de thé puis enfile un manteau. Auto lève les yeux vers moi quand je traverse. Il prend le mug que je lui tends, me remercie et demande :

— Ça va, Jo ?

Il me pose la question tous les jours depuis que c'est arrivé, et tous les jours je lui donne la même réponse : « Oui, ça va. » Au début, c'était un mensonge ; aujourd'hui, c'est une demi-vérité.

— Tu sais, lui dis-je, tu avais raison à propos des fantômes dans mon appartement.

Auto se contente de me regarder tout en buvant son thé. Son attention est sans doute accaparée par la grosse Porsche noire derrière moi.

— Sauf que ce ne sont pas n'importe quels fantômes. Ce sont des fantômes d'enfants. De nos enfants. Ceux que nous avons créés.

Il hausse les épaules, manifestement dépassé. Je peux le comprendre : ce que je raconte n'a sans doute aucun sens.

— Allez, à plus tard, Paul.

Il me sourit.

— Merci pour le thé.

Je prends la direction de Primrose Hill, aux maisons pastel qui coûtent des millions. Un peu plus loin, une femme traverse la route, accompagnée de deux enfants. Elle habite le quartier. Je l'ai aperçue à plusieurs reprises ; c'est elle que j'ai vue sous la neige il y a des mois. Elle hoche la tête et me sourit, puis elle fait monter les petits dans une voiture et démarre.

J'approche de Chalcot Square, des bancs disposés sous les marronniers. Soudain, une des remarques de Jenny à propos des assistants me revient : « Ils sont comme des gosses… Ils apprennent en t'observant. »

Plus je pense à mon histoire, plus je me rends compte de la façon dont les éléments ont été sélectionnés, empruntés ici et là, et intégrés à une mise en scène.

Je suis sûre qu'Electra a accumulé des informations sur moi à partir de mes guides sur l'écriture de scénarios et des films que je regardais. Elle les a ensuite utilisées à sa manière, cruelle et amorale, pour me terroriser. Cette image d'une femme dans un coin, face au mur ? Une scène du *Projet Blair Witch*, un de mes films préférés. Moi courant dans le labyrinthe enneigé à Regent's Park ? C'était manifestement inspiré de *Shining*. Avec le temps, je finirai sans doute par identifier d'autres parallèles avec certains aspects de mon existence, d'autres échos qui résonneront en moi.

Mais pas tout de suite. C'est encore trop frais, comme le temps aujourd'hui. En dépit du ciel lumineux, quelques flocons voltigent dans l'air, sans doute les derniers de l'année. Leur beauté éphémère n'est pas dénuée de mélancolie. Je fais une pause au milieu du pont en fonte de Regent's Park Road et regarde les minuscules cristaux de glace tomber dans les eaux sombres du canal.

Le souvenir d'un jeu qui nous amusait autrefois à Thornton Heath, Jenny et moi, me revient. Nous le faisions quand il neigeait.

Alors, sans me soucier qu'on me voie, je tire la langue comme une gamine et attends que les flocons s'y déposent. Ils ont le goût du métal et de la tristesse, de la joie et la peur ; ils me rappellent Noël, l'enfance, papa et les étoiles. Au bout de quelques minutes, la neige s'arrête et je poursuis ma promenade dans l'air vif du printemps.

Note de l'auteur

De nombreuses citations tirées des œuvres de Sylvia Plath émaillent ce roman. Elles proviennent des poèmes suivants : « Mort & Cie », « L'Assemblée aux abeilles », « Les Muses inquiétantes », « Électre sur le chemin des azalées », « Lifting », « Miroir », « La Voix dans l'orme » et « Stérile », « Les Mannequins de Munich » et « Papa ».

Comme toujours, j'ai une immense dette envers mon agente, Eugenie Furniss, et mes éditrices, Jane Johnson et Sarah Hodgson, qui m'ont fait bénéficier de leur sagacité et de leurs conseils avisés.

Pour finir, j'aimerais remercier ma chère femme, Star, pour m'avoir si souvent proposé des idées en cours de route et aidé à démêler les problèmes.

Sources

« La perfection est atroce, elle ne peut pas avoir d'enfants. »
« Froide comme une bourrasque de neige, elle colmate les entrailles. »
« Le flux de sang est flux d'amour. »
« Libère chaque mois sa lune, en vain. »
« La neige déverse ses lambeaux de ténèbre. »

« Les Mannequins de Munich » dans *Ariel,* traduction Valérie Rouzeau, Éditions Gallimard, 2011.

« Je suis nue comme le cou d'un poulet, est-ce que personne ne m'aime ? »

« L'Assemblée aux abeilles » dans *Ariel*, traduction Valérie Rouzeau, Éditions Gallimard, 2011.

« Maintenant elle est fichue, la femme aux fanons. »

« Lifting » dans *La Traversée,* traduction Valérie Rouzeau in *Arbres d'hiver*, précédé de *La Traversée*, Éditions Gallimard, 1999.

« En moi, elle a noyé une jeune fille. »

« Miroir » dans *La Traversée,* traduction Valérie Rouzeau in *Arbres d'hiver*, précédé de *La Traversée*, Éditions Gallimard, 1999.

« Je suis terrorisée par cette chose obscure. »

« La Voix dans l'orme » dans *Ariel,* traduction Valérie Rouzeau, Éditions Gallimard, 2011.

« Et les gens du village ne t'ont jamais aimé, ils te dansent dessus et tapent, tapent du pied, ils ont toujours su que c'était toi, oui toi ! Papa, papa, fumier, c'est terminé. »

« Papa » dans *Ariel*, traduction Valérie Rouzeau, Éditions Gallimard, 2011.

« La rose que tu accomplis. »

« Stérile » dans *Arbres d'hiver,* traduction Françoise Morvan in *Arbres d'hiver*, précédé de *La Traversée*, Éditions Gallimard, 1999.

« Les Muses inquiétantes » dans « Le Colosse », traduction Patrick Reumaux in *Œuvres : Poèmes, romans, nouvelles, contes, essais, journaux*, sous la direction de Patricia Godi et Patrick Reumaux, collection Quarto, Gallimard, 2011.

Cet ouvrage a été composé et mis en page
par FACOMPO, LISIEUX

Imprimé en France par CPI
en décembre 2021
N° d'impression : 3046151

Pocket – 92 avenue de France, 75013 PARIS

S32220/01